街角の書店

F・ブラウン，S・ジャクスン他

江戸川乱歩の造語である〈奇妙な味〉とは，SFにもミステリにも分類不能な，異様な読後感を残す短篇を指す。本書には，ひねりの利いたアイデアストーリーから一風変わった幻想譚まで，多彩な味わいの18篇を収めた。おばあちゃんの買い物メモが人生の選択に迷う女性にもたらしたささやかな奇蹟を描く，シャーリイ・ジャクスン「お告げ」，書かれることのなかった〈傑作〉が集まる謎の書店を舞台に贈る，ネルスン・ボンド「街角の書店」など埋もれた名作に加え，雪に閉ざされたバス発着所での男女の対話が思わぬ結末を迎えるケイト・ウィルヘルム「遭遇」ほか，本邦初訳作多数で贈る。

18の奇妙な物語

街角の書店

F・ブラウン，S・ジャクスン他

中村　融 編

創元推理文庫

THE BOOKSHOP
AND OTHER STORIES

edited by

Toru Nakamura

2015

目次

18の奇妙な物語
街角の書店

肥満翼賛クラブ

ジョン・アンソニー・ウェスト

ジョン・アンソニー・ウェスト John Anthony West (1932-?)

周知のとおり、〈奇妙な味〉とは江戸川乱歩の造語であり、もともとは英米探偵小説のある傾向をさす言葉だった。この言葉がはじめて公にされたエッセイ「英米短篇ベスト集と〝奇妙な味〟」（一九五〇）に当たってみれば、「どうも一口では説明出来ない」と断ったうえでいくつも例をあげ、「ヌケヌケとした、ふてぶてしい、ユーモアのある、無邪気な残虐というようなもの」を共通項として抽出している。

それならば、アメリカのSF誌〈ファンタシー&サイエンス・フィクション〉一九六三年二月号に発表された本篇は、〈奇妙な味〉が濃厚すぎて、胸焼けがしそうな作品だといえるだろう。

下手な紹介をすると読者の興を殺ぐと思われるので、内容についてはいっさい触れない。ホラー系を中心にして、各種のアンソロジーの常連となっている本篇だが、なかではアイザック・アシモフ、ジョージ・R・R・マーティン&マーティン・H・グリーンバーグ編の *The Science Fiction Weight-Loss Book* (1983) に収録されているのが目を惹く。ちなみに同書のテーマは「肥満」である。

作者についてはなにもわからない。調べがついたかぎりでは、一九六一年から八〇年にかけて、本篇をふくめ六つの短篇を発表している。

お集まりの奥さまがた、本日はご当地のクラブのみなさまにこのような集まりを催していただき、まことにありがとうございます。わたくしどもの町でおこなわれた本年度のコンテストの顚末(てんまつ)と、その優勝者、グラディスのグレゴリーのことを、これからお話ししたいと思います。お忙しいなか、お運びをいただいて、感謝の言葉もございません。

まず最初に、身体測定の記録を読み上げたいと思います。わたくしどもの町にやってきたとき、グラディスのグレゴリーは次のような体格でした。

身長　・一九六センチメートル
体重　・一〇九キログラム
胸囲　・一二四センチメートル
胴回り・九一センチメートル
首回り・四七センチメートル

みなさまがたもきっと感心なさるでしょう。そこで、誤解のないように、まず、物事の悪い側面を指摘しておかなければなりません。わたくしどもの町にやってきたときのグレゴリーは二十八歳でしたが、フットボールの全米代表選手に選ばれた大学生時代から、その体重はほとんど変わっていなかったのです。結婚して丸三年になるのに、でございます。奥さまがた、どうか結論をお急ぎにならないように。グラディスを責める前に、わたくしの話を最後までお聞きください。たしかに、グレゴリーは百九キロの素晴らしい逸材でした。けれども、その体重は、八年も前からまったく変わっていなかったのです。

　正直に申しますが、わたくしどもの町の女性たちも、残念ながら、客観的に物事を判断することはできませんでした。「グラディスが悪い！」誰もがそう声を張り上げて、それはもう非難ごうごうだったのです。

　たとえば、わたくしどもは、七十四キロしかなかったミルトンを、三年もかからずに百四十二キロにしたベス・シェーファーの業績を思い浮かべました。サリー・オレアリーの場合は最初から大変で、旦那さまのジェイミーは元騎手の小男でしたが、悪戦苦闘のすえ、最後には百十一キロにすることができたのです。ジョーン・グランツなどは、旦那さまのマーヴィンを百九十八キロにまで育て上げ、心臓の状態が危ぶまれながらも、準優勝の栄誉を勝ち取りました。わたくしどもの気持は、みなさまがたにも理解していただけると思います。

　グラディスのグレゴリーはフットボールのコーチとして学校に勤めていました。厄介な事情の一端がわかりかけたのは、ある日、スタジアムのそばを車で通りかかったときでございます。

グラディスのグレゴリーは、なんと、選手たちと一緒に体を動かしていたのです。
ダミーの人形に繰り返し体当たりするところも見ました。柔軟体操を丁寧に五分間やっているのも見ました。そのあと、恐いもの知らずというか、選手たちの先頭に立って、トラックを何周も走り出したのです。これを見たら、グラディスを口汚なく罵(のの)っていた人も、彼女を責めるのはおかど違いだと考え直したでしょう。本当ならお肉になるはずのカロリーが、汗になって毛穴から流れ出るところを、わたくしは今でもまざまざと思い浮かべることができます。

その翌朝、わたくしはグラディスの家を訪問しました。きわめつけの悪女という噂でしたが、会ってみると、なかなかおしとやかな若奥さまでした。スタジアムで見たことを話しますと、かわいそうに、グラディス自身もそのことはとっくに知っていて、心を痛めていたらしいのです。わたくしは打ち明け話まで聞かせてもらいましたが、それはもう言語道断の話でした。グレゴリーは手動の芝刈り機で芝を刈り、シーズンオフにはハンドボールまでやって、学校から家に帰るときには、トレーニング・ウェアに着替えたうえで、二キロの道を走ってくるというのです。グラディスは困り切っていました。

そのあと、食事のことを尋ねてみたのですが、グラディスの返事を聞いて、わたくしは開いた口がふさがらないほど呆れました。赤身の肉！　グラディスは、赤身の肉と、魚と、卵と、緑の野菜を与えているというのです……。

「エクレアを食べさせなさい！」わたくしはつい声を荒らげました。「じゃが芋を！　チョコレートケーキを！　ビールを！　バターを！」

しかし、駄目なのです。グレゴリーはそういったものが大嫌いで、手をつけようとしないというのです。

「あなた、愛されていないのね」と、わたくしは申しました。

「そんなことありません」グラディスは、消え入るような声で答えました。「あの人はあの人なりにあたしを愛しているんです」

そこで、わたくしは、コンテストが今のように盛んではなく、反対の声も多かったときによく使われた、ある秘策を授けることにしました。

ご承知のように、セックスのスタミナに関して、わたくしども女性は相方(あいかた)よりも恵まれております。本心は別にして、上手な媚態(びたい)で旦那さまを誘惑すれば、ほんの数週間で性的な飢餓状態にしてしまうこともできるでしょう。頭を使えば、性的に飢えた旦那さまを自由自在に操るのは簡単なことでございます。旦那さまは、じっと夜を待つようになるでしょう。そう、何かを食べながら、です。夜のためにエネルギーを貯えているうちに、だんだん体重も増えてきます。あるところまで進むと、贅肉がついて旦那さまの精力は減退しはじめる。賢い奥さまは、その時点でおねだりの回数を減らします。ぬくぬくとした余分なお肉に包まれた旦那さまは、おつとめから解放され、ほっとするでしょう。ここで奥さまがまったく要求をしなくなれば、夜のことへの不安でカロリーを浪費することもなくなって、旦那さまはちゃんとコンテストに出られるような肉体の持主になるのです。

ところが、グラディスのグレゴリーの場合、この方法はまるで役に立ちませんでした。一カ月ほど試してみたところ、グラディスは見る影もなくやつれたのに、グレゴリーのほうはいっそうトレーニングに励み、盛大に芝生を刈って、それこそ八面六臂（はちめんろっぴ）の活躍をつづけていたのです。筋肉はみっともなく盛り上がり、顔には満足そうな笑みを浮かべて……。

そのあと、特別の会合が開かれた折りに、名案が生まれました。グラディスとグレゴリーを、地元の社交界で一番人気のある夫婦に仕立て上げるのです。やがて、二人の予定表はびっしり埋まりました。夕食会、朝食会、昼食会、ピクニック……。気がつくと、グレゴリーは、炭水化物が山ほど載ったテーブルを前にしていました。しかも、監視役がいます。唇についたホイップ・クリームを拭うか拭わないかのうちに、マカロンがたくさん添えられた、山のようなアイスクリームの皿が前に置かれるのです。ジョッキに入ったビールが半分くらいになると、どこかの奥さまがちゃんと見張っていて、なみなみと注ぎ足すのです。

さて、みなさま、ここで誤解のないように申し上げておきますが、グレゴリーは反抗を意図していたわけではなく、悪意に満ちた破壊工作をしていたわけでもありません。あるがままの彼の姿をながめると、肉体の鍛練という馬鹿げた考えは別にして、なかなか魅力のある理想の旦那さまだとわかるでしょう。愛想がよく、控え目で、知性のほうはさっぱり……。あんなに怒っていた町の女性たちも、すぐに二人の境遇を心から案じるようになりました。グレゴリーが穴を二つ広げてズボンのベルトをゆるめるようになったと、にこやかな顔でグラディスが報告にきたのもその頃です。

抜かりなく指示を仰いで、グラディスは心理戦に入りました。家のあちらこちらに雑誌を広げ、どれもカロリーの高い食べ物の広告が載ったページを開いたままにしておく。パーティでは、まだ自由行動が許されているよその太った旦那さまと、おおっぴらにいちゃつく。

春になると、グレゴリーの体重はだいたい百三十キロに達しました。さすがに戸惑っているようでしたが、それでも従来の考え方から逃れられないグレゴリーは、「もうじき春のトレーニングが始まるから、体を引き締めなくちゃな」などと、チョコレート・ムースを詰め込んだ口で、もぐもぐつぶやいたりしていました。

その体重が百四十キロになったとき、みんなで二人を応援しようというわたくしどもの思いは揺らぎはじめました。女性たちは、敵に塩を送ったことに気がついて、その結果を怖れるようになったのです。

グラディスのほうはますます自信をつけ、見事な戦略を編み出しました。占い師に相談したところ、機会さえ与えれば、グレゴリーはブラジル・ナッツに熱中するであろう、とのご託宣があったというのです。試しに五百グラムばかり買ってくると、それは五分でなくなりました。

みなさま、ブラジル・ナッツです！　ついに堰が切れたのです。カロリー満点のブラジル・ナッツによって！　町の雰囲気は冷たい敵意に変わり、やがて毒々しい嫉妬が生まれました。

グレゴリーは、ブラジル・ナッツを食べはじめるとやめられなくなってしまったのです！　誰もが期待に満ちた目で、その肥満が止まる兆候を探りはじめました。張り裂けそうな皮膚、どんより濁った目。そんな兆候が現われたら、一見、許容量があるようでも、そろそろ限界に達しかけた証拠です。みっともない太り方はしていないか、わたくしどもは目を皿のようにしてながめておりました。ところが、百五十キロ近くなっても、グレゴリーは健康そうに丸まると太りつづけるばかりだったのでございます。その頃には、人に強制されるまでもなく、すっかり甘党になっていました。

　その年のコンテストは、まったくといっていいほど盛り上がりませんでした。ジェニー・シュルツのピーターが百九十一キロで優勝したのですが、天才的な可能性を秘めたグレゴリーのことが誰の頭にもこびりついていたのです。

　その直後、まだ早いだろうというおおかたの予想を裏切って、グラディスはグレゴリーを隔離しました。そこから希望的観測が生まれたのです。若さゆえ性急になったグラディスは、ついやりすぎて戦術を誤ったのだ。誰もがそう思いましたが、グラディスの態度があんまり自信たっぷりだったので、仲間の町の女性たちはみんな怒り狂ったのでした。

　町の歴史始まって以来のことですが、目前に迫ったグレゴリーの勝利を阻止するため、女性たちは一致団結しました。そんな行動を起こすもとになった感情は、なるほど、あまり誉められたものではございません。ですが、奥さまがた、どうかご自分を同じ立場に置いてみてください。心労を重ね、努力を繰り返し、さらには巨額のお金まで費やして、ようやく旦那さまをコンテストに出したのに、その結果が最初からわかっているとしたら、いかがなさいます？

　グラディスがグレゴリーを完璧に育て上げるにはどのくらいかかるか？　誰もが知りたがっていたのはそのことでした。みなさまもご存じのように、一般の旦那さまの場合は、成長がピークに達するには三年から四年かかります。しかし、グレゴリーは特殊な例です。四年もかけたら、ぶよぶよになってしまうでしょう。理論的には、まあ、三年といったところですが、グレゴリーなら二年でピークに達するのも不可能ではありません。しかも、グラディスは気がせいて、もう待ち切れなくなっているようでした。きっと二年でコンテストに出すだろう――それが、さまざまな事情を考慮したわたくしどもの結論でした。そうと決まったら、話は簡単です。その年は誰もが旦那さまの出場を取りやめればいいのですから。出場者がグレゴリー一人だったら、優勝しても、それはむなしい勝利になるでしょう。

わたくしどもの解決策は大胆不敵でしたが、たいへんに強力なものでもありました。女性たちは、一年後、つまり本年度のコンテストに旦那さまを出場させる協定を結んだのです。もちろん、旦那さまの多くはまだ熟していないでしょうが、それはいたしかたのないことです。二年待って三年目に出場させることにして、もし失敗したら（誰かが口を滑らせるとか、インチキをするとか、原因はいくつも考えられますが）、その場合は、旦那さまの隔離が四年か五年つづくことになりかねません。これは、当の旦那さまはいうまでもなく、奥さまにとっても大変な負担です。一旦熟したら、駄目になるのもまた早いのです。旦那さまの隔離をはじめて一年に満たない奥さまがたは、この協定に従う必要はない、という決定もなされました。

それからは奇妙な緊張の期間が続きました。町の行事に熱心に参加することでグラディスは鼻高々の傲慢（ごうまん）な気持を隠し、ほかの女性たちは、健全なコンテストを行なうためという公共の利益を表に掲げ、共謀のうしろめたさや憎しみを隠していたのでした。

やがて、グラディスは食料品の配達を頼むようになりました。小樽入りのおびただしいビール、大量のじゃが芋、小麦粉の大袋。やっぱりそうだったのです！　グラディスは二年でやるつもりだったのです！　しかし、それは意味のない勝利になるはずでした。

ついやりすぎて、失敗をする可能性だってあるのです。わたくしどもは、誰もがエリザベス・ベントのダリウスのことを憶えております。数年前のことですが、ダリウスには、ちょうどグレゴリーのような素質があり、自分でも記録の達成を願っていました。ですので、奥さまが突っ走りすぎても黙っていたのです。ダリウスは、コンテストの六週間前に死にました。二百八十一キロというあっぱれな体重でしたが、もちろん記録には残されていません。

本年度のコンテストがいよいよ一カ月後に迫ったとき、とりあえずグレゴリーのことは誰もが忘れていました。たしかに、今年のコンテストには意外性など少しもありません。どこのご主人が参加するか、グラディス以外の奥さまはみんな知っていたのです。誰が優勝するか、予想がつかないわけではありません。それでもコンテストはコンテストです。競争意識が高まって、町の雰囲気はぴりぴりしてきました。

コンテストの当日は、晴れ上がった暑い日でした。もちろん、今年の場合、はたして意外な参加者は出るか？　予想に反してあと一年隔離されるのは誰か？　などというスリルたっぷりの推理の楽しみはなかったのですが、スタジアムにはそれなりに興奮した観客が集まってきました。

ところが、入場行進の五分前になって、ある疑問が群衆のあいだを駆け巡ったのです。誰かグラディスを見た人いる？　それをきっかけに、観客の期待はいやが上にも高まり、あちらこちらで伸び上がる人もいれば、鋭い目で客席を見回す人もいました。それなのにグラディスの姿はどこにも見えなかったのです。怒りのつぶやきがスタンドを巡りました。たった一年で、グラディスはグレゴリーを仕上げたっていうの？　まさか！　冗談でしょ！　そんなことできるわけないわ。

楽団の演奏がはじまり、幔幕(まんまく)を垂らした派手な色のトラックが何台もスタンドの前をゆっくり通っていきました。そのトラックは、全部で二十六台。協定を結んで、今年旦那さまを出場させた奥さまは何人だったでしょう？　二十五人？　二十六人？　誰も憶えていませんでした。トラックは場内を回りました。そのパレードを見る人もいれば、スタジアムの入り口をながめる人もいて、みんなの関心は二つに分かれました。遅れてやってくる観客の中に、グラディスの姿を探そうとしていたのです。

やがて、金管楽器の甲高いファンファーレが鳴り響き、トラックは停まりました。奥さまがたは、運転台から降りて、それぞれのトラックの前に立ちました。この瞬間の緊張は、みなさまがたにもお馴染(なじ)みでございましょう。とっておきのおめかしをして、一列に並んだ、二十数人の奥さまがた。その行列にざっと視線を走らせて、あら、出るはずだったあの人の姿が見えないわ、などと思いを巡らせる。数年がかりの配慮と、期待と、努力と、作戦の結果、あっというまに勝敗が決まる緊張の一瞬……。でも、その瞬間、観客の目は、たった一人の人物に向けられていたのです。まるで、その人物以外の出場者は目に入らないように。そう、グラディスがいたのです。

目の覚めるような白いオーガンディのドレスを着て、まるで雛菊（ひなぎく）のように初々しくトラックの前に立っているグラディスは、緊張に満ちた孤独な試練をくぐり抜けてきたはずなのに、しわ一つなく、髪の毛一筋の乱れもありませんでした。苦労のあとなどどこにも見えないその姿に、わたくしは、嵐のような憎悪が観客席に渦巻くのを感じました。

　コンテストに出場したほかの奥さまがたは、なすすべもなく、ただグラディスをにらみつけるばかりでした。やがてトランペットが響き、奥さまがたはトラックの幕を取り去りました。それぞれの旦那さまが姿を見せる瞬間――息を呑む瞬間です。しかし、今回にかぎって、十七番のトラック――グラディスのグレゴリーが立っているトラックに、観客の視線は釘づけになりました。

　拍手はなく、いつもと違ってやんやの喝采もありません。畏敬の念にあふれる沈黙だけがスタジアムに満ちていました。出場したどの奥さまも、その瞬間、かすかな希望が永遠に砕かれてしまったのを悟ったことでしょう。夢にも思わなかったようなもの、大胆不敵な白昼夢にも登場したことのないようなものが、そこにあったのです。

　まるでトラックの荷台に根を下ろしたような立ち姿でした。まさしく巨岩です。ともすれば、巨象のように太った旦那さまは、水ぶくれして見えるものですが、グレゴリーの場合、そんなことはありませんでした。額には、分厚い肉が襞（ひだ）をなして幾重にも重なり、頬は頬で、決してぶよぶよの贅肉ではなく、しっかり充実した堅太りのお肉が垂れ下がっていました。首はずんぐりした円錐形で、普通ならだらしなく弛（たる）むところを、まっすぐ切り立って巨大な肩につながっている……。まさに非の打ちどころがなかったのです。巨柱というか、巨塊というか、とにかく、山のように強固な不動の存在だったのです。やがて、グレゴリーは、ゆっくり、誇らしげに振り返りました。正面の顔、横顔、後ろ姿、ふたたび正面の顔。その体重は予想もつきません。重厚さといい、威圧感といい、美しさといい、わたくしどもがかつて見たどの殿方をも凌駕（りょうが）していたのです。観衆の憎悪は絶望に変わりました。わたくしどもの孫娘の世代になったら、グラディスのグレゴリーの話を誰もが聞きたがるに違いありません。ですが、わたくしどもは、自分の目でグレゴリーを見たのです。その瞬間から、コンテストは意味を失いました。グラディスが耐えた迫害のこと、長いあいだグラディスを除け者にしていたことさえ、誰もが忘れていました。そんなことは、もうどうでもよくなっていたのです。

やがて体重測定がはじまりましたが、焦（じ）れた観客はいつしか不満の声を上げていました。グレゴリーの番がくるまでに、出場者が十六人もいるのです。それぞれの旦那さまは、起重機で吊り上げられ、体重測定台に運ばれて、結果が発表されました。百五十六キロ。百七十キロ。百二十一キロ（ここで失笑が漏れました）。百八十九キロ。百九十五キロ（誰かが拍手しましたが、親類の人だったに違いありません）。百七十五キロ。百五十六キロ。面白くも何ともありません。このときのために作戦を練り、艱難辛苦（かんなんしんく）に耐えてきた奥さまがたの中には、あまりにも不公平だといって、公衆の面前で泣き出す人まで出てきました。次の出場者は百八十二キロ。その次は百四十一キロ。いつまでたっても進まないようでした。

そして、ついにグレゴリーの番がやってきました。ところが、グラディスは、意外な趣向を用意していたのです。グレゴリーに吊り紐をつけようと男の人たちが駆け寄ったとき、グラディスは手を振ってそれを制しました。そのかわり、彼女は、頑丈なパイプの梯子をトラックに取りつけたのです。その梯子を、グレゴリーは、よろよろと、しかし何のためらいもなく降りてきました。

あの体でまだ歩けたのです！

グレゴリーは、巨大な体軀のバランスを取るため、大きくのけぞるような格好になって、前後左右に体を揺すりながら、体重測定台へと続く階段の前まで歩きました。階段の手すりはいかにも弱そうでしたが、あんのじょう、グレゴリーがちょっと触っただけでばらばらに壊れました。その手すりの一部を杖がわりにしてグレゴリーが階段を上りはじめたとき、息を呑んで見守っていた観客は、踏板の割れる音が響くのをなかば予想していました。しかし、みしみしと音をたてただけで、階段はどうにか保ちこたえ、グレゴリーは自分の足で体重計へと歩み寄っていったのです。

奥さまがた、実際にどんな数字が出たかは、もうどうでもよろしいのではないでしょうか。すべては終わったのです。グレゴリーの勇姿を見たあと、統計の冷たい数字には何の意味もなくなりました。念のために申し添えれば、その体重は三百三十七キロでした。

体重計の上で、グレゴリーは、ゆっくり、誇らしげに振り返り、にっこり微笑みました。拍手喝采はありませんでしたが、観衆は、一人、また一人と立ち上がり、やがて全員が総立ちになっていました。グラディスの業績への記念碑、ひいてはわたくしどもの町の金字塔になるべき出場者を前にして、嫉妬や怒りはその力を失っていたのです。グレゴリーこそ世界の人々の霊感の源となるべき存在なのです。

さて、奥さまがた、この賛辞で報告を終えることができたらどんなによかったでしょう。あれはたしかに最大級の賞賛に値する業績でした。しかし、不運なことに、グラディスのグレゴリーの勝利は、たった一つの出来事のためにケチがついてしまったのです。

よそも同じでしょうが、わたくしどものクラブも、暗黙のうちに定められた伝統にのっとって行事を行ってまいりました。コンテストの優勝者は、どんな形で食卓に出されるかを自分で選ぶことができる、という規則でございます。

ところが、グラディスのグレゴリーは、腹いせのためか（その点に関してはいまだに激しい議論が続いております）、それとも一種の先祖がえりで、原始人の本能が目覚めたのか、とにかく、生で食べられたいと申し出たのでございます。

参考になる前例もなく、時の流れに育まれた習慣を踏みにじるのもはばかられて、不承不承、わたくしどもはグレゴリーの要求に従いました。その結果、どの奥さまがたも生理的な不快感を訴え、胃の健康をいちじるしく損ねるかたも続出するありさまでした。現在、わたくしどもの町では、ある動議を検討しております。つまり、コンテストの優勝者の負担を軽くするため、本人に意見を求めるようなことはやめようという動議でございます。みなさま、いかがでございましょう。わたくしが本日お伺いいたしましたのは、わたくしどもの苦い体験にかんがみて、緊急の提案をする必要を感じたからでもあります。ご当地でも、ほかの町のクラブでも、わたくしどもと同じような規則を、一刻も早く制定なさったほうがよろしかろうと存じます。
ご清聴ありがとうございました。

（宮脇孝雄訳）

ディケンズを愛した男

イーヴリン・ウォー

イーヴリン・ウォー　Evelyn Waugh (1903-1966)

一九六〇年代後半から七〇年代前半にかけて、〈ブラック・ユーモア〉が一世を風靡したとき、イギリスの代表選手と目されたのが本篇の作者だった。この方面の代表作『愛されたもの』（一九四八／岩波文庫）は、ハリウッドの大霊園を舞台に「死の産業化」を徹底的に諷刺した作品として名高い。そのいっぽうで、没落する英国貴族階級の姿をノスタルジックに描きだした『回想のブライズヘッド』（一九四五／同前）という傑作も遺しており、ひと筋縄ではいかない作家である。近年わが国では再評価が進みつつあり、『ピンフォールドの試練』（一九五七／白水Uブックス）をはじめとして、主要作品に触れられるようになっている。

作者は一九三三年に南米の英領ギアナ（現在のガイアナ）とブラジルの辺境地域を旅行したさい、ブラジル領内のボア・ヴィスタ村で足止めを食らい、アマゾン川支流下りの連絡船を待って数日を過ごすはめになった。その無聊を慰めるために書いたのが本篇だという。最初〈ハーストズ・インターナショナル〉一九三三年九月号に短篇として発表されたが、のちに長篇『一握の塵』（一九三四／彩流社）に「トッド家の方で」という章題で組みこまれた。そのさい、かなり手が入れられたことは明記しておこう。独立した短篇としても既訳があるが、本書のために新訳を起こした。

マクマスター氏は六十年近くアマゾナスに住んでいたけれど、シリアナ・インディオの数家族をのぞけば、彼の存在を知る者はいなかった。彼の家は小さな草原に建っていた。その近辺にはところどころにある、砂地に草の生えた小さな空き地のひとつで、さしわたしは三マイルほど。ぐるりと森に囲まれている。

そこを流れる小川は、どんな地図にも記載されたことがない。流れは速く、つねに危険であり、一年の大半は渡れない。ウラリクエラ川の上流と合するが、こちらの川筋は、あらゆる学校の地図帳に大胆に記されているものの、いまだに大部分が憶測である。マクマスター氏をのぞけば、その地域の住民はコロンビア共和国、ベネズエラ、ブラジル、ボリビアについて聞いたこともない。それぞれが一度や二度は領有権を主張したのだが。

マクマスター氏の家は隣人たちの家よりは大きかったが、造りは似たようなものだった――椰子の葉で葺いた屋根、編み枝を泥で固めた胸まで高さのある壁、土の床。彼はサヴァンナで草を食む貧相な牛を十頭あまりと、キャッサヴァの農園、バナナとマンゴーの木数本、犬一匹、そして近辺ではただひとり、単銃身の元ごめ式散弾銃を所有していた。外界からとり寄せる二、三の必需品は、交易商の長い鎖を伝って彼のもとへやってきた。手から手へ渡され、十あまりの言語のやりとりを経て、マナウスからこの辺鄙な森の隠れ家まで蜘蛛の巣のように張られた商業の網の、いちばん長い糸の果ての果てまで。

ある日、マクマスター氏が薬莢に散弾を詰めていると、ひとりのシリアナ族が知らせを持ってやってきた。白人の男が森をぬけて近づいてくるというのだ。たったひとりで、病み衰えているという。マクマスター氏は薬莢に蓋をして、銃にこめると、仕上がっていた分をポケットに入れ、教えられた方角へ出発した。

マクマスター氏が着いたとき、その男はすでに叢林を出て、地面にすわりこんでいた。具合が悪いのは一目瞭然。帽子もかぶらず、ブーツもはかず、服はぼろぼろに破れて、汗でかろうじて体にくっついている。足は切り傷だらけで大きく腫れあがり、露出した肌は、どこもかしこも虫や蝙蝠の嚙み傷だらけ。目は熱でギラギラしていた。錯乱してうわごとを口走っていたが、マクマスター氏が近づいて、英語で話しかけると、男はぴたりと口をつぐんだ。

「疲れた」と男はいった。それから、「もう進めっこない。ぼくの名前はヘンティー。疲れた。アンダースンは死んだ。ずっと前のことだ。どうせ頭のおかしいのが来たと思っているんだろう」

「きみは病気にかかっているんだと思う、友よ」

「疲れてるだけだ。なにか腹に入れてから数カ月がたっているにちがいない」

マクマスター氏は男を引っぱり起こし、片腕で支えてやりながら、小高い草地を越えて農場へ向かった。

「家はすぐそばだ。着いたら、気分のよくなるものをあげよう」

「ご親切に」じきに男がいった。「ああ、あなたは英語をしゃべるんだ。ぼくもイギリス人だ。名前はヘンティー」

「なるほど、ヘンティーさん、もう心配ない。きみは病気で、つらい旅をしてきた。わしが面倒を見てやる」

ふたりの足どりはのろのろしていたが、なんとか家にたどり着いた。

「ハンモックに横になりたまえ。なにか持ってきてやろう」

マクマスター氏は家の奥の部屋へ行き、積み重ねてある獣皮の下からブリキ缶を引っぱりだした。なかには乾燥させた葉と樹皮がごちゃまぜに詰まっていた。彼はひと握りつかむと、外へ行って火を起こした。もどって来ると、ヘンティーの後頭部に手を当てがい、彼が飲めるように、薬草の調合液のはいったヒョウタンを口もとへ近づけた。ヘンティーは口をつけ、苦さにすこしだけ身を震わせた。ようやく飲みおわった。マクマスター氏は床に残りかすを捨てた。ヘンティーは静かにすすり泣きながら、ハンモックのなかで仰向けになった。まもなく彼は深い眠りに落ちた。

ブラジルのパリマ山脈とウラリクエラ川上流地域へのアンダースン探検隊にマスコミが奉(たてまつ)った形容は「悲運に見舞われた」だった。ロンドンでの準備作業から、アマゾナスでの悲劇的な最後まで、あらゆる段階で不運に襲われたのである。ポール・ヘンティーが探検隊とかかわったのは、早い段階で生じた支障のひとつがきっかけだった。

彼は探検家の柄ではなかった。温厚で、見場のいい青年であり、好みにうるさく、人に羨(うらや)まれる資産家。知識人とはいえないものの、すばらしい建築とバレエには目がなく、世界の便利な地域を盛んに旅しており、鑑定家ではないが収集家。パーティーの女主人たちには引っぱりだこで、おばたちには可愛がられている。飛びぬけた魅力と美貌をそなえた女性と結婚したが、彼の整然とした人生をひっくり返したのがその女性だった。八年の結婚生活で二度めの不貞を告白したのである。最初の相手はプロのテニス選手で、これは一時的な火遊び。ふたりめは近(この)衛(え)連隊の大尉で、こんどはもっと真剣な関係だった。

この告白にショックを受けたヘンティーが真っ先に考えたのは、ひとりきりで外に食事に行こう、ということだった。彼は四つのクラブの会員だったが、そのうちの三つは妻の愛人と鉢合わせしかねなかった。そこで、めったに足を運ばないクラブを選んだ。出版業者、法廷弁護士、学術クラブへの選出を待っている学者など、インテリ気取りの連中のたまり場である。

ここで、夕食のあと、アンダースン教授と言葉を交わすようになり、計画中のブラジル探検のことをはじめて耳にした。このとき準備を妨げていた不運は、秘書に探検費用の三分の二を持ち逃げされたことだった。隊員はそろっていた――アンダースン教授、人類学者のシモンズ博士、生物学者のネチャー氏、測量士兼無線技士兼機械工のブロー氏――科学計器とアウトドア用品は木箱に梱包されて船積みを待つばかり。必要な書類にはスタンプが押され、官憲の署名がはいっているが、すぐに千二百ポンドが用意できないかぎり、なにもかもが水の泡だというのだ。

先ほどそれとなく述べたように、ヘンティーはもめごとを避ける性分だった。探検は九カ月から一年ほどつづく。田舎の邸宅(カントリー・ハウス)を閉めれば――妻は若い愛人が近くにいるロンドンにとどまりたがるだろう――探検費用を負担してもお釣りが来る。旅そのものに魅力があり、ことによったら、妻の同情さえかきたてられそうな気がした。クラブで暖炉の火に当たりながら、彼はアンダースン教授との同行を即決した。

その晩帰宅すると、彼は妻に宣言した。

「どうすればいいか決めたよ」

「どうするの、ダーリン?」

「もうぼくを愛していないのはたしかなんだね?」

「ダーリン、知ってるでしょう、あたしはあなたを崇拝しているわ」

「でも、その近衛兵、トニーなんたらのほうを愛しているのはたしかなんだろう?」

「ええ、そうよ、はるかに愛してるわ。それとこれとはまるっきり話がべつ」

「そうか、そういうことか。一年間、離婚協議は進めない。きみに考える時間をあげるよ。ぼくは来週ウラリクエラへ旅立つ」

「あら、それはどこ?」

「はっきりとは知らないんだ。たぶんブラジルのどこかだろう。未踏の地なんだよ。一年は帰ってこない」

「でも、ダーリン、なんて月並みなの！　本に出てくる人みたい――つまり、大物撃ちの狩りやらなにやらよ」

「ぼくがひどく月並みな人間だってことは、とっくのむかしにわかっていただろう」

「ねえ、ポール、すねないでちょうだい――あら、電話だわ。きっとトニーね。そうだとしたら、悪いけど、ちょっと席をはずしてくださらない？」

　しかし、つづく十日間の準備のあいだ、彼女は大きな気遣いを見せ、軍人との逢い引きを二度も延期して、ヘンティーの買い物につき合った。彼は装備を選んだり、梳毛（そもう）の飾りのついた腰帯（カマーバンド）を購入するといいはったりした。出発前夜、彼女は〈エンバシー〉で送別会を開くから、好きなお友だちをだれでも呼んでといってくれた。彼が思いついたのはアンダースン教授だけだった。教授は見るからにおかしな服装で、疲れ知らずに踊り、だれ彼かまわず迷惑をかけた。翌日、ヘンティー夫人は夫について臨港列車までやってきて、水色をしたふかふかの毛布を、モノグラムをあしらった、同じ色のスエードのジッパー式ケースに入れてプレゼントした。彼女は夫にさよならのキスをして、「どこへ行くにしろ体には気をつけて」といった。

　サウサンプトンまで送っていったとしたら、彼女は劇的ないい争いをふたつ目にしていただろう。ブロー氏がタラップから船に移る寸前に、債務不履行の廉（かど）で逮捕された――負債はおよそ三十二ポンド。探検の危険性が書きたてられたせいで、そういうことになったらしい。ヘンティーがその借金を肩代わりした。

二番めの問題は、そうあっさりとはいかなかった。ネチャー氏の母親が前もって船に乗りこんでいたのだ。彼女はある宣教師の日記をたずさえていた。そのなかでブラジルのジャングルに関する記述を読んだところだった。これでは息子を行かせるわけにはいかない。息子といっしょでないかぎり、船を下りるつもりはない。必要とあらば、息子といっしょに海を渡るが、そのジャングルにだけは行かせない。頑固な老婦人が相手ではすべての議論が無駄骨であり、出航時間の五分前に、とうとう彼女は意気揚々と息子を下船させ、あとには生物学者のいない探検隊が残されたのだった。

ブロー氏の同行も長つづきはしなかった。一行が乗っている船は、周回航路で旅客を運ぶ定期船だった。乗船して一週間足らず、船の揺れにも慣れないうちに、ブロー氏は婚約した。マナウスに着いたとき、まだ婚約していたが、相手はべつの婦人だった。なにをいわれても、これ以上は先へ行かないといいはり、帰りの旅費をヘンティーに借りた。サウサンプトンに帰り着いたときには、最初に選んだ婦人とまた婚約しており、その場で式をあげた。

ブラジルでは、一行の信用証明書の宛先だった役人がそろって失脚していた。ヘンティーとアンダースン教授が新任の行政官たちと交渉しているあいだ、シモンズ博士はボア・ヴィスタまで川をさかのぼり、物資の大部分を使ってそこにベース・キャンプを設営した。ところが、この物資は革命軍の兵士にたちまち徴発され、博士自身は数日間投獄され、さまざまな侮辱を受けた。このため彼は怒り狂い、釈放されると、ただちに沿岸地方へ向かい、マナウスに立ち寄ったものの、リオで中央の役人に自分の受けた仕打ちをぶちまけるとヘンティーたちに告げるやいなや、さっさと行ってしまった。

こうして旅のはじまりからまだひと月しかたっていないのに、ヘンティーとアンダースン教授はふたりきりになり、備品は大部分がなくなっていた。このまま帰国するのは、耐えがたい不名誉だった。マデイラかテネリフへ行って、半年ほど身を隠すという考えもちらっと頭をかすめたが、そこでさえ正体が露見しそうだった。ロンドンを発つ前に絵入り新聞にあれだけ写真が載ったのだから。そういうしだいで、意気のあがらない探検家ふたりは、なにか値打ちのあることをなしとげるという望みもろくに持たないまま、とうとうウラリクエラめざして出発した。

七週間にわたり、彼らは蒸し蒸しした緑樹のトンネルを漕ぎ進んだ。丸裸で人間嫌いのインディオの写真を何枚か撮り、蛇を何匹か瓶詰めの標本にしたが、のちにカヌーが急流で転覆したときになくしてしまった。消化器に負担をかけすぎ、原住民のお祭りで吐き気をもよおす酒を飲まされ、あるギアナ人探鉱師になけなしの砂糖を盗まれた。あげくの果てに、アンダースン教授が悪性のマラリアにかかり、何日かハンモックのなかで弱々しくうわごとをいったあと、昏睡状態におちいって死亡した。ヘンティーはひとり、マク族のカヌー漕ぎ十二人とともに残されたが、彼の知る言葉はひとことも通じなかった。彼らは逆もどりすることにし、最小限の糧食で、信頼しあうこともなく川を下った。

アンダースン教授の死から一週間ほどたったある日、ヘンティーが目をさますと、漕ぎ手とカヌーが夜のうちに姿を消しており、彼ひとりがハンモックとパジャマとともに、いちばん近いブラジル人入植地から二、三百マイル離れたところにとり残されていた。移動しても仕方がないように思えたものの、自然は彼がその場にとどまることを許さなかった。彼は川筋をたどって歩きだした。最初のうちはカヌーに出会うという望みをいだいていた。しかし、思いあたる節もないのに、じきに森のいたるところに狂った幻影が出没するようになった。彼はとぼとぼと歩きつづけた。浅瀬を渡り、ブッシュを這い進みながら。

彼が心の片隅でつねに漠然と信じていることがあった。つまり、ジャングルは食べものが豊富であり、蛇や野蛮人や野獣に襲われる危険はあっても、飢える心配はないということだ。しかしいま、それは実情とは大ちがいだと思い知らされた。ジャングルには巨木の幹だけが立ち並び、からみ合った棘とつる植物がそのあいだを埋めているばかりで、食べられるものはどこにもなかったのだ。初日は空腹で目がまわりそうだった。その後は感覚が麻痺したらしく、もっぱら従僕のお仕着せをまとって迎えに出てくる原住民たちのふるまいに困惑させられた。晩餐を運んできてから、勝手に姿を消すか、皿の蓋を持ちあげて、生きたままの亀を見せるのだ。ロンドンの知り合いがつぎつぎと現れ、嘲笑の叫びをあげながら彼のまわりを走ったり、彼には答えられないような質問を浴びせたりした。彼の妻もやってきた。妻に会えてうれしかった。近衛兵に飽いて、連れもどしにきてくれたのだと思ったのだ。しかし、ほかのみんなと同じように、彼女もじきに姿を消した。

なにがなんでもマナウスにたどり着くのだ、と思いだしたのはそのときだった。彼は力を奮い起こし、小川のなかで大石につまずいたり、つるにからまったりしながら進んだ。(でも、体力を無駄にしちゃいけない）と彼は思った。やがてそれも忘れ、もうなにもわからなくなり、ふと気がつくと、マクマスター氏の家でハンモックに横たわっていたのだった。

回復には時間がかかった。最初のうち、意識のはっきりしている日と混濁（こんだく）している日が交互に訪れたが、やがて熱が下がり、気分が最悪のときでも意識を失わないようになった。熱に浮かされる日はしだいにすくなくなり、とうとう比較的安定した時間が長くつづいて、その合間に熱帯では当たり前の不調におちいるだけになった。マクマスター氏は定期的に薬草の調合液を彼に飲ませた。

「ひどい味だ」とヘンティー。「でも、よく効きます」

「森にはどんな薬もある」とマクマスター氏。「病気を治す薬もあれば、悪くする薬もある。わしのお袋はインディオで、いろいろな薬を教えてくれた。女房たちからも折りに触れて教わってきた。熱病を治す植物もあれば、熱病にかからせる植物もある。人を殺したり、気を狂わせたりする植物、蛇よけの植物、魚には毒になる植物。これを使えば、木から果物をもぐみたいに、手づかみで魚を水からすくえるんだ。わしでさえ知らない薬もある。なんでも、臭いはじめた死人を生きかえらせることもできるそうだが、見たことはない」

「でも、あなたはイギリス人なんでしょう？」

「親父はそうだった――すくなくともバルバドス人だ。宣教師として英領ギアナへやってきた。白人の女と結婚したが、その女（ひと）をギアナに残して黄金探しに来た。それからわしのお袋といっしょになった。シリアナ族の女は不器量だが、よく尽くしてくれる。わしにはたくさんの女房がいる。このサヴァンナに住んでいる男や女は、たいていわしの子供だよ。だから、わしのいうことを聞く――わしの子供だからだし、わしが銃を持っているからだ。親父はずいぶん長生きした。亡くなってから二十年とたってはおらん。教養のある男だった。きみは字が読めるかね?」

「ええ、もちろん」

「だれもがそれほど恵まれているわけじゃない。わしは字が読めん」

ヘンティーは申しわけなさそうに笑った。

「でも、ここではあまり読む機会がないのではありませんか」

「いやいや、そうでもない。わしはたくさん本を持っておる。きみがよくなったら、見せてやろう。五年前までイギリス人がいたんだ――黒人だったが。でも、その男はジョージタウンで立派な教育を受けとった。死んだよ。死ぬまで毎日わしに本を読んでくれた。体調がよくなったら、きみにも本を読んでもらおう」

「お安いご用です」

「よし、きみに読んでもらおう」マクマスター氏はくり返し、ヒョウタンごしにうなずいた。

病状が快方に向かいはじめたころ、ヘンティーはめったに主人と言葉を交わさなかった。ハンモックに横たわって、椰子の葉で葺いた屋根をにらみながら、妻のことを考えていた。テニスのプロ選手と軍人との不貞をふくめ、ふたりの生活のさまざまな出来事を何度もくり返して思いだした。日中はきっかり十二時間ずつ、なにごともなく過ぎた。マクマスター氏は日没になると床へはいった。小さなランプをつけたままにしておくのは——牛脂(ぎゅうし)を入れた壺に手編みの芯を垂らしておくのだ——吸血蝙蝠よけだった。

はじめて家から出られるようになったとき、ヘンティーはマクマスター氏に連れられて農場のまわりを軽めに歩いた。

「例の黒人の墓を見せてやろう」とマクマスター氏がいい、マンゴーの木にはさまれた土饅頭まで彼を連れていった。「あの男はとても親切にしてくれた。死ぬまで毎日、午後になると、二時間、朗読してくれたものだ。十字架を立ててやろう——あの男の死ときみがやってきたことを記念するために——いい考えだろう。きみは神を信じるかね?」

「じつは、あまり考えたことがないんです」

「それでいいんだよ。わしはさんざん考えてきた。でも、いまだにわからない……。ディケンズにはわかっていた」

「そうなんでしょうね」

「そうだとも、彼の本なら、どれを見ても明らかだ。いまにわかる」

その午後、マクマスター氏は黒人の墓に立てる墓標を作りはじめた。とても硬い木を大きな南京(ナンキン)かんなで削るので、金属がきしむような音がした。

とうとうヘンティーが熱を出さずに一週間近く過ごしたとき、マクマスター氏が、「これだけ元気になったんだから、そろそろ本を見てもらおうかな」といった。

掘っ立て小屋の片端、屋根のひさしのすぐ下に簡単な床が張られ、屋根裏部屋のようになっていた。マクマスター氏は梯子をかけて登った。病みあがりでまだふらふらしているヘンティーが、そのあとにつづいた。マクマスター氏は床に腰をおろし、ヘンティーは梯子の最上段に立って屋根裏を見まわした。ぼろ切れ、椰子の葉、なめしていない皮でしっかりとくるんだ小さな包みが、そこには山積みにされていた。

「虫や蟻を寄せつけずにいるのはたいへんなんだ。二冊はだめにされてしまった。でも、ある油の作り方をインディオたちが知っていて、それが役に立つ」

マクマスター氏は手近の包みをほどき、仔牛革で装丁された本を手渡した。それは『荒涼館』の初期アメリカ版だった。

「最初にどれを読んだってかまわない」

「ディケンズがお好きですか?」

「ああ、もちろんだとも。好きなんてもんじゃない。いいかね、わしが読んでもらったことのある本はディケンズだけなんだ。親父が読んでくれたし、そのあとは例の黒人が……そしてこんどはきみだ。いまでは何度も読んでもらった本ばかりだが、ちっとも飽きないね。いつだって学ぶこと、気づくことが出てくるんだ。登場人物はべらぼうに多いし、場面はくるくる変わるし、言葉がどっさりあって……。蟻に食われたのをべつにすれば、ディケンズの本は全部そろっている。読みきるには長い時間がかかる――二年じゃすまんだろう」

「なるほど」とヘンティーは軽い調子でいった。「ぼくがいるあいだには読みきれませんね」

「まあ、そうじゃないといいんだが。また一からはじめられるとはうれしいね。読むたびに面白くなるし、賞賛の念が高まるんだ」

ふたりは『荒涼館』の第一巻を屋根裏からおろし、その午後、ヘンティーが最初の朗読をした。

彼はむかしから声に出して本を読むのが楽しい質で、新婚の年には妻に何冊か読んでやったが、やがてある日、妻が本音を漏らす気になった稀な機会のひとつに、朗読を聞くのは自分にとって拷問だといったのだった。そのあとは、子供を作って本を読んでやるのも悪くないと考えることもあった。しかしながら、マクマスター氏は類を見ない聞き手だった。

老人はヘンティーと向かいあって自分のハンモックにまたがり、目をしっかりと彼にすえ、音をたてずに唇で言葉をなぞるのだ。新しい人物が登場したときには、しばしば「いまの名前をもういちどいってくれ。その男を忘れていた」とか「そうだ、そうだ、よく憶えている。死ぬんだよ、かわいそうな女だ」とかいうのだった。質問で朗読をさえぎることもたびたびだった。ヘンティーが予想したようなストーリーにあらわれる周辺事情にまつわる質問ではなく──たとえば大法官裁判所の審理手続きや当時の社会的慣習といったものは理解できなかったはずだが、彼は関心を示さなかった──いつも登場人物にまつわる質問だった。「おや、なぜ彼女はそういうんだ？　本気でいってるのかな？　暖炉の熱か、新聞に書いてあったことのせいで気分が悪くなったんだろうか？」ジョークというジョークに、そしてヘンティーにはおかしくもなんともない文章に笑いころげ、二度、三度くり返すように頼んだ。そのあと、「トム・オール・アローンズ通り」の章で浮浪者たちがなめる苦しみの描写では、涙が頬をつたって顎ひげに流れこんだ。ストーリーに関するコメントは、たいてい簡潔だった。「たぶんデッドロックはとても誇り高い男なんだ」とか「ジェリビー夫人は子供たちの世話をちゃんとしておらん」といった具合だ。ヘンティーは彼に負けず劣らず朗読を楽しんだ。

初日の終わりに老人がいった。

「きみの朗読には惚れぼれする。あの黒人よりもはるかに発音がいい。説明も、きみのほうがうまい。まるで親父が生きかえったみたいだ」そのあとは朗読が終わるたびに、客人に丁重な礼を述べた。「とても楽しかったよ。いまのはえらく気の滅入る章だった。でも、わしの記憶が正しければ、万事めでたしということになるんだ」

とはいえ、第二巻にはいったころには、老人が喜んでくれることの目新しさも色あせはじめており、ヘンティーは体力がもどってきた気がして、落ちつかなくなってきた。出発の話題にいちどとなく触れてみた。カヌーと、雨季と、案内人が見つかる可能性について訊いてみたのだ。しかし、マクマスター氏は鈍い質なのか、こうしたほのめかしに注意を払わなかった。

ある日、『荒涼館』の未読のページを親指でめくりながら、ヘンティーが切りだした。

「まだページがたくさん残っています。ぼくが行く前に読みおえられるといいんですが」

「ああ、そうだね」とマクマスター氏。「きみは心配しなくていい。読みおえる時間ならあるからね」

このときはじめて、ヘンティーはこの家の主人の態度にわずかながら威圧的なところがあるのに気づいた。その晩、日没直前の夕食の席で、藷の粉（ファリーニャ）と干した牛肉をかきこみながら、ヘンティーがその話題を蒸しかえした。

「ねえ、マクマスターさん、ぼくはそろそろ文明社会へもどることを考えなければなりません。あなたのご厚意に、もう長すぎるほど甘えていますから」

マクマスター氏は皿の上にかがみこみ、頬ばったファリーニャをくちゃくちゃやったが、返事はしなかった。

「いつごろボートを手に入れられると思いますか？……ねえ、いつごろボートを手に入れられると思いますか？　ご親切には言葉でいい表せないほど感謝しています。でも……」

「友よ、わしが親切を示したとしても、きみがディケンズを読んでくれたから、とっくにお返しはできているよ。そんな水くさい話は二度と持ちださんでくれ」

「ええ、楽しんでもらえてうれしいかぎりです。ぼくも楽しみました。でも、本当に帰ることを考えなければ……」

「そうか」とマクマスター氏。「あの黒人もそうだった。四六時中そのことばかり考えていた。でも、ここで死んだ……」

あくる日、ヘンティーは二度その話題を持ちだしたが、主人にはぐらかされた。とうとうヘンティーはいった。

「失礼は承知の上です、マクマスターさん。でも、訊かないわけにはいかないんです。いつボートを手に入れられますか？」

「ボートはない」

「それなら、インディオに作ってもらいます」

「雨季を待たないといかんな。いまは川が浅すぎる」

「どれくらい先ですか?」

「ひと月か……ふた月か……」

「さあ、これで出発の準備にかかれます」

『荒涼館』を読みおわり、『ドンビー商会』の終わりに近づいていたころ、雨季が到来した。

「いや、それは無理な相談だ。インディオは雨季のあいだボートを作らない――連中の迷信のひとつなんだ」

「いってくだされればよかったのに」

「いわなかったかね? 忘れていたんだ」

翌朝、主人が忙しくしているうちに、ヘンティーはひとりで外へ出ると、できるだけさりげなくサヴァンナを越え、インディオの集落まで行った。一軒の戸口に四、五人のシリアナ族がすわっていた。ヘンティーが近づいても、顔をあげなかった。旅の途上で聞きおぼえた片言のマク語で話しかけたが、通じたのか通じなかったのか、さっぱりわからなかった。仕方ないので彼は砂地にカヌーの絵を描き、大工仕事に見えなくもない動作をしてみせ、彼らを指さしてから自分を指さし、なにかをあたえる仕草をすると、銃や帽子といった交易品とわかるものの輪郭をざっと描いた。女たちのひとりがクスクス笑ったが、理解したそぶりを見せた者はおらず、彼は不満をかかえて立ち去った。

　昼食の席でマクマスター氏がいった。

「ヘンティーさん、インディオたちと話をしようとしたそうだね。してもらいたいことがあるなら、わしを通したほうが簡単だ。おわかりだろうが、わしがうんといわなければ、連中はなにもせん。自分たちをわしの子供だと思っていて、大部分の者はたしかにそうなんだ」

「ええ、じつをいうと、カヌーの件を頼んでみたんです」

「そういう話だった……。さて、食事がすんだのなら、つぎの章に進んでくれるかね。わしはあの本に夢中なんだよ」

『ドンビー商会』を読みおわった。ヘンティーがイギリスを発ってから、一年近くが過ぎていた。永久に帰国できないという不吉な予感が、にわかに切実なものになったのは、『マーティン・チャズルウィット』のページにはさまれていた文書を見つけたときだった。不ぞろいな手書き文字が鉛筆で記されていたのだ。

　一九一九年
　私、ブラジルのジェイムズ・マクマスターはジョージタウンのバーナバス・ワシントンに対して以下のことを誓う。氏が本書『マーティン・チャズルウィット』を読みおえたならば、即刻帰国させることとする。

つづいて鉛筆で不器用に書かれたX。そのあとに——マクマスター氏がこのしるしをつけた。

署名バーナバス・ワシントン。

「マクマスターさん」とヘンティーはいった。「腹を割って話をしなければなりません。あなたは命の恩人です。文明社会へもどったら、力のおよぶかぎりお返しをします。道理をはずれなければ、なんであろうとさしあげます。でも、いま現在、あなたはぼくの意志に反してぼくをここに引きとめている。解放してください」

「でも、友よ、引きとめているとはどういうことだね？　きみは拘束されていない。好きなときに出ていけばいい」

「あなたの助けがないと、出ていけないのはよくご存じでしょう」

「それなら、きみは老人の機嫌をとらねばならんな。つぎの章を読んでくれ」

「マクマスターさん、あなたのお好きなものにかけて誓います。マナウスに着いたら、代わりの者を見つけます。その男に給料を払って、一日じゅう朗読させます」

「でも、べつの男はいらないんだ。きみの朗読はとても上手だ」

「金輪際（こんりんざい）読みません」

「そうでないことを願うよ」とマクマスター氏は礼儀正しくいった。

その晩、夕食の席に運ばれてきた干し肉とファリーニャの皿は一枚きりで、マクマスター氏がひとりで食べた。ヘンティーはものもいわずに横たわり、椰子の葉で葺いた屋根をにらんでいた。

あくる日の正午、一枚きりの皿がマクマスター氏の前に置かれたが、食べるあいだ、その膝の上には撃鉄を起こした銃が置かれていた。ヘンティーは、中断したところから『マーティン・チャズルウィット』の朗読を再開した。

絶望のうちに数週間が過ぎた。ふたりは『ニコラス・ニクルビー』と『リトル・ドリット』と『オリヴァー・トゥイスト』を読んだ。やがてサヴァンナに見知らぬ男がやってきた。インディオと白人のあいだに生まれた探鉱師で、一生森をさまよい、小川をたどり、砂利を篩にかけて、一オンスずつ集めた砂金で小さな革袋を満たし、五百ドルの値打ちのある黄金を首にぶらさげたまま、往々にして日射病や飢えで命を落とす一匹狼たちのひとりである。マクマスター氏はこの男が来たのをうるさがり、ファリーニャと干し肉をあたえ、到着から一時間もしないうちに追いだした。しかし、ヘンティーが紙切れに自分の名前を走り書きし、男の手に握らせる時間はあった。

その日からは希望が芽生えた。日々は判で押したようにつづいた。日の出にコーヒー、マクマスター氏が農場の仕事で歩きまわる午前中はなにもせず、正午にファリーニャとタッソ、午後はディケンズ、夕食はファリーニャとタッソ、ときに果物、牛脂に浸した小さな灯心が光を放ち、椰子の葉で葺いた屋根が頭上にぼんやりと見分けられる日没から夜明けまでは沈黙。しかし、ヘンティーは確信と期待を胸に秘めた暮らしをつづけた。

今年か来年のいつか、探鉱師は彼を発見したという知らせをたずさえて、ブラジル人の村に着くだろう。アンダースン探検隊の悲惨な末路が、見過ごされるわけがない。ヘンティーは大衆紙に現れるにちがいない見出しが目に浮かぶようだった。いまだって捜索隊が彼の渡ってきた地方を捜しまわっているだろう。いつなんどきイギリス人の声がサヴァンナを越えて聞こえてきて、十人あまりの友好的な冒険者たちが、ブッシュをかき分けてきても不思議はないのだ。朗読しているときでさえ、昼は機械的に活字の並ぶページを読みあげるいっぽう、心は目の前にすわる偏執狂の主人から離れてさまよい、帰国にまつわる出来事——文明に順を追ってふたたびまみえる過程——を自分に語りはじめた。マナウスでひげを剃り、新しい服を買う。電報で送金を頼み、祝電が届く。ベレンまでのんびりした川旅を満喫し、大型定期船でヨーロッパへ。上等の赤ワインと新鮮な肉と春野菜に舌鼓を打つ。妻と会うのが気恥ずかしく、どう話しかけたらいいのかわからない……。「ダーリン、おっしゃったよりもずいぶん長くかかったわね。てっきり、あなたを失ったものと……」

とそのとき、マクマスター氏が夢想をさえぎった。

「すまんが、いまの文章をもういちど読んでもらえんかな？　とりわけ楽しいところなんだ」

数週間が過ぎた。救助隊は影も形もなかったが、明日にはなにか起きるかもしれないという希望を胸に、ヘンティーは毎日を耐えた。自分を足どめしている者に対して、わだかまりが溶ける気さえした。だからこそ、ある晩マクマスター氏がインディオの隣人と長いこと話しこんだあと、祝宴に出ないかと彼を誘ったとき、喜んで参加することにしたのだった。

「地元のお祭りのひとつなんだ」とマクマスター氏は説明した。「連中はピヴァリを作ってきた。口に合わないかもしれんが、すこしは飲んでくれ。今夜この男の家へ行く」

そういうわけで夕食後、ふたりはサヴァンナの反対側に並ぶ掘っ立て小屋のひとつのなか、焚き火のまわりに集まったインディオの一団に加わった。彼らは感情をこめずに単調な声で歌ったり、大きなヒョウタンにはいった酒をまわし飲みしたりしていた。ヘンティーとマクマスター氏のためには専用の椀が運ばれてきた。椅子代わりのハンモックもあたえられた。

「杯をおろさず、一気に飲みほすんだ。それが作法なんだ」

ヘンティーは黒っぽい液体をごくごくと飲んだ。舌で味わわないようにしたが、不快な味ではなかった。ブラジルで出された飲料の例にもれず、アルコール度数が高く、泥のような喉ごしだったが、蜂蜜を塗った黒パンの風味がした。彼はいつになく満ち足りた気分でハンモックのなかで上体を倒した。ひょっとしたら、まさにいまこの瞬間、捜索隊がここから数時間の距離にキャンプしているかもしれない。いっぽう自分はぬくぬくと温かく、眠気がさしている。歌の旋律が果てしなく、祈禱のように高まったり低まったりした。ピヴァリのお代わりのはいったヒョウタンがさしだされ、彼はそれをからにして返した。長々と寝そべり、シリアナ族が踊りはじめると、椰子の葉を葺いた屋根でたわむれる影を見まもった。やがて彼は目を閉じ、イギリスと妻に思いをはせて、眠りに落ちた。

目がさめると、あいかわらずインディオの小屋のなかだった。いつもより寝過ごした気がした。太陽の位置からすると、夕方に近いらしい。あたりにほかの者はいなかった。腕時計を探したが、驚いたことに、手首にはまっていなかった。パーティーに来る前、家に置いてきたのだろう――彼はそう思った。

（昨夜はずいぶん酔っ払ったにちがいない。思ったより強い酒だ、あれは）頭痛がしたので、熱病がぶり返したのではないかと心配になった。地面に足をおろすと、立つのがやっとだった。足がふらつき、病状が快方に向かった最初の数週間のように、頭がぼうっとしていた。サヴァンナを渡る途中、何度も立ち止まり、目を閉じて、深呼吸するはめになった。家にたどり着くと、マクマスター氏がすわっていた。

「ああ、友よ、今日の午後は朗読に遅れたね。日が暮れるまであと三十分もない。気分はどうだね？」

「ひどいもんです。あの飲みものとは相性が悪いらしい」

「気分がよくなるものをあげよう。森にはなんにでも治療薬がある。目をさまさせる薬も、眠らせる薬も」

「どこかでぼくの腕時計を見ませんでしたか？」

「なくしたのかね？」

「ええ。はめてるつもりだったんですが。とにかく、こんなに長く寝たことはありません」

「赤ん坊のとき以来だろうね。どれくらい長く眠ったかわかるかね？　二日だよ」

「ばかな。そんなはずがない」

「いや、あるんだ。長い時間だ。残念だよ、きみが客人に会いそびれて」

「客人ですって？」

「ああ、そうだ。きみが眠っているあいだ、わしはすこぶる愉快にやっていたんだ。外から三人の男が来た。イギリス人だ。残念だよ、きみが彼らに会いそびれたのは。彼らにとっても残念だ。あんなにきみに会いたがっていたんだから。でも、わしになにができただろう? きみはぐっすり眠っていた。彼らははるばるきみを捜しにきた。だから――きみは気にしないと思ったんだが――自分で挨拶できないきみに代わって、ささやかなお土産を持たせてやったんだ。きみの腕時計を。きみの奥さんのもとへ持ち帰るものをほしがっていたからね。奥さんは、きみの消息に関する情報に高い謝礼を出しているそうだ。連中はとても喜んだよ。それと、きみがやってきたのを記念して立てた、あの小さな十字架の写真を何枚か撮った。それも喜んでいた。なんにでもすぐに喜ぶ連中だった。だけど、もういちど訪ねてくることはないだろう。ここはあまりにも辺鄙だし……楽しみといったら本を読むことだけ……二度と訪れる者はないだろうな……おやおや、気分がよくなる薬をあげよう。頭が痛いんじゃないかな……。今日はディケンズはお休みだ……でも、明日は、あさっては、しあさっては。もういちど『リトル・ドリット』を読もう。あの本には、涙なしには聞けない文章があるんだよ」

(中村融訳)

お告げ

シャーリイ・ジャクスン

シャーリイ・ジャクスン　Shirley Jackson (1916-1965)

早川書房の《異色作家短篇集》といえば、〈奇妙な味〉という概念を世に知らしめる原動力となった叢書だが、なかでも人気の高い一冊が、シャーリイ・ジャクスンの『くじ』（一九四九）だろう。とある村の不気味な習俗を描き、掲載誌に抗議が殺到したという表題作をはじめとして、不穏な空気のただよう作品ばかりを集めており、まさに〈奇妙な味〉のお手本といえる。

ジャクスンはアメリカの作家。文芸評論家のスタンリー・エドガー・ハイマンと結婚し、ヴァーモント州の田園地帯に居をかまえて、二男二女を育てた。「うちの主要な輸出品は本と子供で、どちらもたくさんこしらえた」というのが本人の弁である。

恐怖小説の古典『丘の屋敷』（一九五九／本文庫）や『ずっとお城で暮らしてる』（一九六二／同前）など、薄気味の悪い小説を書くいっぽうで、子育てを題材にした『野蛮人との生活』（一九五三／ハヤカワ文庫NV）のようなドタバタ・コメディも得意とした。〈ファンタシー&サイエンス・フィクション〉一九五八年三月号に発表された本篇は、後者の傾向に属する作品。本国でも忘れられていたが、未発表作を中心にした作品集*Just an Ordinary Day* (1997) に収録されて、ふたたび日の目を見た。わが国でも四十一年前に雑誌に掲載されたきりだったが、今回、訳者が大幅に手を入れた改訳版でお目にかける。

ウィリアムズおばあちゃんのことを、いっしょに暮らしてこの世でいちばん楽しい人物、と言っては、すこし言いすぎになるだろう。彼女の娘がときどき言うように――もっともそれを口にするのは、せいぜい言葉を尽くして母への忠節を示してしまったあとにかぎられはするのだが――「おばあちゃんは、この世でいちばんやさしいおばあちゃんであることにちがいはないんだけど、でも、ときどきひどく扱いにくくなる」のである。また、おばあちゃんの娘婿は、限りない忍耐心をそなえ、いつも変わらぬ礼儀正しさを身につけた男だが、何度か妻にむかって、愛情ぶかい微笑とともに、こう言っているのを聞かれている。「おばあちゃんは、このごろ急に年をとったようだな」と。近ごろでは、二人いる孫たちさえ、ときおり彼女の言動にむしゃくしゃして、「やだ、おばあちゃんったら!」とか、「よしてくれよ」とか言うのである。言葉に窮したとき、とかく子供が用いたがる、あの声音で。

とはいえ普段は、だれもがおばあちゃんを、彼女が彼らを愛するのに劣らぬほど愛し、彼女が念入りにこしらえたカスタード・クリームのデザートを、おいしい、おいしいと言って食べ、彼女が彼らのために考えだすちょっとした〝驚き〟を、寛大に受け入れる。クリスマスには、暖かいスカーフや手袋を贈るし、ヴァレンタイン・デーには、自家製のチョコレートを、母の日には山梔子(くちなし)の花を贈り、誕生日には食事や観劇に誘い、彼女が眼鏡を紛失すれば、本人がそれを見つけるように、それとなくお膳だてし、彼女にかわって図書館から本を借りてきてやり、毎晩、就寝前には、忘れずにおやすみのキスをし、いまだに交流のある二、三の旧友が訪ねてくれば、丁重に応対する。だから、ある朝、おばあちゃんが朝食の席で、きょうは買い物に行くつもりだと朗(ほが)らかに告げたときにも、だれも反対しはしなかったし、そっと笑いを押し隠すことすらしなかった。

「その買い物、わたしが代わりに行ってきてあげるわけにはいかないの?」と、彼女の娘がコーヒーポットをのぞきこみながら言った。「きょうならわたし、街に出るかもしれないわよ。お使いならば、喜んで引き受けるけど」

「ほしいものがあったら、なんでも買ってきますよ」と、娘婿も言った。「帰りに店に寄るのくらい、お安いご用ですからね」

おばあちゃんは勢いよく首を横にふった。「これは大事な買い物でね。あたしが自分で行かなきゃだめなんですよ」

「いっしょに行っていい?」年下のほうの孫が言った。年は八つ、名はエレンといい、少女時代のおばあちゃんに似ているとよく言われている。

「いいえ、だめ」おばあちゃんは言った。「これはびっくりプレゼントなんだから」

軽い溜め息がテーブルのまわりに流れたとしても、おばあちゃんは気づかなかった。

「みんなをあっと言わせてあげようと思ってるの。きのうのこと、覚えてるでしょう?」

だれもがきのうのことは覚えていた。きのうは記念すべき日だったのだ。きのうの朝の郵便で、おばあちゃんは額面十三ドル七十四セントの小切手を受け取ったのだった。添え状によると、その差出人は、いまから五十年近くも前に、亡くなったおばあちゃんの連れ合いからお金を借りたらしい。そしていま、未亡人にそのお金を、利子をつけて返済するというのだ。おばあちゃんの娘婿が計算してみてくれたところでは、利子の金額は正確だった。というわけで、きょうのおばあちゃんは、ふところが温かいのである。彼女は楽しそうにくりかえした。

「みんなをびっくりさせてあげようと思ってね、ちょうどお金もはいってきたことだし」

彼女の娘が異議を唱えかけて、すぐ思いとどまった。およそ、おばあちゃんが十三ドル七十四セントの範囲で買えるもののうち、なにより彼女を楽しませるものといえば、みんなへのびっくりプレゼントを措いてほかにはあるまい。ややあって彼女の娘は、テーブルのまわりの家族一同を見まわしながら、きっぱりと言った。「それはすてきだと思うわ」

「ご親切にどうも」と、娘婿も言う。

「あたしのほしいのはね——」エレンが言いかけた。

「だめよ」彼女の母親が言った。「これは、思いがけない贈り物になるはずなんだから」

「でも、みんなの希望は知っておかなきゃね」おばあちゃんは言った。「ロバートや、紙と鉛筆を持ってきておくれ」十歳になる上の孫が、大急ぎで出ていって、それらをとってきた。というのも、ひとつには、日ごろおばあちゃんにたいしては、礼儀正しくふるまわねばならないちゃんは、ただの一度も花束をもらったことがないのだ――ひとつには、彼女がいつも、花なんかお金の無駄遣いだと言い聞かされていたためだし、いまひとつには、あっというような贈り物など、日ごろめったにお目にかかれないためでもある。

「それで――」おばあちゃんは鉛筆を構えて言った。「――マーガレットは？」

「わたしがなにをほしいかってこと？」彼女の娘は考えこんだ。それから、のろのろと言った。「さあ、なにがいいかしら。たとえば、ハンカチとか？ でなきゃキャンデーでもいいけど」

「もし香水を買ってくるとしたら、どんなのがいい？」おばあちゃんは、おおいに気を利かせて、そうたずねた。

彼女の娘はもう一度、考えこんだ。「そうねえ、いつもはわたし、《カーネーション》というのを使ってるけど」

「カーネーション」そう言って、おばあちゃんはそれを書きとめた。それから、問いかけるように娘婿のほうを見た。「それでジョン、あんたは？」

彼はしかつめらしく眉間に皺を寄せた。「さよう、もしいただけるなら、上等の葉巻なんか、たいへんありがたいですな。《エル・シーニョ》というのが常用の銘柄ですが」

「葉巻ね」おばあちゃんは満足げに言った。「男性にはとてもふさわしいものですよ。おまえたちのおじいさんは、いつも言ってました――紙巻き煙草は女子供の吸うものだって。で、なんという銘柄ですって？」

「《エル・シーニョ》です」

「そんな外国の言葉で言われても、書けやしませんよ」おばあちゃんは言った。「英語ではなんというんです?」

「《しるし（ザ・サイン）》です」娘婿は妻のほうを見ないようにしながら答えた。

「ザ・サインね」おばあちゃんはそれを書きとめると、説明を加えた。「これならいつでも売り場のひとに訊けますからね——葉巻の場合の〝しるし（ザ・サイン）〟とは、なにを指すのかって」

「今度はあたし?」エレンが言った。

「そうです、おまえですよ、エレン」

「本物の窓ガラスがはまったお人形さんの家がほしいの」エレンは即座に言った。「それから、花嫁人形と、生きてる仔猫と——」

「生きてる仔猫はいけませんよ」彼女の母親が急いで口をはさんだ。

「なら、縫いぐるみのは?」エレンは目を大きくみはって言った。「青い縫いぐるみの猫じゃだめ?」

「いいわね」おばあちゃんは言った。「青い猫と」そして書きとめた。「で、ロバートは?」

「ローラー・スケート。それとウォーキー＝トーキー」

「えっ、なんですって?」

「ウォーキー＝トーキー」ロバートはくりかえした。「まあ電話みたいなもんだよ」

おばあちゃんは救いをもとめるように娘婿を見つめ、娘婿はほほえんで、肩をすくめてみせた。「電話ね」そう言っておばあちゃんはそれを書きとめた。それから、体をそらせて目を細めると、声に出してリストを読みあげた。「カーネーション。ザ・サイン。青い猫。電話」そして、ほほえみながらテーブルの一同を見まわすと、「じゃあ今度はあたしの番だね」と言った。「あたしはね、指輪を買うつもりなの」

「指輪？」彼女の娘が口をはさんだ。「おばあちゃん、指輪ならたくさん持ってるじゃありませんか。ダイヤモンドの指輪もあるし、カメオをはめこんだ小さなのもあるし、おとうさんの形見の、銀の認印つきのものもあるし、ほかにも――」

「ああいうのじゃないんですよ」おばあちゃんは勢いよくかぶりをふった。「こないだ、均一ストアで、ほしい指輪が目にとまってね。値段は二十九セント、銀張りで、ハートを二つ重ねたしるしがついてるの。あの指輪が気に入ったんですよ」

娘と娘婿とは、目を見あわせた。それから娘が言った。「ねえおばあちゃん、つぎのお誕生日まで待ってくれたら、おなじ指輪で、純銀のが手にはいるかもしれないわよ。デザインが気に入ったんだったら、おなじ形に細工させることくらい、造作もないことだし」

「いいえ、あたしはあれがほしいんですよ」おばあちゃんは言って、テーブルから立ちあがると、買い物のメモをとりあげて、ていねいにポケットにおさめた。「さて、それじゃ行ってくるとしましょうかね」

彼女がコートと帽子をとりに自室へ行ってしまうと、彼女の娘は気がかりそうに夫に言った。「ねえ、ほんとにだいじょうぶかしら。なんなら、いっしょに行くと言い張ってもよかったんだけど」

「あのとおり、とても楽しみにしてるんだ」と、夫は言った。「せっかくの楽しみを奪っちゃ気の毒だよ。それに、もちろん心配することなんか、なにもないだろうし」

「それもそうね。どっちみち、だれもがおばあさんには親切にしてくれるわ。つまり、なにか困ったことに出くわした場合でも、という意味よ」彼女の娘は言った。

こうしておばあちゃんは、小粋な黒のコートに、菫の花を飾ったしゃれた小さな帽子といういでたちで、十時きっかりに家を出た。娘婿が会社へ出かけてから一時間後、孫たちが騒々しくスクールバスに乗りこんでから、一時間と十分後のことだった。彼女の娘は門口まで出て、通りを歩み去る母に手をふった。母は街に出るのにタクシーを呼ばず、バスで行くと言い張って聞かなかったから、その姿が通りの角に達して、バスの運転手にこうもり傘で物慣れた合図を送り、いつものように、運転手と、二人ばかりの親切な乗客に助けられてバスに乗りこむまで、彼女の娘は門口に立って見送っていた。あの調子なら、きょう一日、どこへ行っても、だれかがおばあちゃんの面倒を見てくれるだろう。そう思って、軽い笑みを浮かべながら、彼女は朝食の皿洗いをすませるために家にはいっていった。なんなら、仕事がかたづいたら、わたしも着替えをして、一走り街へ行ってみてもいい。どこかでおばあちゃんに出あって、いっしょに帰宅することもできるかも。

いっぽうおばあちゃんは、自分が車内の注目を集めていることをじゅうぶんに意識しながら、誇らしげにバスのなかにすわっていた。娘婿が親切にきのうの小切手を現金に換えてくれていたから、いまおばあちゃんの財布のなかには、大枚十三ドル七十四セントのお金がはいっていた。買い物のメモも、ちゃんとポケットにおさまっている——はずだった。ところが、じつをいうと、メモはポケットからすべりおち、中心街でおばあちゃんが、運転手と、ひとりの親切な紳士と、二人の女学生に助けられてバスを降りたとき、そのまま座席の片隅に置き忘れられてしまったのだった。

必ずしもこの世のすべての人間が、おばあちゃんのような楽しい二日間を過ごしたわけではない。たとえば、ミス・イーディス・ウェブスターなどは、不愉快かつ実りのない議論のために、四十八時間もの時間（しかもこれは、彼女の休暇の最初の週なのだ！）をつぎこんでいた。イーディスは、おばあちゃんの娘がおばあちゃんを愛している程度には母を愛していたが、あいにくイーディスの母親は、おばあちゃんよりはいくらか身勝手だった——おばあちゃんは、イーディスがもしこのことを知っていたら指摘したであろうように、すくなくとも娘に結婚することを許した。イーディスの母親は、その点、きわめて明確な態度を示していたのである。「もしこのジェリーとかいう男と結婚するつもりなら」と、母はイーディスに言った——過去三年間、くりかえし言いつづけてきたようにだ。「あんたはこの年をとったかわいそうなおっかさんを、ひとりぼっちでほうりだすことになるんだよ。あんたがあたしのことを気にかけてるなんて、もともと思っちゃいないけどさ——いまじゃ、いくらあたしだって、自分のたったひとりの娘が、年とったかわいそうなおっかさんの身になにがあろうと、いくらかでも気にかけるなんて期待するほどばかじゃない——だけど、こう言っとけば、あんたが年とったかわいそうなおっかさんを置き去りにして、飢え死にさせたってこと、それがいつまでもあんたの心に、しこりとなって残るだろうと思ってね」

「飢え死にすることなんかありゃしませんって」イーディスは、これまた三年間、くりかえしくりかえし、おなじことを指摘しつづけてきた。もっともいまでは、あまりに何度も口にされてきたため、それも言葉としての意味をほとんど失ってしまってはいるのだが。「もうずっと以前から、マーサ伯母さんが、自分のところにきて、いっしょに住まないかって言ってくれてるじゃない。それにジェリーとわたしだって、おかあさんが暮らしてゆくぐらいのものは、いつだって援助するつもりだし」

「マーサ伯母さん？　なんであたしがマーサ伯母さんなんかといっしょに暮らしたがらなきゃならないのさ。あんたって娘は、おっかさんが安楽に暮らせるかどうか、なんてこと、てんで気にかけちゃいないんだ。だからこそ、マーサ伯母さんのところへ行って、いっしょに暮らせなんてことが言えるんだよ」

おばあちゃんがいとも快活に家を出たそのおなじ朝、ついにイーディスはたまりかねて言った——これまで母親にたいしては、一度も見せたことのなかった怒りをこめて。「わたしには、結婚して、自分の家族を持つだけの、じゅうぶんな権利があるはずだわ。それを邪魔しようというのは、おかあさんの身勝手よ」

「あんたはあたしの娘だよ」彼女の母親は言いかえした。「これまであんたを教育してやり、育ててやり、愛情をつぎこんでやった恩義があるはずじゃないか。いいかい、あたしはね、あんたがどこかの馬の骨といっしょになって、年とったかわいそうなおっかさんを見捨てるなんてこと、ぜったい許しゃしないからね」

ここまで聞いて、イーディスは帽子をひっつかむなり、家をとびだしたのだった。いまだにまくしたてつづけている母親、いとも楽しげに飢餓の徴候を述べたて、自分の死の床にイーディスがあらわれるときのようす——といっても、母の許しを乞うために、ではないが——を空想して、身勝手な妄想にふけっている母親を置いて。

通りを歩きながら、実際は気だてのよい明朗な娘であり、争いを好まないたちのイーディスは、自分自身にむかって、いまこそ決断をくだすべきときだ、それもただちに、ときっぱり言い聞かせていた。母のことは、もうあきらめるしかない。いくら説いても、頑迷な思い込みをひるがえす気配はないし、いっぽう、どんなに無視しようと努めても、この三年間、いらいらしながら待ちつづけてきたジェリーが、近ごろではときとして愚痴めいたことをもらすようになっている、この事実は厳然として残るのだ。いわく、自分の友達はもうみんな結婚してしまった、男は三十までに家庭を持つのが常識とされている。自分個人としては、イーディスの母親は、いくら説得しても折れる見込みはないと思う、だから、いまやるべきことは、思いきって結婚してしまい、母親には事後承諾のかたちで同意を迫ること、これ以外にない、等々。イーディスとしても、公平に考えれば彼の意見が妥当だということはわかっている。だが、それでもなお、母親にそむくことは、彼女の持って生まれた勇気以上のものを必要としたのである。

通りを歩いてゆきながら（そしてこのときイーディスは、ウィリアムズおばあちゃんから約二マイルへだたったところにいた。おばあちゃんは、おりしもべつの道をべつのバスにむかって、胸を張って堂々と歩いてゆくところだったのだ)、こざっぱりした濃紺のコートに赤い帽子をかぶったイーディス(この点でも彼女は、黒いコートに、菫の造花を飾った帽子という姿のおばあちゃんとは対照的だった)は、深い溜め息をつきつつ考えた。ああ、なんとか決心できさえしたら、もしもだれかが、なにかが、なんらかの方法で、わたしに進むべき道、なすべきことを教えてくれさえしたら。わたしにかわって決断し、お告げを告げてくれさえしたら。

こういった考えかたは、言うまでもなく、なにより危険な思考法である。

こうして、おばあちゃんとはべつのバスに乗ったイーディスは、おばあちゃんとほぼおなじ時刻に中心街に到着し、そして、ある奇妙な偶然から、自分ではそれと気づくこともなく、実際に通りでおばあちゃんとすれちがいさえした。おばあちゃんのほうも、イーディスには気づかなかったが、あるいはひょっとすると、イーディスのほうは、ちらりとこんなことを考えたかもしれない――まあ、あの帽子に花を飾ったおばあさん、やさしそうなおばあさんだこと。そしてまたひょっとすると、こんな考えがおばあちゃんの心をよぎったかもしれない――おやまあ、きれいな娘さんなのに、あんな屈託ありげな顔をして。こういったことは、日常、群衆のなかですれちがう幾千ものひとびとの身に起こっていることである。ともあれ、イーディスは、最終的には街の反対側に住む女友達(このようなときに悩みをぶちまけることができ、先方も、助力とまではいかないにしても、同情なら与えてくれる友達)の家に行こうとしていたのだが、それが誤って、ちがうバスに乗ってしまった。悩み事をかかえていて、心ここにあらずといった状態だったし、バス停留所には大勢の乗客が待っていて、しかもイーディスはバスに乗りこむときに、前部の行く先表示も見なかった。おまけに、彼女のそばにいたひとりの男が、声高に、「ああ、ロング・アヴェニュー行きのバスだ」と言うのを、たしかに聞いたのだ。これはイーディスの待っていたバスだったから、彼女は乗りこんで、料金を払い、真っ先に目についた空席にすわったが、それはたまたま、遠からぬ以前に、おばあちゃんの空けた席であり、おばあちゃんの買い物メモが、ひとつのお告げとしてイーディスを待っていた席でもあった。イーディスはそれを拾いあげると、なんの気なしにポケットにおさめた。それを自分の落としたもの、乗り換え切符か、だれかの住所を書きとめた封筒の切れ端か、いずれにしても自分のポケットから落ちたものと思いこんで、それをポケットに入れるときにも、その紙面を見ることとさえしなかった。

イーディスは、かりにまちがったバスに乗ってしまったと気づいても、その場で立ちあがって、運転手にどうしてくれるとわめきたて、すぐさま見知らぬ街角で降ろしてもらうことを要求するような人柄ではない。自分のまちがいに腹を立てはしても、それをバス会社の責任と考えるような料簡は持たないのだ。いまだって、なにがなんでも昼食前に女友達の家に着かねばならぬということはないのだし、どうやら見知らぬ街にきてしまったことは確からしいが、それならそれで、どこかでバスを降り、最初に行きあたったレストランで昼食でもとって、そのあとゆっくり出なおせばすむことである。というわけで、彼女はつぎの停留所でバスを降りると、轟音とともに走り去るそれを見送って、やおら周囲を見まわしつつ立ちつくした。

さて、ここからである。その結末をべつにすれば、容易にイーディスの白日夢とでも解釈できそうな、一連の出来事が始まるのは。というのも、街角に立って見まわしたとき、イーディスが最初に気づいたのは、いままで一度もきたことのない街にきているという事実であり、第二に、見わたしたところ、どこにも道路標識らしいものがないということだったからだ。いや、道路標識どころか、レストランとか、コーヒーショップとか、お食事処とか、軽食とか、ソーダファウンテンとか、およそどこの街ででも見かける看板すら見あたらないのだ。言いかえれば、連れのいない女性が、阿呆と思われずにここがなんという街かを訊くことができる、そんな場所はひとつとして存在しないのである。だが、そう気づくと同時に、だれでもちょっぴり道に迷ったときに感じる、あの浮きうきした感じ——自分はここでは無名の人間なのだという解放感と、ポケットにはたんまりお金があるし、いつでも好きなときに、タクシーを呼んで家へ帰れるのだというひそかなる安堵感の裏づけ——が襲ってきて、これでしばらくは母とジェリーの問題からのがれられる、そうイーディスは思った。二人がいまここにあらわれて、自分たちの存在をあらためて思いださせようとしても、二人のどちらも、肝腎の自分の居場所を見つけることはできないという、いたって単純な理由からである。ところがそのあとに起きたことは、彼女にとってはショッキングな出来事だった。ぜんぜんお金を持っていないことに気がついたのだ。出がけにポケットに押しこんできた財布には、予定していた数枚の一ドル札と一枚の五ドル札はなく——ここでやっと、そのお金は、いまかぶっている帽子を買うために使ってしまったことを彼女は思いだしていた——わずか四枚の五セント白銅貨と、数枚の一セント銅貨がはいっているきり。こうしてイーディスは立ち往生してしまったのだった。

はじめとっさに考えたことは、どこか人目につかないところにひっこんで、どうすべきか思案するのが得策だということだった。中心街にもどるバスでは？　ならばバス停はどこだろう？　イーディスは首をのばしてみたが、見慣れたバス停の標識は見あたらなかった。ポケットをさぐってみたとき、はじめておばあちゃんの買い物メモが手に触れた。とっさにそれを、ポケットに迷いこんでいた一ドル札かなにかだと思ったイーディスは、狐につつまれたような面持ちでそれをながめ、そこに書かれた文字を読んだ。『カーネーション。ザ・サイン。青い猫。電話。指輪』

「なにかしら、これ？」思わず声に出して言ったため、ちょうど通りかかった子供が足を止め、まじまじと彼女を見つめてから「えっ、なんのこと？」と訊きかえしてきた。

「なんでもないの」イーディスはあわてて言った。「ただのお告げよ」子供はさらにまじまじと彼女を凝視し、それから、ふりかえり、ふりかえりしながら立ち去っていった。

イーディスは、もしもお告げをもとめて、それが得られたときは、それにしたがうのが自分にできる最低限のことだ、そう考えるくらいの知性はそなえていた。だから、いま一度それを読みかえしたとき——今回は、ただ読み流すのではなく、そのやさしく、単純な、過去からの声にそっくりの言葉、そして風変わりで旧式な書体に感嘆しながら読んだのだが——まず頭に浮かんだのは、お告げがこのように〝カーネーション〟と告げているからには、カーネーションを探せとはっきり指示されているということだった。ひとりそっとほほえみながら——といっても、もしもこのお告げが、ちゃんとスケジュールどおりに訪れてきてくれなかったら、こうも明るい気持にはなれなかったろうが――彼女はカーネーションを探して、中心街とおぼしき方角へむかって通りを歩きだした。この時点で、いわゆるお告げなるものについて、彼女は最初の発見をしていた。それの指示するものは、概して、うわべにそう見えるのより、はるかに見つけにくいという事実であり、もうひとつ、この初夏の季節には、カーネーションは思いのほか目につかないものだという事実だった。たとえば、それを見つけるなら、花屋がいちばんありそうな場所だが、とある見すぼらしい花屋の店舗――そこのガラス戸には、〝生花店〟とあった――をのぞいて、一本のカーネーションも陳列されていないのを知るまで、ずっと自分がなにかに化かされている、そんな気がしてならなかった。花屋には、たしかに薔薇(ばら)はある。百合も、菫も、羊歯(しだ)も、ぞっとするような雛菊(ひなぎく)も。だがカーネーションはない。首をひねりながら、イーディスは歩きつづけた。とある葬儀屋のウィンドウに、紙の造花が飾ってあり、ほかの花があるならカーネーションだってありそうに思えたが、なんとなく造花ではふさわしくないような気がしたし、ことにそれが葬儀屋の花とあっては、自尊心のあるお告げなら、そっぽを向いてしまうのではないかと思われた。こうして、彼女が四ブロックを歩いて、やや絶望的になりかけたときだった。ふいにすぐそばで声がした。「失礼ですが、ミス・マレーンではありませんか?」

イーディスはふりむいた。その問いは、自分に向けられたものだった。ちょっとのあいだ、彼女の心は、その問いの意味を把握できなかった。というのも、話しかけてきた男は、白いカーネーションを一輪、襟のボタン穴にさしていたからだ。そのとき、イーディスは気がついた

――お告げが〝カーネーションズ〟と複数ではなく、〝カーネーション〟と単数で書かれていたのを。そこで、彼女は言った。「なにかおっしゃいました？」

「あなたはミス・マレーンではありませんか？」男はもう一度、いとも丁重に問いかけた。

「いいえ、ちがいますけど」イーディスは答えた。

「まちがいありませんか？」と、男。

「ええ」

「確かですね？」

イーディスは目をみはった。そして、せいいっぱいいかめしく答えた。「わたしはあなたの探しておいでの女性じゃありません」（ほんとうにそうだろうか？　ふと、そんな疑問がきざした）それから、男のがっかりしたようすを見て、「残念ですけど」とつけくわえた。

「そうだとよかったのに」男は言って、溜め息をついた。

「そのかたをご存じありませんの？」と、イーディスはたずねた。

男は笑って、「まあ、きてごらんなさい」と言った。そして丁重に彼女の腕をとると、とある商店の表の、人だかりのしているところへ連れていった。その店は食料品店で、どうやらきょうが開店大売り出しらしく、店舗の前には色鮮やかな幟（のぼり）がはためき、歩道には、『ご来店のご婦人がたに、無料でソーダ水を一本ずつ進呈』と大書した立て看板が置かれていた。男に導かれたイーディスが近づいてゆくと、集まった群衆はざわざわと道をあけた。

「ほらね？」と、彼女を連れてきた男が言った。と同時にイーディスの心には、お告げに示された二番目の単語、〝看板(サイン)〟という言葉が、自動的に銘記されていた。

　看板には、でかでかとこう書かれていた。『ミス・マレーンを見つけてください。ミス・マレーン、ミス・マレーン、ミス・マレーンはどこだ?』そしてその下に、やや小さな文字で、『本日、この界隈のどこかを、高級食品ならびにデリカテッセンの店、マレーン兄弟商会の委嘱を受けた、ひとりの女性が歩いています。彼女は、あなたが近づいていって、「あなたはミス・マレーンではありませんか?」とたずねるのを待っています。あなたがそうたずねたら、彼女はこう答えます。「マレーン兄弟商会は、この街一番の食料品店です」と。彼女を探して、この店――高級食品ならびにデリカテッセンの店、マレーン兄弟商会――にお連れくださったかたには、お礼として、百ドル相当の商品を進呈します。開店記念特別奉仕、本日限り』さらに、看板のいちばん下には、極小文字でつぎのようにしるされていた。『特別ヒント＝ミス・マレーンは、マレーン兄弟商会の特製コーヒーの紙袋とおなじ色の帽子をかぶっています』

「赤なんですよ」と、イーディスを連れてきた男が言った。彼女が看板の下の端のその小さな文字を読もうとして、身をのりだしたときだった。「つまり赤なんです。ここの店の特製コーヒーは、赤い袋にはいってるんです」

「なるほどね」と、イーディス――もちろん赤い帽子をかぶっている――は言った。そして向きなおると、ここまで自分を連れてきた男にほほえみかけた。「お役に立てればよかったのにと思いますけど」

「ぼくもね」男は言った。二人は連れだってもう一度、群衆のなかを抜け、歩道に立ち止まった。「もしそうなら、百ドル相当の食料品をもらえるところだったんですよ」

「じゃあもしミス・マレーンを見かけたら、あなたのためにつかまえてさしあげますわ」イーディスは言った。

「そんなら、あなた自身のためにつかまえるといい。賞品をくれるというのは、嘘じゃありませんから」男は真顔で応じた。それから、唐突に時計を見た。「こりゃいかん。遅刻だ」

「ついでですけど」イーディスは、立ち去りかけた男に問いかけた。「おさしつかえなければ、聞かせていただけません？　あなたはなぜカーネーションをつけておいでですの？」

「これ？」男は襟もとを見おろした。「これですか。なんでもありません。ぼくはあと十分で結婚式を挙げることになってるんです」言うなり男は脇目もふらず、足早に遠ざかっていった。

「おめでとう」男の後ろから、イーディスは弱々しく呼びかけた。さて、これからどうしよう。途方に暮れて、そのままその場に一分ほど立ちつくす。「看板、カーネーション、看板、看板、カーネーション、カーネーション、看板、看板、カー――」ふと、意味もなくつぶやきつづけているのに気づいて、くちびるをかたく結ぶと、ポケットに手を入れ、例の紙片をとりだした。

『カーネーション』と、それにはあった。『ザ・サイン。青い猫』

「青い猫？」イーディスは顔をしかめた。「青い猫？　青い猫？　青い猫？」またも口走りはじめていた。われにかえって肩をそびやかすと、彼女はしっかりした足どりで、街の中心部へ向かう交通の要所とおぼしき方角へ歩きだした。

「すみません、あなた、ミス・マレーンじゃありません？」

イーディスはふりかえった。声をかけてきたのは年輩の女性で、一瞬、自分がミス・マレーンでなくて、すまないような気がした――女性は頭から百ドル相当の食料品をものにしたと思いこんでいるようだったし、おまけに、百ドル相当の食料品というのに、たいそうな期待をかけているように見えたからだ。

「ちがいます。だとよろしいんですけど」イーディスは答えた。

「その色の帽子をかぶってらっしゃるのでね、念のために訊いてみたんですよ」その女性は言って、丁重にほほえむと、立ち去っていった。

いまわたしが家に帰ったら、とイーディスは考えつづけた。おかあさんはまたジェリーとの問題を蒸しかえすだろう。かといって、このまま歩きつづけても、早晩、家には帰らなけりゃならないし、帰ればまた最初から――

「あなた、ミス・マレーンですか？」

「すみません、ちがいます」

「ちょっと訊いてみようと思っただけでね」

それとも、とイーディスは考えた。いっそこれからすぐに家に帰って、きっぱりとおかあさんに――

「失礼、ミス・マレーンでは？」

「ちがいます」

「確かですね？」

「まちがいありません」

「なら、いいんです」ひょっとすると、最善の途は、しばらく決断を先延ばしにし、そのかんになんとか――

「ミス・マレーンだわ！　あんた、ミス・マレーンだわね？」

「いいえ、すみま――」

「ミス・マレーンよ――ねえ、あたしが見つけたわ。ミス・マレーンよ！」

見まわしたイーディスは、いつのまにか一団の群衆にとりかこまれているのを知り、狼狽した。大半は女性で、朝の買い物にでも出てきた主婦たちなのだろう、乳母車を押しているひとも何人かいたし、男の顔もちらほらまじっている。そのだれもが、男も、女も、子供も、そろってイーディスと、イーディスの腕をつかんでいる、がっしりした赤ら顔の女を見つめている。

「見つけましたよ、あたしが見つけましたよ！」

「せっかくですけど」イーディスは穏やかにその赤ら顔の女に言った。「わたしは、ミス・マレーンじゃありません。さっきから何人ものかたにおなじことを訊かれてますけど――」

「百ドル相当の食料品ですよ、すごいわ！」

体を引こうとしたイーディスは、赤ら顔の女が反抗的な子供でもおさえつけるように、がっちりと自分の腕を握っているのを知った。「お願いします」イーディスはせきこんで言った。

「聞いてください――」

「ジョージ――マギー――アール――つかまえたわよ。見てちょうだい、あたしがつかまえましたよ、懸賞のかかってる例の娘さんを！」

「放してください」イーディスは言って、強く腕をふりはらおうとした。「ねえ、聞いてください」周囲の群衆にむかって、彼女はせいいっぱい理性的な声音で訴えかけた。「もしわたしがミス・マレーンなら、そうだと答えるように決められてるんでしょう？　そう言わないのは、実際にそうじゃないからですわ」

「ごらん、その娘さん、逃げようとしてるぜ、奥さん」ひとりの男が言った。「ここで逃げられたら、あんたの賞品もパーというわけだ」

「ちょっとあんた」赤ら顔の女は、乱暴にイーディスを揺さぶりながら言った。「あたしから賞品をとりあげようったって、そうはさせませんからね。わかった？」

「でも、わたしはなにも――」ふいに常識がもどってきて、イーディスは抵抗するのをやめると、諄々と説き聞かせる口調で言った。「ならばいっそ、わたしをお店へ連れていらしたらどうですか？　お店のひとなら言ってくれますよ――わたしは人ちがいだって」

「そうだ、店へ連れていけばいい」群衆のなかから口々に声があがった。そうして一同はぞろぞろと通りを歩きだした。赤ら顔の女は、なかばイーディスをひきずらんばかりの勢いで先頭に立ち、意気揚々と左右に声をかけていた。「つかまえましたよ、つかまえましたよ、あたしが懸賞の女をつかまえましたよ」

食料品店は二ブロックばかり先だった。ところが、一ブロックかそこらしか行かないうちに、一行は、一団の子供たちが金切り声で叫びながら、店からとびだしてくるのに出あった。

「イートンおばさんがもらったよ」と、子供たちは叫びたてていた。「イートンおばさんが賞品をぜーんぶもらった、イートンおばさんがぜーんぶもらった、イートンおばさんが赤い帽子の女のひとを見つけて、賞品をぜーんぶ……」

イーディスの腕をつかんでいた赤ら顔の女は、ふいに立ち止まると、目をむき、深く息を吸いこんでから、イーディスのほうに向きなおった。その顔は、もしそんなことが可能だとすれば、それまでよりもさらに赤くなっていた。

「すると、なんですか？」と、女はおさえた声音で言いはじめた。おさえられているために、その声はいっそう険悪な響きを帯びていた。「すると、なんですか、あんたはあたしにあの娘さんだと言っときながら、いまになって、そうじゃないと言うつもりですか？」腰に手をあてがおうとして、女がイーディスの腕をはなしたので、その機をのがさず、イーディスは矜持もなにもふりすてて、そうそうに背を向けて逃げだした。

しばらく彼女は、赤ら顔の女が追っかけてきはしないかと恐れながら、とある横町を夢中で走ったが、やがて、背後の通りから声があがって、赤ら顔の女が取り巻きを引き連れて、おそらくは当選者の決定に難癖をつけるためだろう、店にのりこんでいったのがわかった。ほっとして、イーディスは荒い息をつきながら歩調を落とすと、どこかに休憩できるような店はないか、五セント玉ひとつでコーヒーにありつけそうな場所はないか、とあたりを探しはじめた。

さいわい、すこし前方に、歩道につきでた煤ぼけた看板が見えた。

〈キティーズランチ〉と、その看板は謳っていた。救われた気持ちでそのほうに急ぎ、店に足を踏み入れたとたん、イーディスはあるじのキティーが奇妙なユーモアから、自分の店の窓を、ペンキで描いた大きな青い猫で飾っているのを知ったのだった。

「青い猫」と、イーディスはひとりごちた。「仔猫(キティー)」

それ以上考えようとすらせずに、彼女は店にはいった。軽食堂(ランチ)といっても、じつのところその店には、ところどころに砂糖壺とケチャップの壜を配置した長いカウンターがあるきりで、そのカウンターの一端に折り畳み椅子を据え、キティーそのひと——とおぼしい人物——が、威風堂々、あたりを睥睨(へいげい)する感じで、鎮座ましましていた。イーディスがカウンターに並んだ丸椅子のひとつに腰をおろすと、キティーは獲物の鼠でも見つけたようにのそりと立ちあがり、注文を聞くためにゆったり近づいてきた。もっとも、カウンターの向こうには、キティーの通れる余地はほとんどなさそうだったから、ゆったり歩くのは、事実上不可能に思えたが。

キティーが近くまでくると、イーディスは言った。「コーヒー。ブラックコーヒーを」

キティーはうなずくと、ひとしきりイーディスを上から下までながめまわした。

イーディスはほほえもうとした。「もしもわたしをミス・マレーンだと思ってらっしゃるんでしたら、お門ちがいですわ。彼女はもう発見されました」

「そりゃよかったわね」キティーは言った。「で、そのミスマレンって、いったいなんなの？」

「ご存じないんなら、いいんです」ほっとして、イーディスは答えた。「お告げについては、なにかご存じですか？」

「お告げ。ミスマレン。知りませんね」

「じゃあ、いいんです」イーディスは言った。「もしどこかで実際にお告げに出あったら、あなたはそれにしたがいます？」

「瓶一杯の金貨をもらっても、あたしゃ虹を追ったりはしませんよ」キティーは謎めかして答えた。

やがて彼女は、威厳たっぷりにイーディスのコーヒーを運んでくると、それを女王然としたしぐさでイーディスの前に置いた。

ここまできたら、もう逃げられない、そうイーディスは思った。キティーがカウンターの端の椅子にもどると、イーディスはもう一度あの紙片をとりだして、それをながめた。といっても、そこになんと書かれているかは、見るまでもなく、すでにわかってはいたけれども。

「電話」そう口のなかでそっとつぶやくと、彼女はやや声を高めて、キティーに問いかけた。

「電話は？」

キティーは漫画本から顔をあげようともせず、太い親指で、カウンターのはずれの壁にとりつけられた電話をゆびさした。電話のまわりにはブースもなく、キティーや、いつ店にはいってくるかしれないほかの客の耳に、話の内容は筒抜けになる。けれども、これまでのところ、お告げはきわめて明確な方角を指し示していたから、貴重な五セント玉のうちからさらに二枚を握りしめたイーディスは、急ぎ足にカウンターのはずれに向かった。

記憶にしたがってダイヤルをまわし、先方が出るのを千秋の思いで待つ。

「ギャンベル自動車整備工場です」

「ジェリーはいますか？」イーディスはおずおずと言った。

「ちょっと待ってくださいよ、見てきますから」声が遠のいた。「ジェリー？　ジェリィイイ？

女のひとから電話だぞ」

またしてもおそろしい空白の時――そのあいだ、自分の五セント玉の中身が刻々に減ってゆくのが、実際に感じとれた――それからやっと彼の声がした。「もしもし？」

「ジェリー？」彼女は言った。「イーディスよ」

「イーディス？」びっくりしているようだ。「なにかあったのか？」

「ねえジェリー」彼女は消え入らんばかりの声で言った。「ごめんなさいね、長いこと返事を待たせて。つまり、やっと決心がついたのよ。あのう、あなたさえよければ、わたし、やっぱりあなたと結婚するわ」

「ほう？」いくらなんでも、もうすこしうれしそうな返事をしてもいいのに、と彼女は思った。それから、彼が、「よし」と言うのを聞いて、やっと気づいた。彼には、いつか必ず彼女がこのような電話をかけてきて、こういう返事をするということが、最初からわかっていたのだと。

「いまちょっと出られない？」彼女は訊いた。

「ちょうど十分ぐらいしたら、昼飯に出るところだったんだ。場所はどこだい？」

「わたし、青い猫にいるのよ。あらやだ、なんて返事かしら！　あのね――ちょっと待ってて。ここはどこです？」彼女はふりかえって、キティーに問いかけた。顔をあげたキティーは、しばらくまじまじと彼女を凝視した。

「フラワー通りとイースト・アヴェニューの角ですよ。いったいあんた、決心するのにどれだけかかったの？」

「三年です」イーディスは答えて、電話に向きなおると、「フラワー通りとイースト・アヴェニューの角よ」と、ジェリーに告げた。

「よしわかった」ジェリーは言った。「じゃあ二十分ぐらいで行く。きみのおかあさんは、だれが面倒を見ることになるんだい？」

「おかあさんには、自分で自分の面倒を見てもらわなけりゃならないでしょうね。わたしはわたしの面倒を見てくれるひとを必要としてるのよ」

「それには大賛成だわ、あたしも」と、キティーが後ろから言った。

「よし」ジェリーは言った。

「それからね、ジェリー」イーディスは言った。「くるとき、持ってきてくれる？——つまりね——お告げによると——あのう、あなた持っていない？——買ってこられないかしら——」

「なにをさ？」と、ジェリー。

「なにをです？」と、キティー。

「指輪よ」イーディスの声は、いまにも消え入らんばかりだった。

「もう用意してあるよ」と、ジェリー。

「なんと言ってるの？」キティーが興味津々で訊いてきた。

「もう用意してありますって」イーディスは答えた。

「なんだって?」と、ジェリー。

「気の利いた男だわね」と、キティー。

「じゃあね」イーディスはジェリーに言い、ほほえみながらジェリーの返事に聞き入った。それから、受話器をかけ、キティーにむかって顔をしかめてみせてから、「これは教えられませんわよ」と言った。

キティーはにやりとすると、「決心するのに三年とはね。頭がどうかしてるにちがいないわね、あんた」と、のたもうた。


ウィリアムズおばあちゃんがタクシーで悠々と帰宅したのは、ちょうど夕食が始まろうとするときだった。それまでに、おばあちゃんの娘は、三度も、いますぐ警察に電話して捜索を依頼すると宣言していたし、娘婿は娘婿で、おばあちゃんにチャンスを与えよう、なんといってもおばあちゃんは、八十七年ものあいだ、自分で自分の面倒を見てきたのだから、いまさら警察の手を煩(わずら)わすようなはめになるとは考えられん、と二十回もくりかえしていた。

「やれやれ」おばあちゃんは、買い物の包みを受け取ろうと駆けだしてきた娘婿と孫たちに言った。「さんざんな一日でしたよ、きょうは」満足げに一同にほほえみかけたおばあちゃんは、「お土産はまだだめ。あとで、みんなが落ち着いてからね」とつけくわえた。

「おばあちゃん、だいじょうぶ?」彼女の娘が言った。「ずいぶん心配したのよ」

おばあちゃんは目を丸くした。「もちろん、だいじょうぶですとも。あたしが逮捕されるかどうかしたとでも思ったの？」

夕食が終わって、デザートの皿（孫たちは、興奮のあまり、好物のチョコレート・プディングにさえ手をつけず、「ごちそうさま」をしようとしたほどだった）がかたづけられ、コーヒーが出されて、みんなが比較的落ち着いたテーブルにすわりなおすと、おばあちゃんは椅子の背にもたれて、楽しそうに、「さて」と言った。そして孫たちに手をふってみせると、「じゃあおまえたち、あたしの包みを持っといで。ただし気をつけてね」とつけたした。

大急ぎで孫たちは、慎重とはお世辞にも言えない動作で包みをかきあつめてくると、それをおばあちゃんの膝に置いた。「じゃあいいかい？」おばあちゃんはいやがうえにも効果を盛りあげようと、一同にそう問いかけた。孫たちは、ほとんどヒステリックなまでに勢いよく首を縦にふり、用意はできているということを示した。おばあちゃんは慎重に包みのひとつをとりあげると、二、三度ひっくりかえして裏表をあらためたあげく、それをテーブルに置いた。好奇心ではちきれそうになった二人の孫たちは、異口同音に、「あたしの？」、「おばあちゃん、それ、ぼくの？」と叫んだ。おばあちゃんは首をふって、「まあお待ち」と、二人を制したあと、おもむろにべつの包みをとりあげて、ためすように指ではじいてみてから、仰々(ぎょうぎょう)しい手つきで娘にさしだした。「あんたにだよ」と言う。

おばあちゃんの娘が包みをほどき、包み紙をていねいにたたみ、紐をくるくると丸めているあいだ、だれも息ひとつしなかった。さんざん気を持たせてから、やっとあらわれたのは、意外にも平たい箱だった。

「キャンデーだわ」彼女の娘は言った。「おばあちゃん、どうもありがとう！」そしてうれしそうに箱を一同に見せびらかした。

「あけよう、あけようよ」孫たちが叫びたてた。

「あとでね。おばあちゃんのお土産がみんなに渡ってしまったら、そのあと、ひとつずついただきましょう」

つぎにおばあちゃんの娘婿が包みをあけた。「タイだ」と、声をはずませて言う。「ごらん、みんな、きれいなブルーと赤とオレンジとグリーンのタイだよ！」

下の孫、少女時代のおばあちゃんに似ていると言われている女の子は、ままごとのお皿のセットをもらい、さっそくそれで、みんなにチョコレート・プディングのおかわりを配った。男の子のほうは、おもちゃの拳銃をもらった。

「わあすごい。おばあちゃん、ありがと」彼は言った。

「つまりね」おばあちゃんは慈愛の目で家族一同を見まわしながら、説明した。「せっかく買い物メモを持っていったのに、あたしとしたことが、それをなくしちゃったんですよ」

「そりゃ残念だったわね」彼女の娘がキャンデーの箱をあけながら言った。

「いやまったく」娘婿も言う――どっちつかずな目つきで、タイをためつすがめつしながらだ。

「それでね」と、おばあちゃんは言葉をつづけて、「あんたたちみんながなにをほしがってたか、一所けんめい思いださなきゃならなかったわけなの」

「ぼく、これがほしかったんだ」間髪をいれず、上の孫が言った。それから父親に拳銃を向け、

「手をあげろ」と言った。

「それからね」と、おばあちゃんは娘と娘婿にむかって言葉を継いだ。「とっても変わった若い男のひとに出あったんですよ。ちょうどお昼ごろだったかしら、あたしがお茶でも飲もうとレストランにはいりかけたとき、そのひとがそばをすれちがっていってね、あやうくあたしを突きとばしそうになったの。そりゃまあ、ずいぶん無作法なことだけど、なにしろそのひと、ひどく急いでたものでね」娘と娘婿の顔にあらわれた表情を見て、おばあちゃんは口をつぐみ、声をたてて笑った。「だいじょうぶ、ちゃんと立ち止まって、謝ってくれましたから」そして言葉をつづけた。「それでね、そのひとがなんと言ったと思います？　これから結婚するところなんだって、そう言ったんですよ」ロマンティックに溜め息をつきながら、おばあちゃんはつづけた。「なんでも、三年間待たされたあげくに、恋人がやっと求婚に応じたんですって」

「驚きましたな」娘婿が言った。

「すてきだわ」その妻が言った。

「なんにせよ、ずいぶんおセンチな話でしたよ」おばあちゃんは満足そうに言葉を結んだ。

（深町眞理子訳）

アルフレッドの方舟

ジャック・ヴァンス

ジャック・ヴァンス　Jack Vance (1916-2013)

作者は〝異郷作家〟と称されるアメリカのSF作家。色彩ゆたかな風景描写と、異国情緒あふれるネーミングを駆使して、異文化の諸相を精緻に描きだす作風は、一九四五年のデビュー以来まったく変わらず、そのあまりの頑固一徹ぶりに「SF界のシーラカンス」と揶揄(やゆ)されたほど。しかし、熱狂的なファンが多く、なかには彼の作品を豪華本で刊行するために出版社を起こす者まで現れた。晩年にはファンの手で四十四巻から成る全集が刊行されたのも特筆に値する。SF界最高の栄誉であるヒューゴー賞に輝いた『竜を駆る種族』（一九六三／ハヤカワ文庫SF）と、わが国独自の編集で傑作中短篇を集めた『奇跡なす者たち』（二〇一一／国書刊行会）は必読といえる。

ところで前記全集のラインナップを眺めると、意外なほどミステリが多いことに気づく。ヴァンスは初期において複数の筆名でミステリを書いており、本名ジョン・ホルブルック・ヴァンス名義で出した『檻の中の人間』（一九六〇／ハヤカワ・ミステリ）が、エドガー賞処女長篇部門を制するなど評価も高かった。エラリー・クイーンの代作を務めたこともあり、ミステリを書きつづけていたら、と想像をめぐらすのも楽しい。

とはいえ、本邦初訳となる本篇はそのどちらの傾向にも属さない異色作。初出はイギリスのSF誌〈ニュー・ワールズ〉一九六五年五月号である。

アイオワ州マーケットヴィルの地方紙〈ウィークリー・クーリエ〉の編集長ベン・ヒクシーは、椅子の背にもたれかかり、葉巻の吸いさしに火をつけると、紫煙ごしに訪問者をじろじろと見た。

「アルフレッド、絶望のきわみを絵に描いたような顔だな。なんでそんなシケた面をしてるんだ?」

地元の食料・穀物商人、アルフレッド・ジョンスンは、すぐには答えなかった。窓の外、自分のブーツ、ベン、自分の分厚い手に目をやる。ごわごわした茶色い髪の毛をかきむしり、ほこりと穀類の殻から成る薄煙を立ちのぼらせた。とうとう彼はいった。

「どういえばいいのかよくわからないんだ、ベン、ひどく興奮させることになりそうで」

「はじめからはじめろよ」とベン。「そう簡単に興奮はせんよ。また結婚するんじゃないだろうな?」

アルフレッドはかぶりをふった。つらい目にあってきた男の痛々しい薄笑いを浮かべ、

「二回でたくさんだよ」

「じゃあ話してくれ。興奮とやらを聞こうじゃないか」

「聖書を読んだことはあるかい、ベン？」

「聖書だって？」ベンは〈編集者&発行人〉の最新号を手でパチンとたたいた。「こいつがおれの聖書だ」

「いや、真面目な話なんだ」

「ないよ」ベンは天井に向かって煙をひと筋吹きあげた。「宗教がらみの問題に関しては、骨の髄まで染みこむくらい学んだとはいえんな」

「聖書がなくても、世界には邪悪があるといえるからね」とアルフレッド。「たくさんの邪悪が」

ベンはうなずいた。

「その意見に与したことはないが、そのせいで売れ行きがのびるのはたしかだ」

「六千年前、世界は今日と似ていた——罪にまみれていた。そうして、なにが起きたのか憶えてるかい？」

「あいにくと」

「主は大洪水を起こされた。世界から邪悪を洗い流されたんだ。ベン、また洪水が起きるんだよ」

「なあ、アルフレッド」ベンがきびきびといった。「おれをからかってるのか？」

「とんでもない。聖書を研究すれば、自分でわかるよ。その日は迫っている。目前に迫っているんだ！」

ベンはデスクの上の書類を並べなおした。

「その洪水について大見出しを打ってほしいのか？」

アルフレッドは身を乗りだし、こぶしでデスクを強くたたいた。

「計画があるんだ、ベン。この街のよき市民に集まってほしいんだ。方舟を造りたいんだよ、あらゆる種類の動物をひとつがいずつ、たっぷりの食べものと飲みもの、選りぬきの文学作品を積んで、そなえを固めるんだ。笑わないでくれ、ベン。その日は迫っているんだ」

「で、そのたいへんな日はいつなんだ？」

「六月二十日。つまり、あと一年足らずだ。あまり時間はないけど、なんとかなるだろう」

「アルフレッド――本気なのか？」

「本気も本気だよ、ベン」

「あんたは分別のある男だと思ってたんだがな、アルフレッド。そんな途方もない話を本気でいってるわけがない」

アルフレッドは笑みを浮かべた。

「鵜呑みにしてもらえるとは思ってなかった。いまから証明するよ」彼はポケットから聖書をとりだし、デスクをまわりこむと、落ちつきのないベンの目の前にかかげた。「ほら、ここを見てくれ……」

半時間ほど彼は持論を展開した。重要な一節を指摘し、彼が教えていなければベンが見逃していた含意を説明した。

「さあ」と彼はいった。「これで信じるね？」

ベンは椅子の背にもたれかかった。

「アルフレッド、おれの助言がほしいかい？」

「ほしいのは支援だ、ベン。あんたと家族に、わたしが造る方舟に乗ってもらいたいんだ」

「助言をやろう。また結婚するんだ。そのほうが害がすくないし、この洪水の一件から心が離れるだろう」

アルフレッドは立ちあがった。

「新聞に記事を載せないんだね？」

「ああ。理由がわかるか？　あんたを郡の笑いものにしたくないからだ。家へ帰って、身ぎれいにしたら、ダヴェンポートまでひとっ走りして、酔っ払って、こんなことはみんな忘れちまえ」

アルフレッドはあきらめ顔で手をふると、出ていった。

ベン・ヒクシーはため息をつき、かぶりをふると、仕事にもどった。

ややあって、アルフレッドがもどってきた。

「やってもらえることがあるよ、ベン。店を売りに出したいんだ。一面にでかい広告を打ちたいんだよ。いちばん下にはこう印刷してほしい――『洪水来る、六月二十日。方舟を造るために支援と資金が必要』やってもらえるかな？」

「あんたの広告だ」とベンはいった。

二週間後、自宅の隣の空き地で、アルフレッド・ジョンスンは方舟の建造をはじめた。友人にいわせればただ同然の金額で店を売っていた。

「盗まれたようなもんじゃないか、アルフレッド！」

アルフレッドはかぶりをふった。

「わたしのほうが盗んだのさ。一年以内にあの店は跡形もなく洗い流されるだろう。一年以内に金が紙切れになるんだから、金を受けとったまでだよ」

「アルフレッド」友人たちは処置なしといった顔で彼にいった。「きみは自分から笑いものになってるんだぞ！」

「そうかもしれない」とアルフレッド。「そして、きみたちが泳いでいるあいだ、わたしは立っていることになるかもしれない。そう考えたことはないのかい？」

「本気なんだな、アルフレッド」

「もちろん本気だとも。聖なる啓示について聞いたことはあるかい？　わたしはそれを受けたんだ。もしお説教しに来ただけなら、失礼するよ。仕事があるんだ」

方舟の形ができあがった。長さ五十フィート、幅三十フィート、高さ十フィートの平底船である。アルフレッドは地元の有名人のようなものとなり、町民は通りかかって進捗(しんちょく)状況をチェックするのが習いとなった。アルフレッドはおびただしい数のおどけた助言をもらった。

「あの平底船じゃ大きさが足りないな、アルフレッド」とビル・オラフスンが声をかけた。

「象と犀と麒麟とライオンと虎と河馬と灰色熊を乗せるとしたらな」

「猛獣は連れていかないんだ」とアルフレッド。「純血種の牛と乳牛、馬と羊が少々。優良な血統だけ。ほかの動物も救ってほしいと主がお考えなら、もっと金を送ってくださったはずだ。わたしの資金じゃ、あんたの目の前にあるもので精いっぱいだよ」

「女はどうするんだ、アルフレッド？　あんたは結婚していない。世界の人口をまた増やすのに単性生殖に頼るつもりなのかい？」

「ふさわしい女性が現れなければ、一日、女性を雇えばいい。わたしがただひとり生き残った男だとわかれば、すぐに結婚してくれるさ」

　秋が過ぎて冬となり、春が訪れ、方舟は完成した。アルフレッドはありとあらゆる種類の貯蔵品を積みはじめた。

　ある日ベン・ヒクシーが彼に会いにきた。

「やあ、アルフレッド、あんたには自分の信念を貫く勇気があるといわざるをえないな」

「勇気じゃないよ、ベン。臆病なんだ。溺れたくないんだよ。あんた方のなかにわたしに賛成する臆病者がいなくて残念だ」

「おれは水爆のほうが心配だ、アルフレッド。おれとしては、水爆にそなえて方舟を造りたいね」

「水爆がなくなるまで、あとたったのひと月だ、ベン。つけ加えるなら、どんな種類の爆弾もなくなるだろう。二度とないだろう——そういうふうになりそうだ」

ベンは驚きの目で方舟をしげしげと見た。

「本気で確信があるんだな、アルフレッド」

「あるとも、ベン。たくさんのいい人が逝くのを見たくはない――でも、みんなに警告はしたんだ。大統領と知事と〈リーダーズ・ダイジェスト〉の社主に手紙を書いた」

「へえ？　返事はなんと？」

「ご忠告に感謝する、と。でも、信じてないのがわかった」

ベン・ヒクシーはにやりとした。

「おれも信じないよ、アルフレッド」

「いまにわかるよ、ベン」

六月が到来し、夏の好天の時期を迎えた。この地方がこれほどさわやかで美しく見えたことはなかった。アルフレッドは家畜を買った。そして六月十五日に家畜を方舟に乗せた。友人たちと隣人たちが写真を撮り、二匹のノミのはいっているガラスの檻の進呈式をとり行なった。未来の種族の母となる女性を確保する問題は、おのずから解決した。あるプレス・エージェントが、彼のクライアント――美しい映画女優のメイダ・ブレント――がその役目を志願し、六月二十日の朝、方舟に乗船すると発表したのだ。

「だめだ」とアルフレッド・ジョンスンはいった。「六月二十日は午前零時にはじまる。十九日の夜中に乗ってもらわないと」

ミス・ブレントと協議の末、プレス・エージェントは同意した。

六月十八日はうららかな夜明けを迎えた。もっとも、ラジオとTVの天気予報によれば、ジェット気流に特異なねじれがあるとのことだった。

六月十九日の朝、新しい靴と新しいスーツを身に着けたアルフレッド・ジョンスンがベン・ヒクシーを訪ねてきた。

「これでお別れだ、ベン」

ベンはAPの特電から顔をあげ、いかにも残念そうに笑みを浮かべた。

「天気予報を読んでいたんだ」

アルフレッドはうなずいた。

「知ってる。雨だ」片手をさしだし、「さよなら、ベン」

六月十九日の正午、鉛色の雲が北から湧きはじめた。ミス・メイダ・ブレントがキャデラック・コンヴァーティブルに乗って午後七時に到着し、稲妻とフラッシュの混じりあった閃光を浴びながら方舟に乗船した。プレス・エージェントも乗船しようとしたが、アルフレッドが立ちふさがった。

「申しわけない。もう定員いっぱいなんだ」

「でも、ミス・ブレントはひと晩じゅう乗っているわけにはいかないんですよ、ミスター・ジョンスン」

「彼女は四十昼夜乗船することになる。慣れたほうがいいかもしれない。さあ、お引きとり願おう」

プレス・エージェントは肩をすくめ、車内で待つことにした。用事がすんだら、ミス・メイダ・ブレントが方舟を下りるのはまちがいない。

夕方のうちに雨が降りはじめ、十時には土砂降りになっていた。十一時に、プレス・エージエントが水をはね散らかしながら方舟までやってきた。

「メイダ！　おーい、メイダ！」

メイダ・ブレントが船室の戸口に姿を現した。

「なあに？」

「行こう。目的は達した」

メイダ・ブレントは鼻をクンクンいわせ、どんよりした黒い空のほうを見た。

「天気予報はなんていってるの？」

「雨だ」

「アルフレッドとあたしはチェッカーをしてるの。とっても居心地がいいわ。行ってちょうだい。じゃあね」

プレス・エージェントはコートの襟を立て、こわばった脚で車まで跳ねていくと、そこでむっつりとしたまま仮眠をとろうとした。雨のたたきつける音で眠れなかった。

夜明けは姿を見せられなかった。雨はさらに激しくたたきつけた。午前九時、濡れた薄明かりが足首の深さまで水の溜まった側溝をあらわにした。街路にそって、野次馬が運転する車が姿を現しはじめた。彼らのラジオは天気予報に合わされていた。困惑した気象予報士が、停滞した寒冷前線、閉塞前線、熱帯低気圧と反サイクロンについて語った。天気予報は――雨。通りは混雑しはじめた。ペリー川橋が流され、ピューター・クリークが氾濫したというニュースがはいってきた。洪水だって？　そう、洪水だ！

ビル・オラフスンが泥をはね散らかしながらやってきた。

「おーい、アルフレッド！　どこにいるんだ？」

アルフレッドはおだやかに船室から外を見た。

「やあ、ビル」

「女房と子供があんたの方舟を見たがってな。連れてきたら、ちょっとのあいだ乗せてもらえるかな？」

「あいにくだが、ビル。だれも乗れないんだ」

ビルはよろよろと車へもどった。耳をつんざく雷鳴がとどろき――彼は不安げに空を見あげた。

方舟の船尾で音がした。アルフレッドは雨合羽と長靴を身に着けると、苦労して船尾まで行った。十代の少年ふたりと、そのガールフレンドたちが梯子をかけたところだった。

アルフレッドは梯子をはずした。

「近づくんじゃない。さっさと失せろ。きさまらとは二度と話したくない」

「アルフレッド！」篠突く雨を通してメイダの声がか細く聞こえた。「乗りこんでくる人がいるわ！」

アルフレッドがとって返すと、二十人ほどの友人知己と出くわした。先頭はビル・オラフスンで、スーツケースを船室に運びこもうとしている。

「この方舟から下りてくれ、みんな」とアルフレッドがやさしい声でいった。「乗る余地はないんだ」

「どうなってるか見にきたんだ」とビル。

「申し分ないよ。さあ、下りてくれ」

「そうとは思えない、アルフレッド」彼は舷側ごしに手をのばした。「よおし、ママ、ジョアンと子犬を渡してくれ。早く、ほかの連中がここへ来る前に」

「下りないなら」とアルフレッド。「力ずくで下ろすぞ」

「おかしな真似はよしてくれ、アルフレッド」

アルフレッドは踏みだした。ビルがその鼻面をなぐった。アルフレッドの友人知己が、よってたかって彼をかかえあげ、蹴ったり、悪態をついたりしている彼を手すりまで運んでいくと、方舟から泥のなかへ投げ落とした。

街路から大勢の人が走ってきた。男も女も子供も。彼らは手すりに飛びつき、方舟によじ登った。船室は満杯で、手すりには人が鈴なりだった。

雷鳴がはじけた。雨脚がゆるんだ。頭上の雲に薄い点が現れた。そこから陽がさっと射しこんだ。雨がやんだ。

手すりで押し合いへし合いしていた友人知己が、アルフレッドを見おろした。アルフレッドは、泥のなかにすわったまま、じっと見返した。彼らの周囲では陽光が、濡れた建物や水の流れる街路できらめいていた。

（中村融訳）

おもちゃ

ハーヴィー・ジェイコブズ

ハーヴィー・ジェイコブズ　Harvey Jacobs（1930- ）

私事で恐縮だが、編者がはじめて〈奇妙な味〉というものを意識したのは、〈奇想天外〉一九七六年四月号に訳載された本篇を読んだときだった。超自然の要素はひとつもないのに、幻想的としかいいようのない不思議な雰囲気をたたえており、その余韻は長く尾を引いた。あとで〈奇妙な味〉と呼ばれる概念を知ったとき、ああ、あれのことかと膝を打ったしだい。

この荒俣宏訳は、その後三度アンソロジーに収録されて読みつがれてきたが、現在では入手しにくくなっているので、個人的な思い入れもあり、あえて拙訳で収録に踏みきった。その価値があったかどうかは、読者の判断にゆだねよう。

名前から察せられるように、作者はユダヤ系のアメリカ人作家。大都会、とりわけニューヨークを舞台にユダヤ人の肖像を描く作品を数多く著している。作風としてはマジック・リアリズムの流れを汲んでおり、バーナード・マラマッドあたりとくらべられることが多い。本篇の初出は短篇集 *The Egg of the Glak And Other Stories* (1969) である。

雑誌やアンソロジーでたびたび名前を見かけるものの、残念ながら、わが国では単行本は出ていない。浅倉久志編のユーモアSFアンソロジー『グラックの卵』（二〇〇六／国書刊行会）の表題作がジェイコブズの作品なので、一読をお勧めする。

ハリー・ハーパーの目をとらえたのは、自分自身のおもちゃだった。むかしのままの姿でウインドーに飾られていたのだ。二十年前に彼がそのトラックの側面に引っかいてつけたイニシャルまでそのままに。

(あれはぼくのおもちゃのトラックだ)と彼は内心でつぶやいた。それは久しぶりに使う言葉の組み合わせだった。(驚いたな。偶然とはいえ、どうかしてる。でも、ぼくはまだ三十代なのに、ぼくのおもちゃがもう骨董品のウィンドーに飾られてるほうがどうかしてるな。アメリカならではってところだ)

二十ドルの値札がついていたが、ハリーはそのおもちゃを買うことにした。いいじゃないか。アンティークのおもちゃは流行の最先端だ。家の本棚に飾ればいいいし、なんならオフィスのコーヒー・テーブルの上に飾ったっていい。あれはどっしりした金属でできた美しいおもちゃだ。ああいうおもちゃはもう作られていない。本当に芸術作品だ。

ハリーは骨董品店にはいった。店は小さくて暗く、ものがあふれ返っていた。彼の目には通りの陽光がまだ宿っていたので、なにもかもが影になって見えた。

「いらっしゃいませ、なにかお探しですか？」

ハリーの目が慣れるにつれ、刺繡のある襟とレースの袖のついた黒いワンピースをまとった小柄な婦人が形をなした。

「そうなんです」とハリーはいった。「ウインドーのおもちゃに目を惹かれまして。二十ドルの値札がついてるやつです。ぼくにはなつかしいものなので、買いたいと思っているんです。どうでしょう、多少はおまけしてもらえませんかね」

「ただいまバーゲン・セール中です」と婦人が愛想よくいった。「一割引きになっております」

「なるほど」とハリー。「そいつはけっこう。けっこうだ」

「贈りものとしてお包みしましょうか？」

「もちろん」とハリー。そのおもちゃが贈りものとして包まれていた十歳の誕生日が思いだされた。「お願いします」

「お包みするあいだ」と婦人。「店内を見てまわられてはいかがですか」

「正直いうと、ぼくは骨董品に目がないってわけじゃないんです」とハリー。「ただ、そのおもちゃには特別な意味があって」

「わかりますわ」

婦人はウインドーまで足を運び、赤いトラックを持ちあげた。ハリーは間近でそれを見てにっこりした。たしかに、自分のトラックだ。このとき、この場所で自分自身の足跡と交わるために、それがたどってきた道を思うと驚きの念に打たれる。

「少々お待ちを」婦人はそういうと、トラックを持って店の奥へ行った。カサカサと紙の鳴る音がした。

待っているあいだ、彼は店内を見てまわった。べつのものが彼の目をとらえた。

「なんてこった」ハリーは声に出していった。「たまげたな。あそこのランプは、ぼくの古いスケート靴でできてるぞ」

たしかにそうだった。そこにあるランプは、子供用の古いスケート靴で台座ができていた。ブロンズで固められ、木に載せられ、配線がほどこされているのだ。スケート靴にはイニシャルがあった。ブロンズが上塗りしてあるおかげで、彼が革に刻んだまさにその場所に「ＨＨ」の文字が残っているのだった。

とそのとき、ハリーは天井からぶらさがっている自分の古い橇に気づいた。忘れるわけがない。あれは自分の橇だ、まちがいない。

ハリーは不意にめまいに襲われた。頭がくらくらして、身をかがめた。やがて気分の悪さはおさまった。ふたたび心が澄みわたった。彼は驚きの目で店内を見まわした。

フロアの一角に野球のグローヴがあった。まちがいなく彼のグローヴだ。そしてケースのなかには小さなスプーンとフォーク。それでシリアルをすくったのを憶えている。小さな木製の便座もあれば、服やよれよれになった本、ベビーベッドや小児用ベッドもあり、さらにたくさんのおもちゃがあった。すべてが彼のもの、彼の過去から来たものばかりだった。

「すいません」と彼はいった。「すいませんが、ここへ来てもらえませんか？」

「わかりました」と婦人がいった。「包装の途中ですが。手がむかしのようにはききませんので。きちんと包んでさしあげたいし」

「ここのものは、どこで仕入れたんですか？」

「いろいろな仕入れ先から」と婦人。「地方へ旅したり、お客さまが持ちこんできたり、オークションで落札したり、ほかの業者と交換したり」

「でも、この店のなにもかもがぼくのものなんです。いや、ぼくのものだったんです。むかしぼくが持っていたものなんですよ」

「なんて不思議な」と婦人。「あの操(あやつ)り人形もですか？」

「操り人形？」

「ほら、壁に」

ハリーはそれまで気づかなかった壁のほうを向いた。すると、亡くなって久しい父母がそこにかかっていた。そして第二次大戦中にドイツで亡くなった友人のルイと、最初のガールフレンドと、ヘンリーおじさんといとこのベッシーが。みんなとっくに亡くなっている。

「なつかしい」と彼はいった。「なつかしいなあ」

「あら」と婦人がいった。「あの騒ぎが聞こえまして。〈タイムズ〉の広告欄に出せば、効果覿(てき)面(めん)というものです」

店の外が騒がしかった。見ると、婦人の群れがドアやウィンドーに鼻を押しつけていた。

「ドアに鍵をかけておいてよかった」と店主がいった。「年にいちどの大売り出しなんです。

一割引き。あの方たちを入れないわけにはいきませんね」

　彼女はドアまで行った。ハリーはその姿を目で追い、やがて「待って、待ってください」といったが、ドアはすでに開いており、ご婦人方がなだれこんできた。カウンターやテーブルに群がり、品物をつかんだり、ためつすがめつしたり、選んだりしはじめる。

「だめだ」ハリーは怒鳴った。「だめだ」あまりにも激しく叫んだので、その声はしわがれていた。ご婦人方の騒音がぴたりと止まった。だれもが彼に注意を向けた。

「ここにあるのはぼくのものなんだ」

「ねえ、お若い方」と黒ずくめの婦人がいった。「たしかに、あなたは一番乗りなさいました。ですから、ある程度の権利はお持ちです。しかし、当店の決まりで、バーゲン品はおひとりさま一点かぎりになっております」

「そんなばかな」とハリー。「こんなにあるのに――なにもかもあるのに」

「なにもかも使える状態になっております」と婦人。「お客さまの感激は理解できます。しかし、わたくしは自分のルールで五十年生きてまいりました。年にいちどの一割引きセールのあいだは、おひとりさまおひとつ。それ以上でも、それ以下でもありません」

　ハリーに特別あつかいされる権利などない、とご婦人方が抗議すると、店主はいった。

「みなさん、落ちついて。催し（フェア）は公平（フェア）にいたします」

　そのあいだハリーは店内を駆けずりまわった。触れたり、泣いたり、両手で目をこすったり、うめき声をあげたりしながら。

「お急ぎを」と店主がいった。「時は金なりと申します」

「無理です……」

「たとえ無理でも。ご婦人方には美容院の予約がおありです。いろいろとお忙しいのですよ」

ハリーは心臓が飛びだすような勢いでしゃくりあげながら、フロアの中央にすわりこんだ。

「さあ」と黒ずくめの婦人がいった。「さあ」

「どれでもいいんですね?」

「一割引きで」

「じゃあ、そのトラックをください」とハリーはいった。


（中村融訳）

赤い心臓と青い薔薇

ミルドレッド・クリンガーマン

ミルドレッド・クリンガーマン　Mildred Clingerman (1918-1997)

編者が「ファンタスティック時間ＳＦ傑作選」と銘打ったアンソロジー『時を生きる種族』（二〇一三／創元ＳＦ文庫）を上梓したとき、うれしい誤算だったのが、本篇の作者クリンガーマンの短篇「緑のベルベットの外套を買った日」（一九五八）の好評ぶりだった。タイムスリップをからめたロマンティック・コメディだが、古書店を舞台にしているところが読書人の琴線に触れたのか、はたまた押しに弱い女性の自立する姿が読者の共感を呼んだのか、いずれにせよ意外なほど多くの讃辞が寄せられたのだった。

作者の名前を見て、その路線を期待した方には申しわけないが、今回ご紹介するのはなんとも後味の悪い作品。いくつもの解釈が成り立ち、真相は藪のなかである。じつは前述した短篇のほうが作者にとっては異色作であり、本領はむしろこちらにあるのだ。

作者は主に一九五〇年代に活躍したアメリカの作家。デビュー作「無任所大臣」（一九五二）は、平凡な老女の視点から異星人との交流を描き、男性優位で権力志向のアメリカＳＦ界に新風を吹きこんだ。過小評価されてきた作家を顕彰するコードウェイナー・スミス再発見賞を二〇一四年に贈られたのは記憶に新しい。

フルタイム作家ではないため作品の数はかぎられており、著書は短篇集 *A Cupful of Space* (1961) だけ。本篇はそこに書き下ろしで収録された。本邦初訳である。

わたしは目覚めている。そして、わたしの夢を見守り、おもしろいとか不吉だとかコメントする見物人と口論していた。もしわたしが眠っているのなら、どうして、いま何時かわかるというのだ? しかし、わたしはいま何時なのか、ちゃんとわかっている。いまは、面会人が帰り、廊下のいちばん端から、これから夕食の配膳が始まるという、食器のふれあう音が聞こえてくるだけの、病院でもっとも静かな時間帯だ。そう、わたしは目覚めている。しかし見物人は、大きな〈ホスピタル〉がルイス・キャロルの〈スナーク〉を狩っている深淵を、黙って指さした。

「〝彼らは指ぬきであれを探した〟」見物人は力説した。『スナーク狩り』の引用だ。「〝彼らは注意してあれを……〟」

わたしは従順にあとをつづけた。「〝彼らは熊手(フォーク)と希望とを用いてあれを探した。彼らは鉄道株であれの生命を脅した……〟」

「ねえ、あなた、気分が悪いの?」

わたしがのぞきこんでいた藍色の虚無の深淵のかなたから、あたたかい、母親めいた声が聞こえてきた。

「いいえ、ちがう」わたしは明るく答える。「〝彼らは微笑と石鹸(せっけん)であれを虜(とりこ)にした〟」

わたしは目を開け、ようやくはっきりと覚醒した。隣のベッドには大きくてピンク色の女がいて、上体を起こし、わたしをみつめていた。

「あなた、また眠っていたわ」女は冗談めかした口調でいった。「今日はときどき奇妙なことをいってたけど、あたしはちっとも気にならなかった。おかげで、気がまぎれたから。ご主人がいらしてたの、知ってる？　あなたは面会時間いっぱい、眠ってたのよ」

その事実を裏返し、もう一度裏返して、じっくり考えてみる。「あのひと、ストライプのシャツに、それとは合わないネクタイを締めてた」思い出せたことが誇らしい。さらに意識がはっきりしてきた。

「あなた、そのことをとてもきびしく非難してたわ。でもご主人は、それをすごく喜んでいたみたい」

力をふりしぼって虚脱してしまった者が満足しきってひと休みするかのように、わたしはしばらく黙っていた。

「あなたはいつここに？」わたしは必死で眠気と闘い、返事を待ったが、彼女の最初のことばはわたしの耳を素通りした。

「――前だけど、あなたと相部屋のここに移動したのは、今朝になってから。あなたは眠ってたわ。それまでは個室にいたんだけど、お医者さまたちは、あたしを孤独にしておいてはいけないって判断したみたい。あたし、もう長いこと、悪夢にうなされてるもので。刺青(いれずみ)をした――」

「――タピオカプディングにしますか？　それともジェローがいいですか？」いやにきっぱりした口調で、看護婦が声をかけてきた。看護婦の腕はかすかに黄色がかっていて、筋ばっている。

わたしは上体を起こし、タピオカプディングを食べた。

隣のベッドの女はトレイに載った料理をせっせと食べた。なにやら焦げ茶色っぽくて汁気の多いものをフォークですくっては、口に運んでいる。わたしはふいに裏切られた気がして、ひとりぼっちの自分が哀れに思え、餓えを感じた。砂糖がたっぷり入ったお茶を飲む。「ジェローもほしいわ」そういったときには、もうすでに看護婦もトレイも消え失せていた。

「――海軍にいる……」

いまは朝。隣のベッドの女は、ピンクのベッドジャケットにつつまれた肩をすくめている。

「まあ、うちの息子も海軍なんですよ！」わたしは体を引きあげて上体を起こし、枕に寄りかかって、髪を梳(す)いている女をみつめた。女のヘアブラシが妖精の魔法の杖のように見える。

「知ってますよ。だから、そういったでしょ。ご主人にうかがったのよ。うちの息子は海軍じゃなくて陸軍なの。お医者さまたちは、あたしの問題の半分は、それが原因だろうって。悪夢にうなされるのはね。あたしの父も叔父たちも、みんな海軍だった。あたしは軍隊とは無縁のひとと結婚したけど、時期が来たら、息子は海軍に志願するだろうと思ってた。それなのに、あの子はそうしなかった」女はため息をつき、ヘアブラシにからみついた髪の毛をつまんだ。「あの子にはいろいろと失望させられたわ。数学の成績が悪くて、海軍兵学校(アナポリス)にも、陸軍士官学校(ウエストポイント)にも入れなかった。で、陸軍に入隊した。と思うと、次の年、一般勤務での軍務期間が終わると、葬儀屋の見習いになりたいなんていいだしてね。まったくもう、なにを考えてるんだか」

「とても崇高な志(こころざし)じゃありませんか」わたしはあえてそういってみた。

女はわたしを諭すようにヘアブラシを振った。

「ねえ、あたしたち、だいぶ気分がよくなったみたいじゃない?」

確かに。わたしは無味乾燥な朝食をがつがつと平らげてしまうと、さらに気分がよくなり、海軍にいる息子のことで、ルームメイトが知りたがったことをすべて(どころか、それ以上)話した。

「息子は新型のポラリス潜水艦に乗ってるの」わたしは自慢した。「砂漠生まれの砂漠育ちの子なんだけど、あの子はベビーフードを食べてるころから海軍の空気を吸ってたのよ。水にもぐるとなったら、わたしたちがなにをいってもむだだった。あの子ったら、ほとんど水面に顔を出さなくて。ハイスクールではスキューバダイビング・クラブに入ってね。クラブの子たちは、何時間もプールの底にすわってたらしいわ」

「息子さん、よく家に帰ってくる？」女は指の爪をみつめながら、そう訊いた。

「いいえ」わたしは嘆くようにいった。「しかも、手紙を書くのが嫌いで。でも、長距離電話という便利なものがあるし。もちろん、コレクトコールだけど」

「そうなのよね。うちのクレイもおんなじ」

中年の母親ふたりはともに莫大な電話料金のことを思い、重々しくうなずきあった。

「ねえ、教えてくれる？　あなたの息子さんは軍隊の仲間を家に連れてきたりする？　つまり、泊まり客として、だけど」女は訊いた。

「これまでのところ、それはないわ」わたしは答えた。「でも、連れてきても、べつにかまわないけど」

「そうでしょうね」女は暗い口調でいった。「でも、充分に注意したほうがいいわよ。海軍には孤児が何人もいるって聞いてる。彼もそういう子のひとりで……」

「誰のこと？」

「昨日、話したでしょ？　一昨年のクリスマスに、クレイが家に連れてきたその子が——その若者が——そいつが——」

「一昨年のクリスマスの話なら憶えてるわ」わたしはいった。「でも、昨日は……」

女は驚いた顔でわたしを見た。「だって、あなた、ちゃんと目を開けてたし、二、三、なかなか辛口(からくち)の意見をいってらしたのに。ひょっとすると、一日じゅう眠ってたってこと？」

「いいえ、眠ってたわけじゃないの。目覚めている時間を保つことに集中してたのよ。一瞬から次の一瞬につながらずに跳んでしまわないように。それがとてもむずかしくて。いまの一瞬をつかむのに両手が必要で、それを放して次の一瞬をつかむのに、あと二本、手が必要な感じ。ほんとうにごめんなさい。でもね、おかしいでしょうけど、じっさいには、オレンジを三個いっぺんにジャグルできるのよ」そういってから、少しためらい、正直であろうと決めた。「ときどきだけど」

女は鼻を鳴らしたが、わたしは許してもらえたのだとわかった。

「あのね、昨日のことは忘れてちょうだい。デイモン・ルーカスに関する掛け値なしの話を聞いて理解するのは、手が四本ある女（ひと）にしかできないでしょうよ。彼は悪霊みたいなものだと思う。あたしの夫は、彼のことを生まれつきの寄生者だと思ってる。娘のローダ——十九歳でとてもきれいな子なのよ——は、彼のことを年上の女を食いものにする変質者だと思ってる。息子のクレイは単に〝変人〟だとみなしてる。わかる？ 彼と近しく接しても、誰ひとりとして、彼への評価が同じじゃないの。たぶん、さまざまな点で、あたしたち全員にバイアスがかかっていたんだと思う」

女はことばを切って、眉間のしわをこすった。そしてまた口を開いた。「そうね、みんなが集まったときに、ときどき〝家族の謎〟として彼のことをあれこれ取り沙汰するぐらいなら、あたしだって、べつにかまわない。ときたま、身内のジョークに、ひょいと入りこんでくるぐらいなら」

「そうじゃないの？」昨日、ジグソーパズルの色鮮やかなピースをはめこむべきときに、つまらないジャグルにかまけていた数時間のことを、わたしは深く後悔した。

「だって、たびたび彼が現われるんだもの、ジョークの種にしておしまいってわけにはいかないでしょ？　しかも、現われるたびに若くなってるのよ」

わたしはそこでお手あげとなった。「すみませんけど、もう一度最初から、なにがあったのか話していただける？　それも、ゆっくりと。だって、手が四本どころか六本は必要になりそうな気がしてきたから」

「ええ、もちろん、いいわよ。ごめんなさいね、あたし、勝手にどんどん話してしまって」

わたしがボタンをまちがったボタンホールにはめてしまった三歳児であるかのように、女はにっこりとほほえんだ。そのようすが、いかにも、誰もがひそかに求めている理想の母親然としているために、わたしも思わず彼女のふくよかな胸に顔を埋めて、心ゆくまで泣きたくなった。不安な病院暮らしで、誰にも気にかけてもらってないという思いにさいなまれ、寂しくてたまらなかったのだ。わたしは洟(はな)をかんでから、まばたきして涙を払い、天井に向かって冷静にいった。「わたしたちのランチ、忘れられてるみたいね」

「あら、あなた、まだ午前九時よ」

そういうと、女はベッドから出て、ベッドサイドテーブルの引き出しを開けてなにかを取りだし、はだしのままベッドとベッドのあいだを歩いて、わたしのほうにやってきた。

「チョコレートをどうぞ。あなたが全部食べてくれたら、とってもありがたいわ。あたし、太りすぎだから。でも、看護婦にみつからないようにしてね」

女は急いでもどってベッドにもぐりこむと、さっとドアに目を向けた。

「まだあなたのお名前も知らないわ」わたしがチョコレートを食べながらそういうと、女はため息をつくのをやめて、ベッドの中でいずまいを正した。

「あたしはペンバートン。ケイティ・ペンバートン。四十歳を過ぎてて、腰回りは四十インチを大幅に超えてる。あたしみたいな体形だと、いまもこの先も、見知らぬ若い男とどうこうなんて、ぜったいにありえないと思わない？　そう、あたしもそう思ってた。デイモン・ルーカスが犬みたいになつっこく、あたしのあとをついてまわるようになるまでは。初めて彼に会ったときは、やさしげで、ブロンドのハンサムな若者だと思った。娘のローダなんか、さっそく彼の気を惹こうと思ったようだけど、家族全員で、数時間彼といっしょにすごすうちに、デイモンがちっともローダに関心がないことは、痛いほどはっきりわかった。じっさいのところ、彼がローダをちゃんと見たかどうかもあやしいものだった。それって、尋常じゃないって思わない？　二十六歳の若い男が、ローダみたいに若くてきれいな女の子に会って、目もくれないなんて。あたしの夫のフィリップは、〝ものわかりのいい〟タイプなんだけど、それでも、だんだん心配になったみたい。それで、息子のクレイにいろいろと質問したり、クレイといっしょにいるデイモンを観察したりした結果、デイモンがローダはもちろん、クレイにはもっと関心がないことがわかったのね。むしろ、クレイを嫌っているように見えたんだって。しかも、日がたつにつれ、ますますクレイを嫌うようになったのがわかったって。そのころには、家族全員が、あれやこれやが原因で、デイモンのことを不快に思いはじめていた。ときには、これといった原因がなくても、ね」

ミセス・ペンバートンはため息をつき、病室に一枚だけ飾ってある絵をみつめた。やさしい目をしたキリストが、子どもたちを祝福している絵だ。「ほんとうに奇妙なクリスマスだった。それはまちがいないわ」

「クレイはどうして彼を自宅に招いたの？　それほど仲が良かったの？」わたしは訊いた。

「いいえ。長距離バス発着所の待合室で出会うまで、クレイはデイモンを見たこともなかったのよ。あのね、こういうことなの。クレイはクリスマス休暇をとれるとは思ってなかったけど、まぎわになって、急に許可が下りたんですって。でも、そのときはもう遅くって、飛行機の予約が取れなかった。ふたつの航空会社がストライキをしてて、ほかの航空会社のキャンセル待ちには長いリストができてたもので、クレイはうちに電話してきて――もちろん、コレクトコールよ――長距離バスで帰るっていってきたの。帰ってきてからいってたけど、長距離バスの発着所は、クリスマスを家ですごしたい陸海空軍の兵士たちで、ごったがえしていたそうよ。あっちでもこっちでも車を持っている兵士や水兵たちがうろうろしては、ガソリン代をシェアしてもらうために、同じ方向に行く同乗者をつのってたって。

クレイはそれなら早く家に帰れるんじゃないかと思い、同乗させてくれる、西に行く車を捜すことにしたのね。そうしたら、私服姿の男がクレイに近づいてきて、自分はフェニックスに行くといった。フェニックスなら願ってもない方向なので、クレイはその申し出にとびついたわけ。でも、良識をとりもどして、その男の車――ちなみに、コルヴェットの新車よ――とナンバープレートを確認し、男の名前を聞いてから、もう一度うちに電話して事情を説明したうえで、男の名前や車種やナンバーを告げた。たとえ、そのときにあたしがぜったいに不賛成だといったとしても、クレイが計画をあきらめたかどうか。電話の話しぶりでは、クレイはそんな車でドライヴできるという幸運に夢中になってた。なにせ、交替でハンドルを握ることになってたそうだから。あたしはそれも気に入らなかった。でも、クリスマスだし、クレイはまだまだ子どもだし。そう思って、クレイには充分注意するようにいうにとどめたのよ。クレイが電話を切ったあとは、ただもう無事を祈ってた」

「事故にでも？」心からそうではないといいと思ったが、わたしがチョコレートと幸福感とで満ち足りていたのは事実だ。大きくてピンク色の母親がしてくれるお話を、ベッドに横たわって聞いているのは、まさに至福といえるからだ。

「いいえ、たいした事故じゃなかったのよ。ニューメキシコ州は雪でね、そのとき運転をしていたクレイは凍った道路で車を走らせたことがなかったので、スリップして、車が溝にはまってしまったの。ハイウェイパトロールがやってきて引きあげてくれるまで、七時間も車に閉じこめられてたのよ。それで時間をとられたのに、ふたりは二千マイルを超す道のりを、驚くほど短い時間で走破したわけ。たぶん、食事と給油のほかは、ほとんど車を停めなかったんじゃないかしら。眠るのも、ひとりが運転しているあいだに、もうひとりが短い睡眠をとるだけだったんだと思う。

土曜日の午後にうちに着いたときには、ふたりとも目が血走ってて、泥だらけで、くたくたに疲れきってたわ。そんな姿を見て、デイモンにも熱いお風呂と食事と睡眠をとるように勧めないとしたら、あたしたちはひとでなしといわれてもしかたがないわね。

フィリップは急いで、クレイの部屋にキャンプ用の簡易ベッドをしつらえ、クレイの寝袋をのっけて、まにあわせの客用ベッドをこしらえた。クレイの部屋は狭くてね、船の船長室に似せて造ってあるの。コンパクトで、整理整頓がいきとどいている――いいえ、クレイがいないときは、の話だけど――けど、なにぶんにも狭いんで、ベッドはひとつしか置けないのよ。クレイがまだ十歳のときに、あの子が海軍に入ってくれることを願って、せっかく船のキャビンふうに改装したのにねえ。いえ、いいの、気にしないで……。

とにかく、ふたりはシャワーをあびて、髭を剃って、大量のハムサンドイッチとミルクをおなかにおさめると、すぐにクレイの部屋にひきあげて寝てしまった。その夜遅くまで、ふたりの顔を見ることはなかったわ。あたしがクレイの部屋の閉まったドアの前をうろうろするのをやめたあと、ずいぶん時間がたってから、ようやくクレイが部屋から出てきた。寝ぼけまなこでにやっと笑い、死にそうなほど腹が減ってるといってね。ふと部屋の中を見ると、デイモンがクレイのベッドで寝てた。

あたしがステーキを焼いているあいだに、クレイがデイモンのことを話してくれた――長いドライヴのあいだに、クレイがデイモンについて知ったことをすべて。

デイモンの話によると、彼は海軍を除隊したばかりで、年齢は二十六歳。独身。アリゾナ州におちつく予定。フェニックスのあたりが望みなんだとか。そこに、またいとこだったかしら、遠い親戚がいるんだけど、会ったことはないって。数カ月前の労働者の日(レイバー・デイ)に、両親を交通事故で亡くしてしまい、残っている唯一の親戚なんですって。あたしもそうだったけど、クレイはデイモンの寂しい境遇に、特に、両親を亡くしたあとに初めて迎えるわびしいクリスマスに、とても心を痛めてた。デイモンは遺産を継ぎ、両親の葬儀をすませた直後ぐらいには家も売れた。そして、保険金の一部で車を買ったけど、お金は充分に残った。やりたい仕事と住みたい土地を捜すために、何カ月か自由に暮らせるぐらい充分なお金が。

そんな話をしながら、クレイはステーキとグリーンサラダとペカンパイを半分、平らげたのよ。でも、クレイがペカンパイとコーヒーに手をつけるよりも前に、あたしはデイモンに、うちでいっしょにクリスマスをすごさないかと誘うことになるとわかっていた。個人的にはデイモンに強い親しみを感じているわけではないと、クレイはいったけど、あたしたちがデイモンをおっぽりだすのではないかと、クレイが心底気にしているのが見え見えだったし。

クレイとちがって海軍に所属していたデイモンは、クレイよりもいくつか年上で、クレイのことばを借りると、〝おっかしなやつ〟だった。クレイは口にだしてはいわないけど、態度ではっきりと語ってた――家のないネコや犬や人間は、一年のうちのこの時季だけでも、たらふく食べ、暖かく、快適にすごすべきだ、とね。〝だからこそ〟、クリスマスには、家なき子たちは特に歓待されるべきだ、と。クレイの、この〝だからこそ〟精神のせいで、あたしは親としての失望と喜びとのあいだを揺れ動く羽目になるのだけど……あたしとしては、クレイをがっかりさせたくなかったの」

ミセス・ペンバートンはティッシュペーパーを取って、洟をかんだ。そして、わたしがちゃんと起きているかどうか確認するように、こちらにするどい目をくれた——いや、そう思えたので、わたしは急いでうなずいてみせた。するとすぐに、彼女は話をつづけた。

「いわせてもらうと、泊まり客というのは厄介なものよ。たとえどんなに気のいい客でも。家の雰囲気が変わるのよね。うーん……そう……空気のにおいが変わるというか。家の中の品物がひどくみすぼらしく見えたり、逆に、新品みたいにほかのものから浮きあがって見えたり。しかも、突然に、家族の癖や習慣がだらしなく思えたり、いやにばかげて見えたりするものよ。そうね、二、三人なら、うちに泊まってもらってもいいひとたちがいるわ。そのひとたちなら、あたしの喜びや楽しみが増えこそすれ、いやな思いをさせられることはない。でも、やっぱり、くたびれるけどね。魚と同じで、客も三日たつと臭いだすっていう古いことわざ、知ってるでしょ？　デイモンの場合は、彼がやっと起きてきて、リビングルームでうちの家族に加わった三秒後には、もういやな臭いがしはじめてた。

まず初めに、デイモンはフィリップとローダに軽くうなずいてみせただけで、クレイを無視した。で、あたしにはこういったの。〝とても寝心地のいいベッドですね。あの部屋も申し分ないけど、簡易ベッドがあると窮屈です。ぼくが階下におろしましょう。廊下の端にスペアルームがありますよね。息子さんはそこで寝ればいい。あの部屋にあるベッドには、クリスマスのがらくたが山とのってるけど、息子さんは体格がいいから、ひとりで片づけられますよ〟って。

そういうと、デイモンは両手をこすりあわせながら、キッチンのほうにあごをしゃくったの。たぶん、あたしは、ぽかんと口を開けてデイモンをみつめてたんだと思う。だって、デイモンがあたしのそばに来て、あたしのあごの下を軽く突いたから。そして、デイモンはこういった。〝さあさあ、マム、なにか食わせてください。あなたの新しい息子は腹ぺこなんです！〟とね。

「当然、あなたは怒ったでしょうね？」わたしは口をはさんだ。「わたしなら、彼の爪先を踏みつけて、家から出ていけといったと思う」

「あたしだってそうしたかった」ミセス・ペンバートンは苦々しげにいった。「長いこと沈黙がつづいて、あたしたち家族は誰かがなにかするか、なにかいうのを待ってたけど、全員が度肝を抜かれて愕然としてた。最後には、みんな、ちょっとだけくすくす笑った。でも、すぐに笑うのをやめて、なにもなかったふりをした。それから、どうしてそうしようと思ったのか、自分でもわからないけど、あたしは立ちあがり、リビングルームから出ていった。デイモンはぴったりとあたしにくっついてきた。あたしはまっすぐにクレイの部屋に行き、折りたたんであった簡易ベッドを持って、階下のスペアルームに運んでいき、また、簡易ベッドを広げた。フィリップが手伝ってくれたわ。そして、スペアルームのベッドの上に置いてあったクリスマスのプレゼントを全部、簡易ベッドの上に移した。フィリップとデイモンがあたしのすることを見ているなかで、あたしはデイモンのスーツケースをスペアルームに運びこんで、どしんと床に下ろしてデイモンにいった。〝あなたはここで寝なさい〟と。そうね、人間が怒って精神のバランスを崩したときにしでかしやすい、愚かな過ちといえるわね」

「どうして過ちなの？　わたしにはとてもあたりまえだと思えるけど」

「わからない？　あたしはデイモンに足場を与えてしまったのよ……家にとどまってもいいと認めたも同然。クリスマスをデイモンもいっしょにとクレイにいってから、あたしはどうやってデイモンにスペアルームに移ってもらうか、ぐずぐずと考えてた。それがストレスとなってたせいで、そうしようと思っていたことを衝動的にやってしまったわけ。たとえていえば、家が燃えているときに、リビングルームの敷物から抜け落ちた糸くずを拾いあげるような、反射的な行動よ。あのとき、フィリップの顔を見たとたん、あたしはばかなまねをしたことがわかった。

〝今夜は〟とフィリップはデイモンにいった。〝今夜はここで寝なさい。明日の朝、きみは旅をつづける気になってるにちがいない〟って。フィリップのことばは誤解しようもないものだった。デイモンはしゃんと背筋をのばして、薄笑いを消した。顔が青ざめ、目には驚愕と傷ついた表情があった。

デイモンはフィリップにいったわ。〝失礼なまねをする気はなかったんですよ。冗談をいっただけです。目が覚めたときに、思いついた冗談です。うちではよくそうやってふざけてたもんで。ぼく、ほんとうに自分の家に帰ったような気になって、つい、ふざけてしまったんです〟と。

そのあと、デイモンは〝マム〟とかなんとかいいそうになったけど、それをぐっと呑みこんで、それ以上なにもいわなかった。

フィリップの気持がやわらぐのが見てとれたわ。あのひとは、他者を気づかうという伝統的な精神をたたきこまれて育った、寛容な紳士だから。デイモンにきついことをいったときには、内心でよほどの葛藤があったにちがいないわ。

〝いいだろう〟フィリップはデイモンにいった。〝デイモン、さあ、なにか食べるものをみつけよう〟

フィリップは部屋を出ていき、あたしはデイモンとふたりきりになった。デイモンはあたしに顔を向けた。そしてダンスのステップでも踏むように、おかしなぐあいに両足を小刻みに踏み替え、また薄笑いをうかべた。

〝おやじさんはほんとにいいひとですね〟デイモンはものやわらかにいった。〝とてもいいひとだ〟

そういうと、デイモンはウィンクして、部屋を出ていった。

その夜、寝支度をしながら、あたしはフィリップに、デイモンのウィンクのことや、あの男にはどうしても好意をもてないし、彼を信頼することもできないということをいったんだけど、フィリップに危機感をもってもらうほど強い口調ではなかったみたい。

〝彼はしつけがなってないがね、クリスマスだというのに、ひとりぼっちで、行くところもない。おまえにもそれはわかるだろう？　おまえのいうとおり、彼はわたしたちとは種類のちがう人間だが、それはあまりにも俗物的な見方じゃないかね、ケイティ？　彼がおまえに敬意をもった態度をとるかぎり、泊めてやるべきだと思うよ〟

フィリップはそういったわ。あたしが気に入らないのは、デイモンがフィリップに敬意をはらおうとしないことだったけど、それは口にしなかった。だって、夫に面と向かって指摘するようなことじゃありませんからね。

いままで話したのは、クリスマスの五日前に起こったこと。じっさいのところ、うちの者は誰ひとり、デイモンに泊まってくれといったりしなかった。でも、あたしたちはみんな、暗黙の了解でそう思ってた。デイモン自身もね。あたしは料理や掃除でばたばたしてた。子どもたちは外出ばかりしてた……クレイはあたしの車で友人たちに会いにいき、ローダはクリスマス休暇終了後に提出しなければならないレポートの調べもののために、大学の図書館に入り浸るか、あたしに代わって買い物にいってくれた。もちろん、フィリップは一日じゅう仕事に出てる。デイモンはほとんど家から出なかったけど、子どもたちはたびたびいっしょに出ないかと誘った。デイモンはあからさまにそういう誘いを鼻であしらったけど、そういう彼に子どもたちは丁重な態度を崩さなかった。それにはほんと、びっくりしたわよ。でも、あたしたちはみんな、おかしなほどデイモンに辛抱づよく接していたの。最初のうちは、確かに〈辛抱〉ということばが合ってた。あとになると、〈辛抱〉というより〈恐れる〉というほうが正しいような……。

デイモンは一日じゅう、犬のようにあたしのあとをついてまわったわ。クレイのきつきつのTシャツと古いリーバイスのジーンズというかっこうで。彼の衣類はクリーニングに出してたし、私服はひと組しか持ってないみたいだった。彼がまだ海軍の軍服を持ってるかどうか、あたしたちにはわからなかった。それに彼は海軍の話をいっさいしなかったわ。海軍にいたのがわかるのは、左腕に彫られた、胸が悪くなるような刺青だけ。血のしたたる大きな赤い心臓のまんなかに青い錨があって、心臓の下に、〈マム〉と青い薔薇の花をからめた赤い文字が並んでるの。デイモンはその刺青が自慢だったみたい」

　血のしたたる心臓を思い出して気分が悪くなったかのように、ミセス・ペンバートンはしばらく黙りこんでいた。ふたたび話をする気力をとりもどさないうちに、医師がふたり、いっしょにやってきた。わたしたちそれぞれの主治医だ。ふたりとも元気いっぱいで、ひょうきんで、せっかち。主治医のお供の看護婦にせかされて、わたしはこの二十四時間の症状をたどたどしく報告した。主治医はわたしの申告にはうんざりしているようだったが、最後に、許してあげるといわんばかりに、父親のようにわたしの頭をぽんぽんとたたいた。

「明日は起きられます」医師は祝いの歌をうたうようにそういって去った。

　わたしは懸命に努力して、五フィートしか離れていないお隣さんと医師の会話を聞かないようにしたが、どうしても聞こえてしまう。弱々しい声でなにやら申し立てている患者を励ますつもりなのか、ミセス・ペンバートンの主治医はあえて大きな声を出すからだ。

「けっこう、けっこう」医師は吼えた。「今夜も順調なら、明日は退院できます。もともと、あなたに悪いところはないんですから。時間が癒してくれるんですよ、ケイティ。はっはっは。時間と、少しばかりの自己訓練がね。さあ、おとなしく薬を飲んで、頭のなかのばかげた考えを追い払ってしまいましょう。まったくのところ、あなたはわたしよりも正気で、馬のように健康です。自己コントロール！　あなたに必要なのは、それなんです……さあさあ、いいですね、くよくよ考えるのは、もう、おしまい！」医師はちらっとわたしにりっぱな白い歯並びを見せながら、せかせかと病室を出ていった。

数分間、わたしはミセス・ペンバートンに目を向けるのをがまんした。ティッシュが引き出される音や、洟をすする音などから、彼女が泣いているのがわかったからだ。だが、しばらくすると、魔法瓶からグラスに水をそそぐ音が聞こえ、力づよく枕をたたいてふくらませる音がしたので、彼女が泣きやみ、怒りからあきらめへと気持が移っているのがわかった。あきらめの境地に達するまで、それほど時間はかからなかったようだ。

「ああ、もう……」ミセス・ペンバートンはため息をついた。「ジムったら、いつも無神経なおばかさんなんだから。でも、いいお医者さまなのよ。それに、確かにほんとうだわ。だいぶ気分がよくなってきてる。昨夜は、この数週間で、悪夢を見て声のかぎりに悲鳴をあげなかった初めての夜だった。あなた、あたしの悲鳴を聞かずにすんでラッキーだったわね。聞いたひとは髪の毛が逆立ってしまうほど、嘆きの妖精（バンシー）さながらのすごい悲鳴らしいから」

それを聞いて、わたしは、ふと思いついた。「その悪夢もデイモンと関係があるの？」

「すべて、デイモンと関係があるの。最後には、あたしは彼に出ていってほしいといった。それきり顔を見なくてすむように祈ってたんだけど、そうはいかなかった」

「彼を蹴り出したの？」

「クリスマスイヴに」ミセス・ペンバートンはうなずいた。「思い出してもぞっとする……デイモンとふたりきりだった、あの夜のことは。子どもたちは出かけてて、フィリップはベッドルームにひきあげて眠ってた。本音をいえば、あたしはその日がくるのを待ってたわ。あたしが爆発するまで、ずいぶんといろいろなことがあったから……。

たとえば、あたしが食事のしたくをしてると、デイモンがまとわりついて、あたしの一挙一動を見てるの。そしてつまみ食いをしたり、ちょっかいをだしたりした。肉切り包丁が必要なときに、彼がそれをもてあそんでて、切れ味を試したり、肉の塊に突き刺したり。高い声でおぞましいバラッドを歌ったりもした――くびり殺されて川に投げこまれた女のことを歌ったものとか。なによりもいやだったのは、なにもおかしいことはないのに、彼がくすくす笑うこと。それも長いこと。

テーブルについているときは、彼はあまりしゃべらなかった。それはありがたかったけど、食べかたがひどくて、がつがつとむさぼり食い、ひどく騒々しい音をたてるんで、あたしたちはろくに会話ができなかった。あのね、彼は料理を食べるんじゃなくて、かきこむの。そのうえ、クレイが話をしているときに、クレイのお皿から料理を横取りするの。そして、ほんとに唐突に沈黙を破って、げらげら笑いだすのよ。しかも、常に踊っているみたいに、おかしなぐあいに足を動かしてる。椅子にすわっているときでさえも。それから、誰かが料理のことでなにかいったら……そうね、たとえば〝このパイ、おいしい〟とかいったら、デイモンはあからさまにふくれっつらをして、〝ぼくのママが作ったんだ。ママは水兵のぼうやのために料理をするのが好きなんだよ〟と。

そんなことばにどう返事をすればいい？　無礼でも無作法でもない返事を思いつける？　あたしはデイモンのおかあさんほどの歳じゃないのに、デイモンはあたしのことを〝マム〟と呼びつづけた。ほかのどんなことよりも、その呼びかけに、あたしはうろんなものを感じてた。ほんの四カ月前に実の母親が亡くなったばかりだというのに、そう簡単にほかの女を〝マム〟って呼べる？」

「無理でしょうね」わたしは答えた。

「それにクリスマスツリーのことがあるわ。毎年、子どもたちはとても気をつけてツリーを飾るの。うちにある古いオーナメントを、それはそれはたいせつに扱うわ。古いオーナメントのなかにはきれいなものもあれば、ちょっと怖いようなものもある……。たとえば、セルロイドの人形。あたしたちはいつもそうしてるという素朴な理由で、その人形をツリーの特に目立つ場所に飾るの。

ところが、デイモンがその人形を踏んで、ぺしゃんこにしてしまった。ぜったいに偶然の事故なんかじゃない……。それでもローダがそれを所定の場所に飾ると、デイモンは大声で嘲（あざけ）った。そして飾りつけをする子どもたちを冷笑し、来年はオーナメントがひとつもない、ライトだけのアルミのツリーに替えようといった。あたしが来年のクリスマスにあんたはここにいないということを気づかせてやる間もなく、デイモンはドアをばたんと閉めて部屋から出ていった。

そういうたぐいの小さな事件が数えきれないほどあったのよ。ひとつひとつはささいなことでも、積み重なれば、気持もかき乱されるでしょ。クレイと話をしようとすると、デイモンがいつもその場にいて、横から口を出しては、あたしの注意を惹こうとした。声がどんどん大きくなって、興奮してくるの。クレイの休暇は十日しかないというのに、あたしはクレイとふたりきりで話をするのは無理なんだろうかと、絶望しはじめた。だって、いつもデイモンに邪魔されるんで、クレイはあたしと話をするのをやめて部屋に引きこもり、ドアに鍵をかけて寝てしまうからよ。

うちでは、どの部屋もドアに鍵をかけることなんかなかったのに、いつのまにか、みんながドアに鍵をかけるようになってしまった。クレイの場合、部屋に引きこもってしまう理由は察しがついた。デイモンはクレイの私服をあさって着ていたの。自分の服がクリーニングからもどってきたあとでもね。クレイがパーティに着ていく服を選ぼうとすると、いちばんいい白いシャツは、くしゃくしゃに丸められ、汚れきって、デイモンのいるスペアルームでみつかったのよ。

デイモンがクリスマスまでいるとわかっていたので、ツリーの下にプレゼントを置くために、あたしは予定外の買い物に行ったわ。彼にはそれが必要だと思ったんで、衣類を贈ることにした。ある日の午後、あたしはベッドルームのドアに鍵をかけて閉じこもり、プレゼントをラッピングした。クレイへのびっくりプレゼントとして買ってきた、とてもすてきな金色の厚手のセーターもきれいな包装紙でラッピングしておいた。そのセーターは、クレイがローダと街に行ったときに、お店のショーウィンドウに飾られているのを見とれていたものなの。で、ラッピングが終わると、あたしはそのふたつの包みをほかのプレゼントといっしょに、ツリーの下に置いた。

その日、めずらしくデイモンがまとわりついてこないんで、あたしはありがたく思いながら、オーヴン料理にかかりきりになってた。すると、夕食の直前に、あたしがプレゼント用にラッピングしておいた服と、クレイへのびっくりプレゼントの金色のセーターを、デイモンが着て現われた。

〝待つのは好きじゃないんだよ、マム〟デイモンはそういったわ。〝包みにぼくの名前が書いてあったんでね〟

あたしは自分を疑ったわ。クレイのセーターの包みに、デイモンの名前を書いてしまったのだろうか、と。確信がなかったので、追及したりはしなかった。でも、次の朝、ローダを街に行かせて、クレイのために同じセーターを買ってきてもらったわ。

クリスマスイヴの日には、あたしはきつく張られたヴァイオリンの弦みたいに、きりきりしてた。子どもたちは若いひとたちといっしょにキャロルを歌いに行ってた。そのあとのパーティにも出ることになってたわ。フィリップとあたしは照明を全部消して、ツリーの明かりだけにすると、暖炉のそばの椅子にくつろいで、ステレオで音楽を聞いてた。驚いたことに、デイモンは夕食後すぐにコルヴェットに乗って出かけたの。彼がいないおかげで、家の中はすばらしく平穏だった。あたしの疑念やわだかまりも薄れて消えはじめた。十時になると、フィリップはベッドルームに引きあげたけど、あたしはもう少しクリスマスの安らぎにひたっていたかった。

十一時ごろ、デイモンがもどってきた。

傍目には、そのときのあたしはばかげて見えたかもしれない。それは認めるわ……。子どもたちはもう大きくなったから、クリスマスの靴下に大喜びすることはないんだけど、それでも毎年、うちではマントルピースに靴下を吊していたの。ローダの靴下には化粧品やヘアカーラーなんかを詰めた。クレイの靴下には髭剃り用品とか櫛とかえんぴつとかこまごましたものをいろいろ。クレイの靴下の爪先はくっついててね。何年か前に、味が気に入らなかったキャンディをかじりかけのまま、靴下の爪先に突っこんで隠したせいなのよ、あたしはそれを見て、にやにやしてたわけ。

そこにデイモンがにじりよってきて、あたしの手からクレイの靴下をひったくって、暖炉の火にくべてしまった。ショックや怒りを覚えるひまもないうちに、あたしは急いで暖炉から靴下を拾いあげた。そんなに焦げてはいないのを確かめると、あたしは丸鋸みたいにくるっと向きなおった。どうしてそんなまねをするのか、デイモンに訊きたかった。それに、あたしのうちに入りこんで、あたしのクリスマスをめちゃくちゃにしようと考えるなんて、いったいどんな悪意からなんだろうって、わけが知りたいじゃない？　あたしはレディらしいたしなみなんか忘れたわ。女らしくない強いことばを使ったかもしれない……。

ようやく爆発した感情が少しおさまって、目も耳も正常にもどったとき、デイモンは幽霊みたいに青くなって、震えながらもごもご口ごもっていた。クレイはもうおとななんだからクリスマスの靴下なんて似合わないとかなんとか、いおうとしてたのは確かね。それがまた、あたしのおさまりかけていた怒りをあおることになった。怒りにまかせてなんといったか、憶えてないわ。あたしの勢いが少し衰えてくると、デイモンはなにやらつぶやきながら、金色のセーターの袖をまくりあげて、シャツの袖をめくり、左腕の刺青をあらわにした。怒っていたせいでなかなか目の焦点が合わなかったんだけど、デイモンが見せたがってるものに目を向けたわ。その夜、デイモンはいかがわしい小さな刺青店に行って、前からあった刺青に追加の彫りものをしてきたのよ。あたしの目にとびこんできたのは、〈マム、愛してる〉という新しい刺青だった。

デイモンは何度も〝あなたのためにこうしたんだ。わかる？　あなたへのクリスマスプレゼントなんだよ……〟といった。

あたしは、ただもう頭にきて、吼えるような大声を出しただけ。笑っていたのか、泣いていたのか、いま考えてもわからない。デイモンはおずおずと、例の踊るような足どりで、あたしのまわりをうろつきながらなにかいってたけど、あんまり早口なんで、なにをいってるのか、ほとんど聞きとれなかった。ヒステリックな怒りが少しおさまると、あたしは注意ぶかく耳をすました。

あたしに聞きとれたのは、こういうことよ。デイモンはすっかり計画を立ててた——うちの子どもたちはもうおとなだから、家を出ていく準備ができている。彼がそのあとを埋める。仕事をみつけ、あたしの世話をする。〝老いたおやじさん〟が死んでも、あたしがひとりぼっちになることはない。なにがあっても、永遠に、あたしをひとりぼっちにはしない。ぜったいに、ぜったいに。あたしは彼の〈マム〉なのだから。生涯、あたしは彼のもので、彼はあたしのもの……。

まるで呪文みたいだった。デイモンが同じことを何度もくりかえすのを聞いているうちに、あたしの恐怖はどんどん高まり、悲鳴をあげたような気がする。それ以上耐えられなくなり、彼の声から逃げたい一心で、なりふりかまわず部屋から走りでた。彼が追ってくるんじゃないかと怖くてたまらなかったけど、それはなかった。デイモンはリビングルームにとどまり、まだ呪文を唱えつづけていた。

あたしはキッチンにとびこみ、冷たい水で顔を洗ってペーパータオルで拭いた。それからスペアルームに行って、デイモンの荷物をまとめた。裏口から出て、彼のコルヴェットに荷物を全部、放りこんだ。そして、静かに家にもどり、フィリップを起こした。けっきょく、ふたりがかりでなんとか説得して、デイモンに出ていってもらうことができたけど、説得してるあいだも恐ろしくて、警察に電話しようか、それとも救急車に拘束衣を用意して来てもらうべきだろうか、そう思った瞬間もあったわ。その夜、あたしは眠れなかった。彼がもどってくるんじゃないかと不安でたまらなかったの」

「もどってきたの?」わたしは訊き返した。

「いいえ。家にはもどってこなかった。あの夜、彼がどこに行ったのかは知らない。街を離れたんじゃないかしらね。その後、数週間というもの、あたしたちは彼の赤いコルヴェットが通らないか、車の往来に目を光らせたけど、あれきり、あの車を目にすることはなかった。そして、数週間というもの、あたしは、彼が出ていくまぎわに口にしたことば——脅しめいたことば——を、何度も思い出していた。彼はこういったの。

〝ママ、また会うことになるよ。どうしたって、ぼくを追っぱらうことはぜったいにできないんだ〟って。

「それで、また会ったの？」

ミセス・ペンバートンは下くちびるを噛み、苦悩の目でわたしを見た。しばらく間をおいてから、ようやく口を開いた。

「会ったわけじゃないわ。残りの話をしてもいいけど、それを聞いたら、あなたはあたしの頭がどうかしてると思うでしょうよ」

「あなたの主治医が、自分よりあなたのほうが正気だといってるのが聞こえたわ。わたしもそっちに賭ける」

「なら、話すわね。半年たって、あたしたちがデイモンのことを忘れ、多少は彼のことを乗り越えられるようになったころ、ある夜、サンディエゴ警察からフィリップに長距離電話がかかってきた。警察の用件というのはこうだった——家出をしたお宅の十二歳になる息子さんが、刺青店のあたりをうろついているところを保護した、ついては、迎えにくるか、ソーシャルワーカーを付き添わせて送り届けるから、その費用をもってほしい。

その少年はデイモン・ペンバートンと名乗り、うちの息子だといっているという……名字も住所もうちと合っていた。そんな息子はいないということを警察に納得してもらうのに、ずいぶん時間がかかったわ。うちの地元の警察署に電話して、あたしたちのいうことが正しいと裏づけしてもらわなければならなかった。その結果、その少年は少年院から脱走した子だとわかった。いまでも、その子が何者で、なにをして、少年院に入れられたのかはわからない。

サンディエゴ警察の一件は六月のことだった。同じ年の八月のある週末、あたしとフィリップはグランドキャニオンですごした。断崖の縁すれすれに建っているロッジに泊まったの。夕食後、フィリップはロッジのロビーで新聞を読んでた。あたしは日没を見ようと外に出て、崖沿いの小道をぶらぶらと歩いた。すると、背後から誰かが走ってくる足音が聞こえた。誰かに追われているらしく、息を切らし、叫び声をあげているのは、まちがいなく子どもだった。あたしがくるっとふりむくと同時に、走ってきた子どもがあたしに抱きついてスカートに顔を押しつけてきた。あやういところで、あたしは足を踏んばることができた。すごい力でしがみつかれたんだもの、バランスを崩してよろけてもおかしくなかったのよ。

追いかけてきた年上の男の子は、あたしを見ると、走るのをやめてあとずさりした。年下の男の子は、自分を追いかけてきた年上の男の子に目をやると、〝ぼくのマムがおまえをやっつけてくれる、でかいばかりの大ばか野郎め〟とののしった。年上の男の子はくるっと背を向けて走っていった。やがてその姿も見えなくなった。男の子はぎゅっとあたしに抱きついて、〝マム、愛してる〟といった。

あたしが面くらっているうちに、その子はあたしから離れ、黄昏(たそがれ)の薄暗がりに溶けてしまったけど、その子が走っていく足音が、笑い声が聞こえた。その子は水兵帽をかぶっていて、彼がちょっと体をひねったときに、左腕の大きな刺青が見えた」

「まさか!」わたしは驚いた。「たぶん、それは子どもたちが大好きな移し絵(うつしえ)よ。ほら、シールを肌に貼って水で濡らしてはがすと、絵が肌に残る、あれよ。刺青みたいに見えるでしょ」

「そうかもしれないわね。それから去年の九月に、あたしとフィリップはホワイト山脈に釣り旅行にいった。この歳だから、もうキャンプはしないことにした。アリゾナ州のショウ・ロウという小さな町のモーテルに部屋を借りたの。フィリップは毎朝早起きして、トラウトを釣りに、車で川や湖に出かけていった。

その日、あたしは手紙を書いたり髪を洗ったりしたかったので、モーテルの部屋に残ることにしたの。まだ朝早くて、外に出てる人もあまりいなかったわ。ハイウェイ沿いの二十四時間営業の食堂でコーヒーを飲んでからフィリップと別れ、あたしはひとりでモーテルにもどった。部屋にもどってだいぶ時間がたってから、外でドアをひっかくような音が聞こえるのに気づいたの。メイドかと思ったけど、こんなに早く来るわけがないから、モーテルの作業員が駐車場を掃除しているんだと思った。小さなデスクで手紙を書いていたあたしは、ドアに目をやった。そうしたら、ドアの下から紙が一枚、すべりこんできた。広告のちらしかなと思ったわ。でも、手に取ってみたら、学校の生徒が使う、はぎとり式ノートから破りとった罫線(けいせん)入りの紙だった。そして、それには赤いクレヨンで、血のしずくがしたたる心臓(ハート)が描かれ、小学二年生ぐらいの子どものぎくしゃくした字で、〝マム、愛してる〟と書いてあった。

どれぐらいの時間、その場に茫然と立ちすくんでたかはわからない。ふと気づくと、その紙を握った手がぶるぶる震えてた。あたしはドアを開けて外をのぞいた。モーテルの中庭には人影ひとつなかった。ドアを開け放したまま、あたしは表通りに走りでて、左右を見まわしたわ。一ブロックほど先で、セイラー服の男の子が胸が張り裂けたかのように泣きじゃくりながら、角を曲がろうとしているのが見えた。あたしがその角に駆けつけたときには、もう男の子の姿はなかった」

ミセス・ペンバートンは起きあがって上体をなかばねじり、わたしに訴えるような目を向けてきた。わたしになにかいってほしいのだ。

「そうね」わたしはしぶしぶいった。そしてなにかいおうと躍起(やっき)になった。「偶然かしらね?」

「そうは思えないわ」ミセス・ペンバートンは悲しげにいった。「あたしだってそうあってほしいのよ。あたしだって、ささいな、取るに足りない出来事を深読みして、なにか裏があるように考えているだけだと思いたい。どれほどそう望んでいることか。

そして、数週間前から、あたしは悪夢を見るようになった……いわゆる偶然の積み重ねや、頻繁に起こったささいな出来事や、そのたびに受けたショックなどとはくらべものにならないほどの悪夢。それまでに見聞きしたことを、あたしは誰にも、フィリップにすら、いったことはなかった。ほんとうに見聞きしたのか、自分でもよくわからなかったし」

「そのう……理不尽に苦しめられてる……って感じ?」

「それはもうずっと前から、そう思ってた。狩りたてられてるって感じで、腹が立ってたまらなかった。そしてついに、怖くなった。通りを歩くのも、電話に出るのも。悪夢を見はじめてからは、眠るのも怖い」

「恐ろしくて悲鳴をあげてしまうほどの悪夢って、どんな悪夢なの？」わたしは訊いた。

ミセス・ペンバートンは驚いて目を丸くした。「まあ、もちろん、あかんぼうの夢よ。あたしはうちの玄関ステップであかんぼうをみつける。かわいくって、温かくって、ベビーパウダーのにおいがして、あたしはそれがうれしい。あたしはあかんぼうを抱きあげて、ベビー服――とてもきれいな、ていねいに縫ってあるベビー服――を引っぱってきちんとしてあげようとすると、毛布が落ちて、あかんぼうの腕の刺青があらわになる……」

そのあと、わたしたちはあまり話をしなかった。昼食のトレイが配られ、下げられる。少なくとも、わたしのほうのトレイは軽くなっていた。花が届き、喜びの声をあげる。面会人がそっと病室に入ってきて、居心地悪そうに椅子にすわるか、片足からもう一方の足へと交互に重心を移し替えながら立っているか、それはひとさまざまだが、やがて、誰もがほっとしたようにそそくさと帰っていく。長い一日が過ぎていき、ようやく夕食前の静かなひとときが訪れた。

わたしはさっそく、ずっと気になっていたことをミセス・ペンバートンに訊いた。

「ねえ、いまはもう、怒りもなく、理不尽に苦しめられてるという感じもしないのなら、なにが気になるの？」

「あたしも不思議なんだけど、悪夢が変化したの。だから、あなたもあたしの悲鳴を聞かずにすんでるのよ。もう悪夢とはいえないの。ただの夢。贈り物の夢。だれかがあたしに、もろくて、とても価値があって、危険な贈り物をくれるの。あたしはとりあえずそれを受けとるけど、不安でたまらない。すると、手が受けとるのを拒否してね、指に力が入らなくて落っことしてしまい、贈り物はこわれる。でも、ガラスみたいに砕けたりはしない。ただ床に落ちて、血が流れる……。

夢が終わったあとに残る――夢の残滓というのかもしれない――のは、悲しみだけ。疲弊した悲しみだけ」

次の朝、朝食がすむと、ミセス・ペンバートンが退院するので、かわいい看護助手が車椅子を押してきた。にこやかにほほえみながら看護助手が見守っているなか、ミセス・ペンバートンはわたしにさようならといった。

「こんなの、要らないのに」ミセス・ペンバートンは車椅子を指さした。「でも、この病院にはうるさいほど厳格なルールがあって、退院する患者は自分の足で歩いて病院を出ていってはいけないって、定まってるのよ」

「またもや〈スナーク狩り〉ってとこね」わたしがそういうと、ミセス・ペンバートンはやさしくわたしの手をたたいて、車椅子にすわった。

「すぐにもどります」看護助手はドア口からわたしにそういった。「あなたを起こして椅子にすわらせてあげますからね。あなたも明日は退院だそうですよ」

看護助手がもどってくると、わたしは心配して訊いた。「ねえ、ミセス・ペンバートンはだいじょうぶかしら?」

「すっかり元気になりましたよ。あのかたは、ここで検査と診察を受けてただけですから。早い話が、あのかたはお産をするにはちょっと歳がいってるというだけのことなんです」

「まあ……そうね」

「不安なんだろうと思います。でも、どんどん元気になりますよ。あかちゃんが生まれたら、世界じゅうのどこを探したって、自分のあかちゃんみたいな子はふたりといないって、心から確信なさいますとも」

「ああ、神さま」わたしは思わず口走った。「どうぞそうではありませんように」


(山田順子訳)

姉の夫

ロナルド・ダンカン

ロナルド・ダンカン　Ronald Duncan (1914-1982)

イギリスのホラー小説界において、書き下ろし作品を集めた複数作家の作品集、すなわちオリジナル・アンソロジーという出版形式は、きわめて大きな意味を持っている。専門誌に恵まれないこの分野において、得がたい短篇発表の場となってきたからだ。

イギリス人の好む、新作と再録の抱きあわせという形式もふくめれば、おびただしい数が存在するが、なかでも評価の高いのが《ゴースト・ブック》シリーズだ。名アンソロジスト、シンシア・アスキスが世に問うた第一集（一九二六）を皮切りに、六代の編者によって第十五集（一九八〇）までつづけられた叢書である。本篇は二代目のジェイムズ・ターナーが編んだ *The Fourth Ghost Book* (1965) に発表された。

作者はイギリスの詩人・作家・劇作家。一九四五年にマーキュリー劇場で *This Way to the Tomb* を上演したのを手はじめに、第二次大戦後の詩劇復興の一翼を担った。モダニズムを代表する詩人エズラ・パウンドとの交流でも知られる。田園生活を好み、一九三九年以降は南西部のデヴォンシャーで農業に従事しながら創作活動をつづけた。代表作に五部から成る長篇叙事詩 *Man* (1970-1974) などがある。

イギリス怪奇小説の真髄ともいえる「朦朧法（もうろう）」を駆使した本篇は、読者の倫理観をゆさぶるにちがいない。本邦初訳である。

《フライイング・スコッツマン》は予定より二時間遅れていた。戦時中にはままあることだ。特に、夜間にドイツのハインケル機が飛んでいる場合は。

　汽車は黒く塗りつぶされ、明かりも薄暗い。一等車のコンパートメントのひとつに、ふたりの将校が向かいあってすわっていた。ひとりはドストエフスキーの『白痴』を読んでいる。もうひとりの三十五歳ぐらいの少佐は座席の隅で背を丸め、目の奥に焼きついている光景とくらべるかのように、目の前を流れていく景色に見入りながら、次から次へと煙草(たばこ)を吸っている。四時間と五分、同じコンパートメントに乗り合わせているというのに、ふたりの男は、四時間というもの、口をきかなかった。一度だけ話をしたが、話題は限られていたし、たがいに自己紹介はしなかった。シーフォース高地連隊(ハイランダーズ)のマクリーン大尉は〝辛気くさいガスマスクを装着するのはもうあきあきした〟とはっきりいったが、英国陸軍スコットランド高地連隊(ブラック・ウォッチ)のバックル少佐は口の中でなにやらぶつぶつとつぶやいただけだった。

　だが、ふたりが口をきかないのは、座席の上に貼ってある、〈むやみなおしゃべりはヒトラーを助けることになる〉という標語に従っているわけではなく、どちらも相手に関心がなかったせいだ。おそらくはふたりとも、相手のことを知りたがる男たちを、いやになるほど見てきたからだろう。少なくとも、マクリーン大尉はそうだった。ぎゅう詰めの軍隊輸送船での、九週間の船旅に耐えてきたのだ。それを考慮すれば、彼にとって、静けさは贅沢このうえなく、孤独が願ってもない楽しみに思えるのは無理もない。

マクリーン大尉は、完全にプライヴェートな休暇をすごすつもりだった。エディンバラで家を守っている姉は、彼の短い隠遁生活を侵害したりはしないはずだ。しかし、用心のために、姉には到着時刻を知らせるのをわざと遅らせたうえに、出発直前にキングス・クロス駅から電報を送るにとどめた。エディンバラのウェイヴァリー駅で、仰々しく一族（クラン）に出迎えられるのは願いさげだったのだ。

汽車がふいに停止した。真空ブレーキからもうもうと立ち昇った蒸気が、コンパートメントに流れこんできた。

「緊急停止信号だな」マクリーン大尉は本をおろし、窓のブラインドに目をやった。「これでまた、到着がもっと遅れる」

バックル少佐は腕時計を見た。あいづちをうつ必要はない。停止信号が到着を早めることなどありえないからだ。

十分ほどたつと、急行列車はふたたび動きはじめ、やがて、しずしずと駅に向かって走りだした。こういうことこそ、戦時下の会話の糸口となるものだ。マクリーン大尉でさえ、それに抵抗できなかった。

「いま、どこだろう?」マクリーン大尉はブラインドの羽根を少し広げて、すきまからまっ暗なプラットフォームをのぞいた。

「神のみぞ知る」バックル少佐は答えた。「地獄みたいに見えるな。うん、地獄かもしれない。どうやら、わかったぞ。前にときどき、セントレジャー・ステークスに行ったんでね。ここはドンカスターだ」

ふたりはほぼ同時に、常ならば、いまごろはもう、エディンバラの手前八十マイルのあたりを走っているはずなのにといった。その所見がきっかけで、ふたりとも相手が旧知の友人のように思えた。見知らぬ他人同士であろうと、不平不満を共有するのは、ほかのなによりも親近感をもたらしてくれる。

「まったくついてない」マクリーン大尉はつぶやいた。「休暇は二週間しかないというのに、このぶんでは到着が半日遅れになりそうだ」

「海外にいたのか?」バックル少佐は少しも関心がなさそうに訊いた。

「シンガポール」ぶっきらぼうだが無礼な口ぶりではなかった。

「たいへんだったな」感傷抜きだが、共感のこもったいいかただ。

そのひとことでいいつくされる。マクリーン大尉の連隊は、四カ月のあいだ、マレー半島のジャングルを退却しつづけざるをえなかった。シンガポールの港に着いたときは、実質的にほぼ壊滅状態だった。マクリーン大尉の部隊では、生き残って真実を語れる将校は彼ひとりきりだったし、彼がそうするのをとどめる理由もなかった。だが、大尉が沈黙を守ったのは恥じているからではない。たとえ勝利を得ていても、黙して語ることはなかっただろう。ぺらぺらとしゃべるような性格ではないだけだ。

「最近、ロンドンでなにかおもしろい芝居を観ましたか?」相手のほうが階級が上なので、マクリーン大尉は敬語を使った。

「ラティガンの芝居は悪くなかった」

「ですが、それは何カ月も前に終わってますよ」

「そうだったかい?」

「はい。時間はすぎゆくものです」

「そうかな?」

バックル少佐に投げかけられた疑問の裏に、なにやら哲学的なするどい問題を感じとり、マクリーン大尉は当惑した。だが、すぐに安堵の笑みを浮かべた。「ああ、そうですね。意味がわかりました。確かに、汽車は時間とともに移動している」

「そういう意味でいったのではない」

「はあ」

マクリーン大尉はまた本を取りあげた。五分もたたないうちに、ふたりの将校は寝入っていた。汽車は夜を裂いて走り、夢の世界をさまよっている乗客たちを前へ前へと運ぶ。

床の上に手袋のように落ちている切断された手の夢。くび飾りをつけた黒人女の夢。

しかし、半分に落としてある明かりのなかで目を覚ましたマクリーン大尉は、筋をちがえたのか、くびに少しばかり違和感をおぼえながらも、夢のことはなにひとつ憶えていなかった。

マクリーン大尉は姿勢をまっすぐにして、髪に櫛を入れた。

「お茶が一杯ほしいですね」マクリーン大尉はいった。

「ピーブルズを通過したところだ」バックル少佐はいった。「二時間半遅れで」

ふたりとも寝ていたのだが、同じコンパートメントで眠ったという事実が、ふたりをより親しみのある関係に近づけたのはまちがいない。朝になると、夜のあいだよりも、ふたりはもっと気安く話をしていた。

「あなたもエディンバラにお住まいですか?」マクリーン大尉は訊いた。

「いや。だが、以前に住んでいた。それでエディンバラに行くことにしたんだ」

マクリーン大尉はこういう逆説的な表現にはいつもいらだちをおぼえる。足を引っぱられる気がして不愉快なのだ。

「市の郊外にお住まいだということですか?」マクリーン大尉は矛盾を正したくて、そう訊き返した。

「いや、いまはどこにも住まいはない」バックル少佐は残念そうなけぶりも見せずにそう答えた。

マクリーン大尉の脳裏に、三枚の絵がありありと浮かんだ。

一枚目は、爆撃され、まだくすぶっている家の前に立っている少佐の絵。焼け跡には少佐の家族全員が横たわっている。なぜか、その前面に、揺り木馬とぬいぐるみのテディベアがある。

二枚目は、アフリカ北部のベンガジに向けて戦車を駆っている少佐に、伝令が電信を渡している絵。少佐の妻からの電信だ。マクリーン大尉には少佐の肩越しに文面が読める。

〝わたしはときどき郵便配達夫と寝ていますが、おなかの子の父親は牛乳配達人です。あなたがこの報せを受けとるころには、ごみ収集人といっしょに暮らしているでしょう。あなたの愛する妻より〟

「戦争にはうんざりだ。戦争は男を滅ぼす」少佐はつぶやいた。

そのとき、マクリーン大尉の目に三枚目の絵がとびこんできた。プラットフォームに姉のアンジェラが立っている絵だ。姉はよく動く口の持ち主で、いつも質問ばかりして乳母(うば)に叱られていたものだ。

「エディンバラで泊まるところがないのなら、姉ともども、喜んでお泊めしますよ」

「ありがとう。ご厚意に甘えて、一、二泊させていただこうかな」

「もしよかったら、おくさまも……」

「いや、わたしはひとりだ」

マクリーン大尉の脳裏に、映画の予告編のように二枚目の絵がよぎった。

「結婚してないんでね」バックル少佐はつけくわえた。

絵は消えた。そして三枚目の、プラットフォームで待っている姉の絵が鮮明さを増した。マクリーン大尉は姉のアンジェラが出迎えにきていることを、これっぽっちも疑っていない。

アンジェラは、どこをとっても中庸(ちゅうよう)だった。女性としても。アンジェラはケアンテリアの仔犬を連れて、弟の到着を待っていた。スマートな鰐革（わにがわ）のハンドバッグを小脇に抱えているアンジェラは、ごくひかえめでおとなしやかに見える。外見は中庸そのもの。アンジェラは自分の容貌が悪くないことを自覚していて、みんなの注目をあびる存在になりたいと思っているのだが、趣味のいい服装でつつましく立っていると、彼女がどんな服装でいるかなど、誰ひとり頓着せずにさっさと通りすぎていく。シックな帽子が女らしさと快活さを暗に示しているのだが、地味なツイードの服で帳消しになっている。

片手に持ったきれいなフランス風のパラソルをくるくる回しているが、アンジェラの立ち姿は男っぽかった。いまだかつて、誰からも脚が美しい、足の甲がみごとだといわれたことはないが、彼女自身は知っている。だからこそ、極薄の絹のストッキングをはいているのに、踵が低くて重い、スコットランド製の頑丈な靴（ブローグ）で台なしになっている。自然が恵みを与えるのを失敗したかのように、アンジェラの髪は色がさえないし、まっすぐな直毛（弟の髪はカールしているのだが）だ。目と口は美しいが、あごは、かなりがっちりしている。ヒップは少年並みに細いが、胸はどんなブラジャーでもつつみこめないほど豊かだ。この点に関して、樹木のようにボーイッシュな身体に胸だけがふくらむようになったころから、三十歳に近い現在まで、アンジェラはずっと悩んできた。胸が大きく突き出てきたとき、弟のアレックスは笑ったものだ。それ以来、アンジェラは弟の嘲笑（ちょうしょう）を恐れ、女性的特徴がなくなればいいと願ってきた。というのも、女性的特徴が顕著（けんちょ）になると、姉弟の関係がぎくしゃくしたからだ。

母親が死んでから、アンジェラはアレックスの母親代わりをつとめてきた。ここ数年は、妻の役に変わっている。もちろん、アンジェラ自身は、自分が近親相姦的傾向にあることを自覚していない。彼女は単に、ほかのどんな男よりも、弟のアレックスのほうが好きなだけだ。そのため、崇拝者が現われても、彼になびくのはアレックスに対して誠実ではないような気がして、つい敬遠してしまう。

姉弟はランダル・クレッセントの古い家で、仲良く幸福に暮らしてきた。ふたりいっしょにテーブルを囲んで本を読んだり、どちらかのベッドの端に腰かけて話をすることもあった。

アンジェラは汽車が弟を連れてきてくれる日を、指折り数えて待っていた。そしてついに汽車が蒸気を吐きながらプラットフォームにすべりこんできて、コンパートメントから降りてくる弟を見ると、この一年で初めて充足した気持になった。最初に目で、次に足を動かして弟を迎えた。弟を抱きしめて、一年ものあいだ耐えてきた不安をぬぐいさってしまいたかったが、そんなそぶりは見せなかった。アンジェラにとって、アレックスは全世界だった——九割がたは。残りの一割に関しては、いずれそのうち、受け容れることになるだろう。

「アレックス！」アンジェラは声をあげた。だが、弟に抱きついたりはしなかった。一方の手は仔犬のリードで、もう一方の手はパラソルでふさがっていたからだ。「ボクサーも迎えにきたのよ。とても辛抱づよく待ってたわ。汽車が何時間も遅れたのに」

アレックス・マクリーン大尉は将校であると同時に紳士でもある。姉には笑顔を見せただけだが、犬にはキスして、頭をなでてやった。

それからバックル少佐に姉を紹介した。しかし、アンジェラは少佐など目に入らない。弟のことで頭がいっぱいなのだ。だが、女なら誰でもそうだが、アンジェラも好奇心よりも観察眼のほうが優っていた。そんな気はなくても、瞬時に、少佐のことを細部まで見てとっていた。少佐と握手しながら、礼を失しないようにすばやく視線を走らせたアンジェラは、強い印象を受けた。

バックル少佐は孤独で、内気で、悲しげだが、強い意志ときちんとしたマナーは少しも損なわれていないようだ。アンジェラはよそよそしくひややかな薄青い目に魅せられたが、蒼白な肌に対して不自然なほど赤いくちびるのせいか、官能的で温かみのある口もとには嫌悪を覚えた。そして彼の従卒が、誤ってネクタイの表側にアイロンを当てたのに気づいた。

アンジェラが興奮して弟に話しかけているあいだ、バックル少佐は彼女を詳細に観察できた。視線を走らせ、彼女の濡れたくちびるや、豊かな胸、ほっそりしたヒップに目を惹かれたが、彼女の目や髪の色にも服装にも無頓着だった。改札口を通るころには、バックル少佐はアンジェラと寝たいと思っていた。とすれば、彼女の弟の客という立場が突破口となるだろう。

それからの数日は、アンジェラにとって生涯で最高に幸せな日々となった。自分でも理由はわからない。歴史家たちはこの戦争は経済が原因だという。しかし、彼らはまちがっている。彼らは経済を口実にしているにすぎない。戦争が起こるのは、みんなが破壊してほしいと望むものを破壊してくれるからだ。抑制を余儀なくされる現状の破壊。戦争は人間関係を自由にする。必要悪というだけではなく、必然的な喜びをもたらす。正直にいえば、戦争がもたらす殺戮、残虐な行為、被害は、痛恨の統計値として残るだけとなる。つまるところ、平和を尊びつつも死ぬほど退屈な平時に、戦争は、人生とは不安定なものだということを、身にしみて実感させてくれるのだ。飲んだくれて酔っぱらうというのも、解放感をもたらしてくれるだろう。それは一抹の真実かもしれないが、何年間も酔っぱらったままでいるのは無理だし、つかのまのどんちゃん騒ぎに溺れても、自責の念をもたずにいることは不可能だ。戦時中には、うしろめたい思いもせずに、人間は自分を解放できる。じつのところ、表向きには愚痴をこぼしながらも、心のなかでは〝大いなる犠牲〟を楽しんでいる。〝大いなる犠牲〟という毛布の下では、弁解や口実は義務と化し、どんな行為も大目に見られる。国家的災厄は、人々の偏狭な精神を養い、心地よい忍耐心を培う。それは他者への哀悼ではなく、耐えがたい日々の欠乏を嘆く個人的悲嘆にすぎない。しかもいつか下ろせる重荷なのだ。だが、百万人もの男たちは重荷を負ったまま倒れていく。

アンジェラはガウンとミュールというかっこうで、歌いながらキッチンの中をとびまわり、朝食のしたくをする。歌いながら朝食をのせたトレイをひとつずつ順番に、ふたりの男の部屋に運ぶ。彼女自身は朝早く起きて、日常の家事をこなし、ピクニックの準備をもすませている。

大急ぎで風呂をあびようと浴室にとびこみ、アンジェラは鏡に映した自分の裸身に見とれた。全身が幸福感で輝いている。あれこれと世話をやいてやらなければならない男がふたりもいるのは、なんとうれしいことか。父親が死んでからこのかた、アンジェラはこれほど自分が役に立っていると感じたことはない。早起きしてサンドイッチをこしらえるのも、サラダを作るのも、シャツにアイロンをかけるのも、なにもかも楽しい。献身的に、あるいは犠牲的精神をもって、弟に愛をそそぐことで喜びも倍になる。アレックスの休暇は短い。したがって、彼はベッドで朝食をとる権利がある。また、泊まり客がいるということが、アンジェラにとっては、贅沢を許す絶好の口実となった。

バスタブに浸かり、アンジェラは夕食はサーモン料理にしようと決めた。そして遅まきながら、浴室のドアに鍵をかけていないことを思い出した。鍵をかけようとバスタブから出たが、考え直して、陽気に歌いながら、またバスタブにもどる。ドアは少し開いたままだ。

「アレックス、剃刀(かみそり)をバスタブの中に突っこんだりしたら、スポンジを投げつけるわよ。不潔でしょ」

アンジェラは怒ったような口調でいった。女が男に文句をいいながらも、いかにも男っぽい癖をいとおしく思っているとわかる響きがこもっている。

「さっさと風呂を出ろよ。バックルも風呂を使いたいだろ」アレックスは剃刀をバスタブに突っこんでから鏡に向かい、顔に石鹸(せっけん)をぬりたくりはじめた。

アンジェラはバスタブの中でゆったりと手足を伸ばし、両脚で湯をかきまぜた。平らな腹の上で湯がはねる。こうすると、瞑想するのにちょうどいい。これは子どものころからの習慣だ。

「アレックス、彼のこと、好き?」

さりげない訊きかただが、じつはそれこそが、彼女にとっては深い意味をもつ質問なのだという事実の裏返しだった。

「とても」アレックスは答えた。

アンジェラはほっとして、バスタブの中で上体を起こし、元気よく石鹸を使いはじめた。彼女にとっては弟の答がすべてなのだ。

「わたしたち、三人でうまくやっていけそうね」アンジェラはいった。「あなたと彼が、ほんの三日前に汽車の中で出会ったばっかりだなんて、とっても信じられない。それにしても、無口なひとねえ。あのひとのこと、ほとんどなにも知らないわ」

「知る必要があるのかい?」アレックスは顔をゆがめて剃刀をあてながら、もごもごと訊いた。

「あなたがあのひとのことを好きなら、知らなくてもいい」

その後数日間、三人は行きあたりばったりであてもなく遠出しては、一日じゅう車を走らせたり、夜にはパブ巡りをしたりして、ぶらぶらとすごした。文学への野心を捨てていないアレックスは、これを喜んだ。エディンバラでは、作家たちがお気に入りの居酒屋(タヴァーン)に集まり、おしゃべりの花を咲かせている。おそらくエディンバラは、〈戦争〉といえども、愛想がよくて饒舌な変人たちのグループを追い散らすことのできない、イギリス諸島のなかの唯一の街だろう。

アンジェラはアレックスの話を聞くのが好きだ。いつもウィスキーを二杯ほど飲むと、弟には才能があると確信する。アレックスのおごりのドランブイとビールを几帳面に交互に飲むスコットランド民族主義者の詩人に、アレックスがいつか書こうとあたためている芝居のシノプシスを語っているのをそばで聞きながら、彼女は母親のようにアレックスを誇らしく思い、妻のように胸をときめかせていた。そのシノプシスのことなら、アンジェラはアレックスよりもくわしく知っているので、そこここで補足したり、数年前にキングス劇場で観た、劇作家ジェームズ・ブライディの芝居を彷彿とさせる場面のことを口にしたりした。なんといっても、アンジェラはアレックスの姉なのだ。

　文学の話題で盛りあがっているあいだ、バックル少佐は静かにすわっているだけで、たまたま話題になっている本をどれも読んだことがないということを暗黙のうちに認めるかのように、会話にはほとんど加わらなかった。しかし、アレックスから目を離すことはめったになかった。彼自身には文学志向がなく、自分を表現したいという欲求もないが、友人の熱い思いには強い感銘を受けていたからだ。また、弟に影のように忠実に寄り添うアンジェラを見ていると、ピーター・バックル少佐は胸の内が暖かくなった。アンジェラの肉体に惹かれたのではない。バックル少佐の態度もアンジェラの対応も、あたりさわりがなく茫漠（ぼうばく）としていたので、アンジェラがどんな気持でいるのかはわからなかった。

　また、バックル少佐の表情はつねに平静で変わらず、態度も淡々としているために、アンジェラは彼に不快感を覚える要素をひとつも見出せなかった。いってみれば、弟がひとり増えたような感じで、三人でいっしょにいる時間が長くなればなるほど、アンジェラはこのふたりをますます好きになっていった。

　パブ《緑の龍》で三夜目をすごしてから家に帰る途中、アンジェラは右手を弟の腕にからませ、ちょうど左側にいたバックル少佐の腕に左手をからませた。五夜目を過ぎると、アンジェラは弟におやすみのキスをしてから、アレックスのそばにすわっていたバックル少佐にも軽いキスをした。ふたりの男がこれほど仲のいい友人同士であるなら、ふたりとも平等にアンジェラの好意を受ける権利があると思えたのだ。七夜目も同じように過ぎたが、その翌日の夜、六杯ほどウィスキーを飲んだあと、アンジェラとバックル少佐は、ふと気づくと、ふたりきりで車の後部座席にいた。ときとして、いかにもそれらしい雰囲気に呑まれて、感情が流されてしまうことがある。この場合、バックル少佐のほうが自発的に動いた。少佐はアンジェラのくちびるを奪い、ブラウスのボタンをはずしたが、まさぐる指先が厄介なブラジャーに阻止されると、その手を引っこめた。

二週間目に入ると、なにを了解しているのかはっきりとわからないまでも、ふたりのあいだにはある種の了解が成立していた。愛ではなかった。性急な結婚のように、危うい了解だ。戦時下では、早急に事が進んでしまい、冷静に事態を見きわめたりはできないものだ。三人はロンドンに行って、いくつか芝居を観ようということになった。

バックル少佐との関係が深まるにつれ、アンジェラは奔放になっていった。下着姿のまま弟の寝室に出入りしたり、大胆にもバスタオル一枚のかっこうを見せつけたりした。ロンドンのホテルでは、姉弟はつづき部屋を取った。ベッドに入っているアレックスのかたわらで、アンジェラは何時間もくだらないおしゃべりをつづけた。姉弟の部屋と廊下をはさんだ向かい側に、バックル少佐の部屋があるが、少佐は部屋にこもっていた。にもかかわらず、少佐は欠くことのできない触媒だった。アンジェラは、いわば、自分だけの男を得たのだから、弟との他愛もない親密な関係を抑制する必要はない気がして、気の向くままに楽しむことにしたのだ。もちろん、もうひとつ、その要因となったものがある。アレックスの休暇はじきに終わってしまう。そのあとは、いつ、どのような状態で再会できるのか、予見すらできないのだ。毎晩つづく空襲が、人々にもう時間がないと刹那的な気持にさせる。自暴自棄はしばしば欲望を暴走させる。ときとして欲望は、絶望をきわだたせることになる。

地下鉄のランカスター・ゲート駅のプラットフォームで、バックル少佐は隣に横たわっているアンジェラに結婚を申しこんだ。少佐はがちがちのリアリストではなく、ユーモア感覚があるほうだ。だが、その少佐でさえ、ロンドンの中心部が数マイル四方にわたって破壊されている空襲のさなかに、将来の計画を語りあうのはいささか不適当だと認めざるをえなかった。おそらく、アスファルトの床の上にふたり並んで横たわっている姿勢が、ロマンチックとはほど遠い現状を相殺(そうさい)する役目を果たしているのだろう。

三人はマーキュリー劇場からホテルに帰る途中で空襲警報を聞き、やむをえず、防空壕となる地下鉄にもぐりこんだ。四時間前のことだった。地下鉄の駅構内は静かで爆撃の音は聞こえない。アレックスは眠っている。

プラットフォームは、ぶざまに眠りこけている人々でいっぱいだ。ひとり一枚、毛布をかぶっている。みんな馴れたもので、臆病な白蟻(しろあり)さながらに、毎晩、地下鉄の駅の構内で眠っているのだ。地下鉄の列車が発着しても、人々が目覚めることはない。乗り降りする乗客は、眠っている人々の邪魔をしないように、そっと通りすぎていく。眠っている人々を困惑させるようなものはなにひとつない。老人や若者のカップルが、切符の自動販売機や針金を編んだごみ入れの前に横たわっているし、自宅の寝室でくつろいでいるかのように、階段の一段分をひとり占めして寝ている人もいる。英国人はつつしみぶかさを装っているが、いったん公園の芝生や浜辺で横になると、つつしみをかなぐりすてる。自宅にいるときよりも公衆の場でのほうが、抑制心を失くすのだ。昼間は太陽のもとを歩いている多くの男が、夕方になるとエスカレーターに乗って、嬉々としてぎらつくネオンのもとに出ていくものだ。

きわめて特殊な状況で求婚され、アンジェラはどうしてもそれを断れなかった。なにせ、空中に死神がいて死をばらまき、彼女は死体のように眠りこけている人々に囲まれているという異様な状況なのだ。アンジェラはバックル少佐にすりより、彼の肩越しに弟にほほえみかけた。

二日後、特別許可証を得たふたりは、カクストンホールで神聖なる結婚式をあげた。アンジェラは、父親役のアレックスの手から、花婿のバックル少佐の手に引き渡された。男ふたりは少し浮かれていて、いくぶんか酔っていた。アンジェラは大まじめというか、しらふだった。ぎごちなく聖職者の役を務める市の職員は、両手を組み合わせてお定まりの祈禱をして簡素な式を終えると、新郎新婦に婚姻の秘蹟をおこなった代金の領収書を渡した。新婚夫婦は車でヴィクトリア駅に直行した。アレックスはプラットフォームに立ち、ふたりがブライトン行きの汽車に乗りこむのを見守った。そして窓越しに、姉に声をかけた。アンジェラの目には涙が光っていた。アレックスの休暇はあと四日残っている。アンジェラは弟と離れるのがしのびなかった。

「アレックスもいっしょじゃいけないかしら?」アンジェラは夫に訴えるような目を向けた。

ふたりがかりでアレックスを車内にひっぱりこむと同時に、汽車が動きだした。ポケットに紙吹雪(コンフェッティ)用の紙片の袋を入れただけのアレックスは、自分が余計者だという気がしたし、少しばかりばからしく思えた。こうして汽車に乗ってしまったため、いまさら袋を開けてコンフェッティをふたりに投げて祝福するわけにもいかない。

「入場券しか持ってないよ」アレックスはいった。

「バーに行って、飲みものを買おう」バックル少佐が誘う。

ふたりの男はそそくさとコンパートメントを出ていった。アンジェラは寛大な微笑を浮かべてふたりを見送ると、コンパクトをのぞきこみ、鼻に白粉(おしろい)をはたいた。アンジェラは夢見ごこちだった。薬指の指輪にちらと目をやる。ヴァージンなら誰でもそうだが、アンジェラもひどく不安だった。今夜は、これまで守ってきたものを失うことぐらい彼女も承知しているが、喜んで、という気にはなれない。歯医者に行くのと似ている。とはいえ、アレックスがいっしょに来てくれたのは、とてもうれしい。アンジェラはゆっくりと口紅を塗りなおすと、脚を組んで窓の外を眺め、一分間隔で見えてくる電柱の数をかぞえた。電柱は規則正しく五十五ヤードの間隔で立っているので、その数から汽車のスピードを計測できるのを、彼女は知っていた。父親に教わった豆知識だった。

次の朝。アンジェラは朝の光に起こされる前、夢を見ていた。目覚めてからもまぶたを開けずに、どんな夢だったか思い出してみる。

狩猟に出ているのだが、夢のなかのアンジェラは馬に乗っているのではなく、キリンの背にまたがっていた。キリンはアンジェラのいうことをきかず、森の中を疾走している。森の木はことごとく火につつまれ、立木の枝には炎の花が咲いていた……。

夢を思い出しながら、アンジェラは腰をもちあげて、下に敷いていたバスタオルを引き抜いた。ベッドを出て、バスタオルを浴室に持っていく。バックル少佐はベッドにいなかった。浴室にもいない。アンジェラは眉をしかめた。かすかに記憶がよみがえる。彼は夕刊を買いに階下へ行くとかなんとか、いっていたような気がする。しかし、それは今朝のことではなく、昨夜のことだった。昨夜、彼がもどってきたのはまちがいない。証拠も残っている。

アンジェラは電話でコーヒーを注文してから、またベッドに入り、煙草に火をつけた。夫はアレックスといっしょにひと泳ぎしにいったのだろう。ホテルのすぐ前が海なのだ。いずれにしても、アンジェラは泳がなくても気分爽快だった。心身ともにリフレッシュしている。昨夜ほどぐっすり眠り、今朝ほどさわやかに目覚めたことは、かつてなかった。一時間というもの、アンジェラはベッドに入ったまま、四肢（しし）の重たい感覚を楽しんでいた。彼女にとって、若さとは渇きだったが、そこに雨が降った。彼女は雨であり、川であった。しかし、嵐のことは思い出せなかったし、思い出そうという気もなかった。こうしてベッドに横たわり、渇きをいやされた感覚を楽しんでいるだけでいい。彼女の肉体は彼女自身の欲望という美酒に酔った。太股と胸が重いのだが、同時に、とても軽く、体が宙に浮いているような感じでもある。アンジェラは生まれて初めて、自分の肉体が喜びの道具となることを知ったのだ。これまでは、肉体は健康を維持するための媒介物とみなしていただけだったのだが。

朝食を終えると、かつてないことに、アンジェラは風呂には入らないことに決めた。この感覚を洗い流してしまいたくなかったのだ。鏡に裸体を映してみる。見た目には、どこも変わっていない。

外見は人目をあざむくことができる、とアンジェラは思った。そしてネコのように伸びをした。

アンジェラは手早く服を着ると、夫がアレックスとおしゃべりでもしているのではないかと期待して、弟の部屋に行った。

アレックスはひとりだった。ベッドで本を読んでいた。

「ピーターとひと泳ぎしてきたの?」アンジェラは訊いた。

アレックスはくびを横に振った。

「彼、どこに行ったのかしら?」

「散歩じゃないか?」

アンジェラはうなずいた。

そのあと一時間ばかり、ふたりともバックル少佐のことは考えなかった。だが階下に降りると、アンジェラはポーターにバックル少佐を見なかったかと尋ねた。ポーターは見ていないと答えた。外に出た者は誰もいなかったという。また、アンジェラが少佐とチェックインしたときには非番だったので、どちらにしろ、少佐の顔を知らないともいった。

「部屋で姉さんといっしょに朝食をとらなかったのなら、ダイニングルームに行ったんじゃないか」アレックスはそういった。

だが給仕頭は、今朝、アンジェラのテーブルについた者は誰もいなかったといった。

アンジェラとアレックスは、バックル少佐は泳ぎにいったか散歩に出たのだと思い、海岸通りに行ってみた。最初は、早くも海水浴を楽しんでいる人々のなかに少佐がまじっているのではないかと捜したが、数分もすると、ふたりだけの会話に夢中になった。ホテルにもどれば少佐もみつかるはずだと高を括り、ふたりは少佐を捜していることも忘れてしまった。海岸通りを三マイルほどぶらぶら歩き、カフェでコーヒーを飲んでから、のんびりとホテルにもどった。

「夫を見ませんでした?」アンジェラはルームキーを渡してくれたフロント係にそう訊いた。

「いいえ、マダム」フロント係は彼女を安心させるように明るく答えた。

「あのばかは、ぼくたちの仲を邪推してるんじゃないかな。姉さんはあいつがもどってきて、現場を押さえられるんじゃないかと恐れてるんだろ」アレックスはリフトの中で冗談をいった。

アンジェラはなにもいわなかった。弟の冗談を少しもおもしろいと思わなかったからだ。

アンジェラの部屋に少佐はいなかった。メモも伝言もない。どういうわけか、アンジェラもアレックスもバスルームをのぞいたり化粧台の上を見たりして、少佐の髭剃り道具やヘアブラシが置いてないか、確認することを思いつかなかった。しかし、昼食時になっても少佐が姿を見せず、午後もむなしく過ぎていくと、ふたりは、少佐が陸軍省の緊急呼び出しを受けてロンドンに行き、予想よりも用事が長引いているのではないかと考えた。

「今日びでは、そういうことはめずらしくないからね」アレックスは姉に説明した。「ぼくの連隊のやつなんか、休暇の最初の日に極秘の使命を受けて、休暇は取り消しになったよ」

「電話ぐらいできるはずよ」

「ぼくたちが外に出てるあいだに電話があったかもしれないな」

「それなら伝言を残すでしょ」

「ロンドンにいるのなら、行動は自由にならず、食事もクラブですることになる。陸軍省のクラブに電話をして、彼がいたかどうか訊いてみよう」

アレックスはくびを振りながらもどってきた。ふたりは数分のあいだ、黙りこくってすわっていた。

「荷物をまとめるわ」ようやくアンジェラはいった。

心配でたまらなくなっていたのだ。アレックスも同じだったが、それは姉よりももっと深刻な理由があったせいだ。アンジェラにはいわなかったが、電話をしたとき、クラブの事務官にバックル少佐のことを訊いたところ、事務官はものやわらかな口調で、バックル少佐は亡くなったと答えたのだ。当然ながらアレックスは、同姓同名の別のメンバーのことにちがいないと思った。とはいえ、心おだやかではなかった。

次の朝早く、アレックス・マクリーン大尉は姉に付き添って陸軍省を訪れた。ハッチンソン大佐が会ってくれた。マクリーン大尉は大佐にいった——バックル少佐が所属部隊に緊急に呼び出され、なんらかの使命を帯びてどこかに派遣されたのなら、少佐の妻は夫の消息を知らされて然るべきではないか、特に、このような状況では……。

「このような状況?」大佐は思いやりぶかく訊き返した。

「ハネムーンだったんです」アンジェラはいった。「昨日の午後、結婚したばかりなんです」

「ブラック・ウォッチのピーター・バックル少佐のことをいっているんだね?」大佐は念を押した。

「はい、そうです」マクリーン大尉はいささかぶっきらぼうに答えた。

「なにかのまちがいではないのかね?」

「妻が夫の名前をまちがえるはずはありません」アンジェラはいった。

大佐はデスクのベルを押し、秘書を呼んで命じた。「ブラック・ウォッチのリストを持ってきてくれ」

リストが届くと、大佐はすばやく名前の列に目を走らせた。そして、立ちあがって、アンジェラから目をそむけた。

「とうていありえないことだと思った。だが、同姓同名で、同じ部隊に所属していて、階級も同じ将校がふたりいる可能性もあると思った」

大佐は向きなおり、姉と弟をみつめた。「やはり、なんらかの誤解があるようだ。バックル少佐は六カ月前に、わたしの目の前で、粉々に吹き飛ばされた」

「まさか！」アンジェラは思わず叫んだ。

「彼が乗っていた車が地雷を踏んだのだ。バックルの体はほとんど原形をとどめていなかったが、かろうじて彼だと確認することはできた。あなたが昨日結婚した相手は、バックル少佐を装った何者かにちがいない」

「いえ、本人だったと確信しています」マクリーン大尉はいった。「偽者なら、わたしには見抜けたはずです」

「大尉、残念だがね、それはどうかと思うよ。今日びでは、自分は将校だといって人々を騙す輩が大勢いるんだ。きみたちのいうバックル少佐のことは、こちらでも調査して跡を追う必要がある。情報部が尋問したがるだろう。その男の写真はないかね？　少しでも、この男に似ているかね？」

大佐はデスクの引き出しから写真を一枚取りだした。

「ええ、これはピーターです」アンジェラはいった。

「マダム、残念ながら、それはありえない。あなたのご主人の写真があれば、これとつきあわせることができるんだが。二枚並べて見れば、詐称者が努力して似せようとした点が明確にわかる。写真はありませんか？」

アンジェラは悲しげにくびを横に振ったが、ふいに思い出した。

「あ、そうだ！　十日ほど前に、エディンバラの郊外にピクニックに行ったとき、弟と夫のスナップ写真を何枚か撮りました」

「それを見せてもらえますかな？」

「まだフィルムを現像していないんです」マクリーン大尉が答えた。

「ならば、すぐに取ってきたまえ、大尉。ここで現像させよう」

三十分後、マクリーン大尉はカメラを持ってもどり、カメラごと大佐に渡した。そして、姉を酒保（しゅほ）に連れていき、フィルムの現像がすむのを待った。

ハッチンソン大佐は当惑しきった顔で、姉弟の前のテーブルに六枚の写真を並べた。

「弟さんは映画スターみたいですな」大佐はアンジェラにそういったが、いったそばから後悔した。

アンジェラは写真をみつめた。六枚すべてに弟が写っているが、ほかには誰も写っていない。アレックスのかたわらには、ぼやけた姿すらなく、誰もいなかった。


（山田順子訳）

遭遇

ケイト・ウィルヘルム

ケイト・ウィルヘルム　Kate Wilhelm (1928-　)

一九七〇年代前半、フェミニズムの波がアメリカSF界を洗った。世界的なフェミニズム運動の高まりを受けて、優秀な女性SF作家が続々と登場し、男性中心の価値観に「否(ノン)」をたたきつけたのだ。その旗手としてアーシュラ・K・ル・グィンと並び称されたのが本篇の作者だった。人間心理の襞にまで分け入るような描写を通じて、科学技術の影響が個人や社会を変えていくさまを描きだす作風は、理知的なSFのお手本だったといえる。このころの代表作がヒューゴー賞を受けた『鳥の歌いまは絶え』(一九七六／サンリオSF文庫)であり、ほかの主要作に『杜松(ねず)の時』(一九七九／同前)などがある。

八〇年代にはいると軸足をミステリに移し、『炎の記憶』(一九八七／本文庫)や『ゴースト・レイクの秘密』(一九九三／福武書店)などを著した。

夫である作家・批評家のデーモン・ナイトとともにSF作家養成講座クラリオン・ワークショップの運営に尽力し、数多くの後進を育てたことでも尊敬を集めている。

本邦初訳となる本篇は、ナイトが編んだオリジナル・アンソロジー *Orbit 8* (1970) に発表された。このアンソロジー・シリーズは、アメリカン・ニューウェーヴの牙城であり、旧弊なSF界に革新の嵐を巻き起こした。本篇については非常にSF的な解釈が成立することは指摘しておこう。ヒントは題名。いったい、だれとだれが「遭遇」したのだろう。

長距離バスは予定より二時間遅れで、横滑りするようにしてあぶなっかしく停止した。雪が八インチほど積もり、白い空と白い大地とが不思議な世界を作っている。横なぐりに雪が降り、大地の凹凸もほとんど目立たなくなっている。クレインは強い風と雪に押されるようにしてバス発着所の中に入った。自分が壁を登っているのか、天井を歩いているのか、よくわからない状態だ。意識が肉体という現実から遊離して浮遊しているような気がする。雪を撒き散らしながら足踏みをすると、脚に少し感覚がもどってきて、足の下に床があることを実感できた。熱があるかどうか確かめようと頬にさわってみたが、手が凍えているだけではなく、頬も凍えていた。バスの暖房は一時間も前に機能がストップしていたのだ。

困ったことに、クレインはこの天候に適した服装をしていなかった。オーバーコートは着ているが、ブーツも履かず、毛皮の裏のついた手袋もないし、くびにぐるぐる巻きつけるウールのマフラーもない。クレインはせっせと足踏みして、両手をこすりあわせた。ほかの乗客も同じことをしている。

バスの乗客は十人程度だったが、そのうち数人は、迎えに来た人々といっしょに、あるいは、家が近い者は歩いて、それぞれが雪嵐のなかを去っていった。バスの運転手は、発着所で待っていた切符係とおぼしい老人と話をしている。老人はセーターを二枚重ねて着ていた。一枚は腰をおおう長さの緑色の厚手のセーターで、どうやら手編みのようだ。その下にグレイのタートルネックのセーターを着ているが、これは袖が長く、緑色のセーターの袖口からはみだして、だらりと垂れている。膝まである毛皮のブーツを履き、だぶだぶのズボンの裾をその中に押しこんである。老人のうしろの木のベンチには、フリースの裏地のついた防寒コートが置いてある。丈が長く、これならブーツの膝下まですっぽりおおってくれるはずだ。防寒コートのポケットがふくらんでいるのは、フリースの手袋が突っこんであるからだ。

「みなさん」老人はバスの運転手と話をやめて、乗客のほうを向いた。「朝にならんと、別のバスは来んのです。多少なりとも道路の除雪がすまんうちは。この先に夜っぴて開いとる食堂があります。三、四ブロック先に。夜のこんな時間に開いとる店は、ほかにないんで」

「ホテルはないの？」毛皮のコートにぴかぴかのエナメル革のブーツ、仔山羊の革の手袋といういでたちの女性客が訊いた。クレインと同じ発着所から乗った女だ。高価な香水の匂いをふりまきながらそばを通っていったのを、クレインは憶えている。

「ロートン・インという宿があるんですがね、町から二マイルは離れてて、そこに行く道は雪で埋もれてまさあ」

「まあ、いやだ！　このしけた町にはホテルもないの！」

「いや、ホテルは四軒、あるにはあるんだけんど、いまは閉まってて、四月にならんと営業せんのです。冬場は、泊まろうっちゅう客がほとんどおらんもんで」

「ああ、もう、わかった。食堂はどっち？」女は寒々(さむざむ)とした待合室をさも嫌そうな目で見渡すと、一泊用の小さな旅行鞄を手に、ドアに向かった。

「ちょっと待って。おれも食堂に行くから」バスの運転手は女にそう声をかけると、手袋をはめ、上着の襟を立てた。そして女の腕をしっかりつかんで、もう一方の手で女の旅行鞄を持ってやり、バス発着所に残っているほかの乗客にいった。「ほかにいっしょに行くひとは？」

終夜営業の食堂。ぎらぎらした明かり、絶え間なく音楽が流れるジュークボックス。ハンバーガーとタマネギ、まずいコーヒーと油でぎとぎとしたドーナツのにおいが充満している。客は誰もが煙草(たばこ)を吸っている。トランプを持っている者がいる。酒瓶を抱えている者もいる。

食堂に行った女は歌をうたうか、泣くか、あるいはけんかをするだろう。あれは尻軽女だ――クレインにはわかる。一時間もたたないうちに、隅のブースに陣取った女は退屈してしまい、テーブルの下で男が手をのばしてきて、体にさわるのを許すだろう。男は体をよじって、女の姿を隠す盾となり、女のブラウスのボタンのあいだから手を入れて、すべすべしたナイロンのスリップの下を探り、もう一方の手できついブラジャーのフックをはずす。女は低い声で笑いながら、両手をせわしく動かす。男の指につままれ、乳首が固くなっている。それに反応して、男のほうも固くなっていく。

バスの運転手に声をかけられたとき、女はほかの乗客たちを見渡し、クレインの視線をとらえた。

「スクラントン行きのバスが来るまで、うんと待たなきゃならないわよ、ハニー」女はクレインにいった。

「食堂に行き着くまでに、ぼくは凍えてしまうよ」クレインはそういって、女に背を向けた。手が痛い。握りしめていた手を開き、両手を強くこすりあわせる。

「こんなひどいところでひと晩も待つなんて、とてもがまんできんな」乗客のひとりがいった。「ロッカーはあるかね？　食堂まで荷物を全部持っていくのは、とうてい無理だ」

「事務室で保管しときやしょう」切符係の老人が請け合った。鍵束を取りだし、待合室の奥のドアを開けて事務室に入る。ずんぐりした男がスーツケースを三個さげて、老人のあとにつづく。ふたりはすぐに出てきた。ドアがきしむ。老人はドアに鍵をかけた。

「それじゃ、あんたたち男性は、あたしを両側から支えてちょうだいね。あたし、こんな雪のなかで、すべってころびたくないから」

「お嬢さん、あんたのそのかわいいお尻が雪まみれになったら、おれがこの手できれいにはたいてやるよ」バスの運転手がいった。

「あら、そうしてくれる？」

ふたりのやりとりを聞くまいと、クレインはあごをがっちり閉じて歯をくいしばった。出入り口のドアが開き、寒気が待合室に流れこんできた。ドアが閉まるまでの短い時間のあいだにも、吹きこんできた雪が床に積もる。雪のなかを笑い声が遠ざかっていく。

「ほんとにここで待つつもりかね？」切符係の老人が訊いた。「ここはあんましあったかくない。おれももう家に帰るよ」

「この天候のなか、たとえ四ブロックたらずであっても、通りを歩くような服装をしてないんでね」クレインは答えた。

老人は片手を防寒コートに置いたまま、なにやらためらっている。金目のものが出しっぱなしになっていないか確かめるように、待合室の中を見まわした。ベンチのひとつに、女がひとりすわっていた。うつむいて膝に両手を置き、足くびを交差させている。黒いコートは布の生地で、靴はクレインのものより貧相だ。紙のように薄い底に、革のストラップが三本ついた靴。手袋は黒い布製。沈黙がつづくなか、女は顔をあげなかった。そんな女を、男ふたりは穿鑿の目でみつめた。黒ずくめの服装だし、すわってうつむいている姿勢なので、年齢も推測できない。

「お客さん、だいじょうぶかね？」ついに老人が声をかけた。

「ええ、もちろん。そちらのかたと同じく、わたしも雪のなかにあえて出ていく気はありません。ここでバスを待ちます」

女は顔をあげた。服装同様、どことい って特徴のない顔なので、クレインは少しばかり落胆した。目を離したとたん、どんな顔だったか思い出せなくなるタイプだ。女性。年齢は――三十歳か三十五歳か四十歳か。クレインには見当もつかない。だが、思い出せて当然というような、一度か二度は見かけたか会っているような、なんとなく見憶えのある感じがする。クレインは人の顔や名前を憶えるのを得意としている。セールスマンにとっては計り知れないほど貴重な能力だ。クレインは記憶を探ったが、この女のことはこれっぽっちも思い出せなかった。

「着こめるようなものはなんも持ってないんかね?」老人は責めるように訊いた。「食堂のほうがずっと居心地がいいと思うがね」

「わたしはちょっとした仕事を持っているだけで、ほかはなにも荷物がないんです」女は辛抱づよい口調で答えた。「雪嵐が来る前に街に着けると思ったんですよ。だけど、バスは遅れ、雪嵐は早く来てしまった。でも、ここでだいじょうぶです」

老人の視線はふたたび薄汚い待合室の中をさまよった。なにかいえることはないかと探しているのだが、なにもみつからない。防寒コートに袖を通す。コートを着てしまうと、四十ポンドは太ったように見える。

「カウンターの下に電話がある」老人はようやくいうことをみつけた。「外の公衆電話は雪の吹きだまりに埋もれちまった」

「ありがとう」女はいった。

老人はまだぐずぐずしている。手袋をはめ、トイレのドアがロックされていないことと、照明がちゃんとついていることを確認する。暖房機のサーモスタットを見て、設定温度をいっても信じないだろうなとぶつぶつつぶやく。出入り口のドアの前で、老人は足を止めた。その姿は、防寒着の歩く重ね着といったところだ。衣服が老人をすっぽり呑みこんでいる。

「ああっと……ミスター……」

「クレイン。ランドルフ・クレインだ。マンハッタンの」

「こりゃ、どうも。で、ミスター・クレイン、州警察に、あんたたちふたりがここにいることを伝えときますよ。それからパトロール隊にも。じきに除雪車も来るはずで。なんか用があるんじゃないかって、みんながあんたたちのことを気に留めてまさあね。もちっとしたら、誰かにコーヒーを持ってこさせますよ」

「それはありがたい」クレインはいった。「すごくありがたい」

「ん。おれがあんたなら、ふらふらと外に出ていったりはしないねえ。んじゃ、あしたの朝、また会いましょうぜ。おやすみ」

氷のような突風と、それに乗って吹きこんできた雪とに、クレインはふたたび震えた。そしてベンチにうずくまっている女に目を向けた。女は薄っぺらいコートの中で体をちぢめている。

震えがおさまってくると、クレインはベンチに腰をおろし、ブリーフケースを開けて、勉強のためにいつも持ち歩いている古い保険証書を一枚だけ取りだした。じっさいに勉強時間ができたのは、これが初めてだ。クレインは内心で、女が寝てしまい、朝になってバスが来るまでずっと眠っていればいいのにと思った。ベンチは短いので、クレインが体を伸ばして寝ころぶことはできない。しかし、どちらにしろ、そんなことはどうでもいい。クレインはベッドでなければ熟睡できないたちなのだ。

クレインは二十年前の養老保険証書に目を通した。ウィリアム・サンダースが二十二歳のときに契約したもので、満期まであと二年。クレインは証書を持ちあげて明かりにかざし、よく見ようとしたが、印刷自体がぼやけている。なんとか読みとれるのは、約款(やっかん)の条項ぐらいだが、それはもう、とっくに暗記している。クレインは証書を裏返してみた。おなじみの文面だが、表と同じく、裏の印刷もぼやけている。ブリーフケースにもどそうと、証書を折りたたみかけて考えた――証書を取りだして広げ、ちらと目を走らせ、さらに裏返して眺め、また折りたたんでしまおうとしているのを見ていたら、女は彼のことを頭がどうかしていると思うだろう。クレインはくちびるを引き結び、書面を読んでいるふりをした。

サンダース、サンダース。この男はなにを望んでいたのだろう？

保険証書が四枚。養老保険、医療・事故保険、生命保険、そして抵当権者特約保険。保障と保全。サンダースはクレインのデスクにかさばった封筒を投げるように置きながら、保険貧乏だよ、といったものだ。「よく考えてみると、そういうことだ。いまは現金がほしいし、この枷から逃れたいんだ」

「ですが、おくさんやお子さんたちはどうなります？」

「元女房だよ。おれがいなくても、あいつはなんとかするさ。おれの代わりに、あいつを保険に入れればいい」

クレインは経験上のノウハウに基づいて説得をつづけ、最終的には保険を査定し、金額にしていくらの価値があるか、計算して教えると約束した。もちろん、サンダースの解約の意志を変えることはできなかった。

「あのね、あんた、日増しに機嫌が悪くなってるの、自分で気づいている？」メアリ・ルイーズは訊いた。

「もし彼が死んだら、保険金もなくて、子どもたちはどうなる？　不機嫌にならずにいられるわけがない」クレインは答えた。

「あたしだって、あんたの会社に毎年お金を払うより、現金で七百ドル持ってるほうがいいわ」

「それはあまりにも近視眼的な見かただよ」

「ねえ、あんた、ほんとうにそのスーツで、マギーのパーティに行く気なの？」

「話題を変えたいのかい？」

「いけない？　あんたはあんたがなにを考えてるかわかってる。あたしはあたしがなにを考えてるかわかってる。で、おたがいにその声が届く距離にいないこともわかってる」

メアリ・ルイーズは、へそまで切り込みが入った、赤いヴェルヴェットのドレスを着ていた。胸の真下を銀のチェーンできつく締めてあるだけで、背中は尻の丸みのあたりまでむきだしだ。銀のチェーンは背中の浅黒い肌にわずかにくいこむように巻いてある。

クレインはそのドレスをじっとみつめた。「新しいドレスかい？」

「そうよ。先週買ったの。きれいでしょ？」

「うん。けど、今夜がフォーマルなパーティだとは知らなかった」

「そういうわけじゃないの。どっちでもいいのよ。盛装するのもしないのも自由ってとこ」メアリ・ルイーズは鏡に映るクレインをみつめてから、こういった。「あんたがそのスーツを着ていきたいっていうんなら、あたしはかまわないわよ」

なにもいわずにクレインは彼女に背を向け、クロゼットを開けてディナージャケットと黒いズボンを取りだした。なんとお手軽なドレスだろう——銀のチェーンの留め金を軽くはじけば、あっというまに、メアリ・ルーイズは尻まで丸出しのはだかになってしまう。彼女は誰かがそこに気づくのを計算に入れているのだろうか。その誰かとは、エヴァーズか？　いや、オリヴェッティだ！　ん、オリヴェッティ？　そういえば、オリヴェッティはいっていた——公的な場に赤いドレスを着てくる女は、ひそかに一計をめぐらしているものだ、と。ダンスカードに名前を書きこんでダンスの申し込みをするように、ドレスで約束を取りつけるのだろうか？

「浮気女め！」あごが痛むほどきつく歯をくいしばり、くいしばった歯のあいだから吐きだすようにののしる。

「失礼ですけど、なにかおっしゃいましたか？」

　クレインは顔をあげた。ここは長距離バス発着所の待合室で、通路の向こうのベンチにすわっている女が声をかけてきたのだ。女はまだ寒そうだ。

「すみません」女は低い声でいった。「なにかいわれたのかと思って」

「いや」クレインは保険証書をブリーフケースにしまいこみ、蓋を閉めた。「体はあったたまってますか？」

「それほどでは。切符係のひとがサーモスタットを見てぶつぶついってたけど、冗談をいったわけじゃなかったみたい。サーモスタットの設定温度によると、ここは摂氏二十二度だそうよ」

　クレインは立ちあがって、暖房機のサーモスタットをのぞきこんだ。温度調整装置がおかしいようだ。待合室の中はおそろしく寒い。クレインはしばらく行ったり来たりしてから、窓辺で立ちどまった。窓の外には白い世界が広がり、強風が唸りをあげ、景色は変化しつづけている。

「カップかなにかあったら、雪を取ってきて、サーモスタットを冷やしてやるんだが。そうすれば、暖房機もしゃんとするかもしれない」

「もしかすると洗面所に……」

女がそうつぶやいて歩いていく足音が聞こえたが、クレインはふりむこうとはしなかった。白い世界にぽつんとピンクの光が見える。遠くで火が燃えているようだが、雪にさえぎられて判然としない。見ているうちに、ピンクの光が輝きを増し、色が濃くなって、赤といってもいい色に変わった。と思うと、消えてしまった。

女がもどってきて、クレインのそばに立った。「カップはなかったけど、ペーパータオルを折って、容器をこしらえてみたわ。これでどうかしら？」

クレインは、じょうご形に折ってある紙の容器を受けとった。水分吸収がいいとはいえない、茶色の厚手のペーパータオルを三枚重ねてあるので、けっこうしっかりした容器になっている。

「カップよりいいかもしれない」クレインは女にいった。「ドアのすぐそばにいるほうがいいよ。ドアが開くと、雪まじりの冷たい風が吹きこんでくるから」

女はうなずいて、ドアの横に回った。

ドアを開けたとたん、激しい突風が吹きつけてきて、クレインはあやうくうしろに飛ばされそうになった。手からドアがもぎとられる。ドアは大きく揺れて、横にいた女にぶつかった。

女は驚きと苦痛の声をあげた。クレインは急いで紙の容器で雪をすくいとり、ドアを閉めた。それだけで、もう雪まみれだ。息を切らし、クレインは壁に寄りかかった。

「だいじょうぶかい?」呼吸がおちつくと、クレインは女に声をかけた。

女は左の肩を押さえている。「ええ。びっくりしただけ。けがはしてないわ。雪はたくさんすくえた?」

クレインは女に見えるように紙の容器を掲げてから、体をひきはがすようにして壁から離れた。あらためて、この小さな待合室は殺風景だと思う。そして、ベンチの背もたれをつかみ、そろそろと歩いた。「風で息がつまってしまって」

「寒さもいっそうきびしくなっているのかも。冷たい空気を吸いこむと、激しい運動をしたときみたいに、心臓発作を起こしやすいって、なにかで読んだことがあるわ」

「うん、外はおそろしく寒いよ。零度ぐらいじゃないかな」クレインは雪を少し減らしてから、紙の容器をサーモスタットに押しつけた。「暖房炉はこの壁の裏か、下にあるんだと思う。このへんは温かいから」

女は壁に手をあてて、こっくりとうなずいた。「雪を入れた容器をサーモスタットの横にくっつけたらどうかしら」女は室内を見まわし、掲示板に目を留めた。掲示板に貼ってある注意書きやスケジュール表の画鋲をはずして、クレインに渡す。

クレインはまた少し雪を減らしてから、紙の容器に画鋲を刺し、壁に留めつけた。しばらくすると、暖房炉が正常に稼動しはじめ、やがて待合室の中がいくぶんか暖かくなってきた。

まもなく、女はコートをぬいだ。「うまくいったわね」にっこり笑う。

「食堂に行かなかったのはまちがいだったんじゃないか、と思いはじめてたところだったよ」

「わたしも」

「除雪車を動かすのに苦労してるんじゃないかな。二、三分前に赤いライトが見えたんだ。ライトは消えてしまったけど、少なくともなんとかしようとはしているようだ」

女はなにもいわない。

クレインはまた口を開いた。「あなたが煙草を吸わないんで、助かるよ。ぼくは数カ月前に禁煙してね、こんな夜は煙草のにおいを嗅いだだけで、吸いたくてたまらなくなるだろう。きっと、吸ってしまうだろうな」

「煙草なら持ってるわ」女はいった。「ときどき吸うの。どうしても吸いたいのなら……」

「いや。吸わない。そんなつもりでいったんじゃないんだ」

「ここの照明がもっと明るいといいのに。そうすれば、徹夜で仕事ができるんだけど。わりにしょっちゅう、徹夜で仕事をするのよ」

「ぼくもそうだけど、目が悪くなるよ。ところで――」

「いいのよ。どんな仕事をしてるのか、って訊きたかったんでしょ？　スロカム・ハウス・カタログ社でイラストを描く仕事をしているの。あんまり刺激のある仕事とはいえないわね」

「そうか、画家さんなんだ」

「ちがう。イラストレイター。画家になりたかったけど……いろんな事情でそうはいかなかった」

「ぼくならあなたを画家と呼ぶね。スケッチにしろ、油彩や水彩にしろ、絵を描けるひとを尊敬してるから。そういうひとたちは、ぼくにとってはりっぱな画家だ」

女は肩をすくめた。「で、あなたは保険の勧誘員」

クレインの顔がこわばる。

女は立ちあがった。「さっき、あなたは保険証書を見ていたし、ブリーフケースには証書やパンフレットがいっぱい詰まってた。だから、保険の勧誘員だとわかったの」

クレインは女にどこに行くのかと訊くつもりだったが、がっちりと口を閉じ、女が婦人用トイレに行くのを見ないようにした。

クレインは窓辺に立った。風は依然として強く吹いているが、音はなく、しんと静かだ。ドアが閉まっているので、この待合室は雪嵐から隔絶されている。窓から外を見ていると、まったく非現実的な感じがして、クレインはなんとなく愉快な気分になっていた。防風窓だし、建物はがっしりした造りだし、おそらく防音もしっかりしているのだろう。いまは暖房もちゃんと効いている。待合室は居心地がよく、安全だ。窓ガラスに映る自分の影の向こうになにか見えないかと、目を手で囲って見てみたが、なにもなかった。窓敷居まで吹き寄せられた雪しか見えない。風が強いせいで、降りしきる雪が幕となり、上空から吊りさげられた一枚のカーテンのように、激しく揺れ動いている。風に吹かれてはためき、風にあおられて揺れ、なにもかも隠してしまう雪のカーテン。

女はまだもどってこない。クレインは自分もトイレに行くべきだったと思った。このままでは、女がもどってきたときに、なんだか気まずい。失礼と断るにしろ断らないにしろ、タイミングを見計らってトイレに行っていれば、女はクレインがなにかを避けるために故意に座をはずしたとは思わなかっただろう。そういう人々は、つねに自信をもって行動しているのだ。クレインは女のような人々がうらやましい。女はごく自然に、さりげなくそうした。

「今夜はどっちの顔なの、ランディ?」メアリ・ルイーズはテーブル越しに手をのばして、クレインの頬にさわり、くびを振った。「あたしにはいつも読めないわ。有能なセールスマンのときは、あんたはいつも自信たっぷりで、おちついていて、チャーミングで、おまけに冗舌だけど」

「そうじゃないときは? そういうときのぼくはどうなんだい?」

「怖い」

メアリ・ルイーズの手から身を引くクレインの顔には、きつく、うちとけない、警戒もあらわな表情が浮かんでいた。

「なら、ぼくがふたつの顔を使い分けることができるのは、幸いだと思わないかい? 仕事に合わない顔で出かけていったら、セールスマンとしてうまくいかないんじゃないか?」

「そうね、でも、ふたつの顔が少しでもまざりあったら、あんたのためにはいいんじゃないかしらね。年に百万ドルもの契約を取りつけることはできないと思うけど、仕事を離れたときは、もう少し幸福になれるんじゃないかしら」

「きみみたいに？」

「まさか！　そうじゃないわ。でも、少なくともあたしは、なにかを期待するのをあきらめてない。あんたのことも、ね」

「うん。きみはなにかを期待してるね。酒瓶にも。誰かのベッドの中に入ることにも。買い物三昧にも」

「それが人生（セ・ラ・ヴィ）だもの。あんただって、その気になればいつだってのんびりできるのよ」

「そして、妻の扶養料を頭痛の種に追加するのかい？　ごめんだね」

クレインに笑みを向け、オールドファッションドをすするメアリ・ルイーズは、きわめて賢明で、どこまでも邪悪に見えた。賢明な女というのは、同時に邪悪でもあるのだろうか？

「かわいそうなランディ。あたしの愛しい、かわいそうなランディ。あんたは自分にないものがすべてあたしにあると思ってたんでしょ。でも、いまはあたしもあんたと同じ鋳型から造られたとわかってる。ナンバー・XLM11954387２。死を恐れるだけではなく、生きることをも恐れてる。その刻印を押されてる。でこぼこを平らにならすのはむずかしいわ。だからあたしはいろんなことに夢中になれるけど、あんたはそうじゃない。かわいそうな、愛しいランディ。もしあたしたちがふたりそろって自由になれたら、なにかできることがみつかるかもしれないわね。あたしたちはいいカップルよ。いまだって、あんたとのセックスは最高だし。あたしはあんたをとことん楽しませてあげようと、ずいぶんがんばってるわ。あんたのために、参考になる本を読み、個人レッスンも受けてる。全部、あんたのためなのよ。でも、うまくいかない。あたしにとっては、あんたがすなわち、挑戦すべきものなのよ」
「もうやめろ！　頭がおかしくなったのか？」
「ああ。これで、今夜のあんたがどっちの顔なのかわかった。ほら、その顔。口をぎゅっと引き結んで、額にしわを寄せて、目を細くせばめてる。そんな顔をしてると、ハンサムには見えないわね。どうしてあたしを見てくれないの、ランディ？」メアリ・ルイーズはまたテーブル越しに手をのばして、クレインの頬にさわった。愛情をこめて、あるいは、そのふりをして、指先で彼のくちびるの輪郭をなぞる。「あんたはあたしをちゃんと見たことはない。一度もちゃんと見てくれたことはない」

クレインは窓に額を押しつけた。体じゅうに寒けが走る。あの女はどこだ？　クレインは腕時計を見た。女がトイレに行ってからまだ数分しかたっていない。三十分かそれ以上の時間がたっていると思ったのだが。今夜はこんなふうに時間がすぎていくのだろうか？　数分が数時間に思えるように時がすぎていくのだろうか？　明日の夜明けを待つことだけに寿命を費やせるように、時間の流れがゆがんでしまったのだろうか？

クレインは紳士用トイレに行った。トイレからもどると、女は元のベンチにすわっていた。肩にオーバーをはおり、膝にスケッチブックを広げている。

「また寒くなったのかい？」クレインは芯まで冷えきっていた。紳士用トイレは暖房がまったく効いていなかったのだ。

「いいえ、そうじゃないの。ここを離れたせいで寒かっただけ。壁に留めた紙の容器の下に水たまりができてる。雪は溶けてしまったけど、ラジエーターからはちゃんと温風が出てるわ」

「三十分ごとぐらいに紙の容器に雪を詰めて、冷やしつづけたほうがいいようだな」

「そういえば、バスの運転手が今夜は零下になるだろうといってた」

クレインは肩をすくめた。「ここまで温度が下がっていれば、零下になってもかまわないよ。外に出ていかずにすむかぎりは、の話だけど」

女はスケッチブックに目をもどし、強い線でなにかを描きはじめた。

なにを描いているのか、クレインにはわからなかったが、女がためらいなく描いているのはわかった。力づよく、自信たっぷりな描きかただ。クレインはブリーフケースを開け、スケジュール帳を取りだした。むだな行為だった。待合室の薄暗い明かりでは、こまかい字が読めないからだ。なにか気持を集中できるものはないかと、ブリーフケースの中をひっくりかえす。ごそごそ探っているさなかに、ふたたび女が口を開いたときは、クレインは心底うれしかった。

「今夜出発したのは、ほんと、ばかだったわ。明日まで待てたのに。わたしは時間に拘束されているわけじゃないんだもの」

「ぼくもそう思ってたところだよ。数日間、雪に閉じこめられるんじゃないかと心配になったんだ。スカイ・マウント・スキーロッジにいたんだけどね、ほかのみんなは雪嵐になるのを喜んでた。きみ、スキーは?」

「少しだけ。うまくないわ。顔に風があたって、冷たい空気で息がつまるし」

クレインは女をみつめた。肯定のあいづちをうとうと口を開きかけたが、すぐに閉じてしまう。自分がいおうとしていることばを、女がすでに予想しているとわかったかのように。

「ばかなことをいわないで、ランディ。マフラーで口と鼻をおおえばすむことでしょ。そしてゴーグルをかけるのよ。そうすれば顔のどこも風にさらされずにすむわ。ランディ、あんたはスキーをするのがめんどくさいんでしょ」

「そう、めんどくさいんだ。こんなところにいるのは、ばかばかしくていやなんだよ。うちを出てからずっと寒いし、脚が痛い。今朝はおかしな倒れかたをしたんで、体のあちこちが痛むんだ。雪がまぶしくて頭も痛い。二時間ほど山腹を滑るために、凍えるような思いをしなきゃならないなんて、愚の骨頂だ。ぼくは街に帰る」

「でも、土曜日の夜まで泊まるって予約してあるのよ。料金は前払いしたし」

「きみは残ればいい。ぼくのゲストとして。きみは度胸がある。マッコーンといいコンビになれるよ。彼のかみさんは邪魔をせずにきみたちを見守るだろう。あの貧血気味のブロンドがぼくの気に入るだろうって、きみ、本気で思ってたのかい？　ぼくが彼女と仲良くなるのに忙しくて、きみたちが企んでることに気づかないとでも？」

「トレイシーのこと？　ほんとのことをいうと、彼女のことなんか気にもしてなかった。今日の午後まで、彼女がスキーをしたことがないってことも知らなかった。なぜマックが彼女を連れてきたのかも知らない。あんたが来た理由はわかるけどね」

「いっしょに帰ろう。荷造りをして、雪嵐が来る前に出発しよう。帰る途中で、いい感じの古めかしいホテルに泊まってもいい。雉（きじ）のパイが有名なホテルだよ。憶えてるだろ？」

「ねえ、あたしはスキーをしにきたのよ。車は置いていってくれるでしょ？　スキーやスキー用品を積んで帰るのに車が必要だもの。バスぐらい通ってるんじゃない？」

「メアリ・ルイーズ、今朝は、あのスロープで、ほんとうにぼくの姿が見えなかったのかい？きみのストックが飛んだときだけど」

「いったいなにをいってるの？　あんたはあたしのうしろにいたじゃない。だのに、どうしてあんたが見えるっていうのよ。あんたが滑りだしたのも知らなかったわよ」

「わかった。もういい。うちに帰ったら電話するよ」

「ええ、そうして。電話に出なかったら、フロントに伝言を残しておいてね」

女はスケッチブックを目の高さに持ちあげて、目を細くせばめてみつめた。そしてそのページをはぎとると、くしゃくしゃに丸めてゴミ缶に投げ捨てた。

「やっぱり疲れてるみたい」

「また冷えてきたみたいだ。手がかじかんでるんだろう」そういうと、クレインは立ちあがって、壁に留めた紙の容器をはずした。「雪を取ってきて、暖房機がうまく作動するかどうか、もう一度試してみよう」

「なにかで顔をおおうといいのよ。そうすれば冷たい空気に息を奪われずにすむわ。マフラーは持ってないの？」

クレインは立ちどまった。いつのまにか紙の容器を握りつぶしていた。それを女に見られないように、ふりむかずに容器を元どおりにしようとしわをのばした。しわくちゃでもいいだろうと、クレインはドアを開けた。ドアの外には吹きだまりができていて、ドア口にも吹きこんだ雪が積もっていく。風はいっそう冷たく激しくなっていて、切りつけられるようだ。風と雪がまともに顔に吹きつけ、目が開けられない。容器に雪を詰め、ドアを閉めようとしたが、吹きつける風の力のほうが強い。クレインはドアで雪を押しのけようと、必死でドアを押した。その間にも雪はどんどん吹きこんでくる。クレインはついに両手を使ってドア口に積もった雪をどけじめた。雪を外に出すのではなく、ドアの内側に片寄せる。ようやくドア口の雪をどかすと、ドアを閉めた。前よりも風の力が強くなっている。冷たい空気を吸いこんだせいで、喉が痛い。締めつけられるように、胸が苦しい。

「雪が激しくなってきた。バスも雪に埋もれてしまって、雪の小山みたいになってる」

「きっと地吹雪ね。こんなに風が強いと、空から雪が降っているのか、地面に積もったさらさらの雪が舞いあがっているのか、わからないんですって。朝になったら、すごい吹きだまりができてることでしょうね」女はほほえんだ。「子どものころは、こんなに雪が降ったら、胸がわくわくしたものよ。吹きだまりの雪はきれいだし、山みたいに積もってるんだもの。シャーベットみたいに半分凍ってたら、おとぎ話の『ガラスの山の姫ぎみ』ごっこができたわ。わたしは姫ぎみになりきってガラスの山を登ったものだった」

クレインはまたぶるっと震えた。手が震えないように力をこめ、画鋲で紙の容器をサーモスタットの横に留める。咳払いをしてから、口を開く。「王子さまはやってきたかい?」

「いいえ。けっきょく、わたしはひとりでガラスの山のてっぺんから滑り降りて、うちに帰っ

「どこ? どこに住んでたんだい?」

「シカゴの郊外。湖の近くよ」

 クレインはくるっとふりむいた。「きみは誰だ?」ベンチの背もたれをつかみ、その手にぐっと力をこめる。

女はクレインをみつめた。

クレインは思わず大声をあげた。自分でもどうして大声をだしたのかわからない。「ごめん。きみがさっきから、ぼくの考えてるとおりのことをいうもんだから。ぼくもその遊びを知ってる。ちょうどその遊びのことを、どうしても山のてっぺんにいけなかったことを考えてたんだ」

「ミシガン湖の近く？」

「ほとりといっていい」

女はうなずいた。

「どんな子どもでも、雪が降ると、そんな遊びをしたものだよな。ぼくもきみもミシガン湖の岸辺の出身だなんて、不思議だね。裏口のステップに配達されたミルクが凍って、そのせいで蓋が横っちょに押しあげられて、すきまから凍ったミルクの柱が突きでてなかったかい？」

「ええ、そう。それに学校のクロークルーム。そこでスノースーツとスノーブーツをぬいで、上履きにはきかえるんだけど、床の水が凍った上を通らないと、校内に入れなかったでしょ」

「それに雪どけのぬかるんだ道をびちゃびちゃ歩くんで、毎日、濡れそぼってたよ。小学校に通ってたころは、体が乾いてるより濡れてる日のほうが多かった」
「みんな、おんなじね」女はかすかにほほえみ、クレインから目をそらした。

クレインはほっとして、笑い声をあげそうになった。ラジエーターに近づき、女に背を向けて手をかざした。育った環境が似ているだけだ、それだけのことだと、ことばを選びながら自分にいいきかせる。不思議なことではない。不気味なことでもない。女は自分と同じ州の出身で、どうやら同じ郡で育ったようだ。もしかすると同じ学校に通っていたかもしれないが、クレインは彼女に気づかなかったのだろう。彼女は当時もごく平凡で、これといって特徴のない女の子だったために、目立たなかったのだろう。それにクレイン自身、ごく平凡で、決して目立つ男の子ではなかった。体育の授業以外では、スポーツはしなかった。クラブにも入らなかった。友だちは数人いたが、学校では少数派だった。というのも、彼らが住んでいる地域は、学校の大部分の生徒が住んでいる地域とは、かなり離れていたからだ。

「まだ二時よ。もう朝になったような気がするけど、そうじゃないのね」女はカウンターの向こう側に行った。切符係の老人が電話があるといっていたカウンターの中だ。「クッションがあるわ」そういって、持ちあげてみせる。「なにかの役に立たないかと漂流物を拾いあげてる、『スイスのロビンソン』の家族のひとりみたいな気分」

「コーヒーがないのはあいにくだね」

「食堂に行けばよかったと思ってる?」

「いや。いまごろ食堂では、あの尻軽女のせいでけんかが起こってるだろうよ」

「あの娘さん？　とても心細そうだったじゃない？」

クレインは耳ざわりな笑い声をあげた。「娘さん、か！」

「だって、二十そこそこってところよ」

クレインはまた笑い声をあげ、くびを振った。

「それじゃあ、どんなひとだったか、いってみて」女はカウンターから出て、クレインの向かい側にあるベンチにすわった。手にクッションを持っている。黒いカバーのついたクッションで、カバーの裂け目から灰色のウレタンがはみだしている。薄汚いしろものだ。

クレインはいった。「あの尻軽女の歳のころは二十代後半か、三十代だ」

「十八歳から二十歳のあいだよ」

「こてこてに厚化粧をして、ネコみたいな爪だった」

「つけ爪、手にはあかぎれ、たこもあった。化粧品は十セントストアの商品」

「高価な香水つけてたし、毛皮のコートを着てた。ビーヴァーの毛皮だと思う」

女は低い声で笑った。「ドラッグストアのスプレーコロン。メイシーデパート地階の安売りのフェイクファー。特売日に買ったものでなければ、だいたい五十九ドルから六十五ドルってところ」

「仔山羊革の手袋にエナメル革のブーツだった」

「両方ともビニール製よ」女はクレインをみつめた。相手をおちつかない気分にさせるようなまなざしだ。そして手にしたクッションに視線を移した。「よく見たら、これを枕にしたいかどうか、疑問に思えてきたわ。ちょっと気持が悪いわね。そう思わない？」

「どうして、あの女がどう見えたか、いわせたかったんだ？　あの女をどう思ったか、きみにはきみの意見があるだろうさ。ぼくにもぼくの意見がある。どっちにしろ、彼女が目の前にいないんだから、きみとぼくの推測のどちらがあたっているかを証明することはできない」

「証明する必要なんかないわ。あなたが正しくて、わたしがまちがってても、ちっともかまわない。わたしはあの子をかわいそうに思っただけ。あの子のことを見てたから」

「ぼくだって」

「じゃあ、彼女の髪の色は？　目の色は？　口は大きかった？　それとも小さかった？　ふっくらしてた？　鼻は？　鼻筋が通ってたか、丸まっちい鼻だったか、それとも横に広がってた？」

　クレインは一瞬、きつい目で女を見たが、すぐに肩をすくめて、くるりと窓のほうを向いた。なにもいわない。

「あなたが彼女のことを正確に描写できないのは、彼女をちゃんと見てなかったからよ。あなたは外側だけを見て、中身はこうだと決めつけた。彼女は雪嵐を、男たちを、とても怖がってた。バスの運転手や大勢の人々に囲まれているほうが安全だと思ってた。ところで、わたしのことはどう？　わたしのことを描写できる？」

　クレインはふりむいた。だが女はクッションで顔を隠し、見えるのは両手だけだ。長くてほっそりした白い指。指輪ははめていない。

「ばかばかしい」少し間をおいてから、クレインはいった。「ぼくは、顔と名前を完璧に記憶できる、特異な才能をもつ人間のひとりなんだ。特に名前は決して忘れない。顧客の子どもの名前やおくさんの名前、職業、その他いろいろ、ちゃんと憶えてる」

「それはあなたの一面。もう一面では、あなたは誰のことも見ない。見るのを拒否している。なぜなのかしら」

「今夜はどっちの顔なの、ランディ?」メアリ・ルイーズはクレインにさわった。「あたしを見てる? どうしてあたしを見てくれないの?」

耳のそばを風が音をたてて吹きすぎていく。寒くはない。陽光をあびているので、じっと立っているぶんには寒くない。だが右手に林を、左手に切り立った崖を見ながら、スロープを滑り降りているときは、風は氷の冷たさとなる。クレインの前にはメアリ・ルイーズが赤い矢となって滑っている。彼の背後にはネイヴィーブルーと白の矢のマッコーンがいるはずだ。クレインはふたりの中間という位置を保っている。コースの前方はカーブしていて、垂直に落ちるようなスリルが味わえる。と、ふいにメアリ・ルイーズが大きく口を開いた。声のない悲鳴。と同時に、メアリ・ルイーズの手から離れたストックが、クレインの脚に引っかかり、クレインはよろけて倒れ、前のめりに滑って、雪に顔を突っこんだ。目が見えない。スキーは足からぬげてしまった。雪をつかもうとする。震えを抑えようとする。雪まみれになりながらじたばたした。

妻は彼を殺そうとしたのだろうか?

「だいじょうぶ、ミスター・クレイン？」

「ああ、もちろん。一週間前、ぼくが保険の勧誘に成功した最後の客のことをいわせてくれ。二十四歳、六フィート一インチ、右の眉の上に、ほとんど目立たない小さな傷、目尻にしわ。アウトドアタイプ。日焼けしていて、筋肉質だ。ちなみに、プロの野球選手さ。左手の関節のほうが右手より太くて……」

女は聞いていなかった。待合室の中を横切り、窓辺に立ち、外を見ようとしている。「コンピュータと同じね。無意味なデータの羅列。そのひとは十万ドルの終身生命保険を契約した。でも、今後、あなたは彼と接する必要はないし、彼に関心をもつ気もない」

「どうして十万ドルと？」

「べつに理由はないわ。じっさいの金額は知らないから」

クレインはくちびるを嚙み、じっと女をみつめた。「外のようすはどうだい？」

「どうって、前より悪くなってる。もうドアは開けられないんじゃないかしら。さっき、閉めないほうがよかったわね。ドアは半分がた、吹きだまりの雪で埋まってるわ」

「雪に埋もれてない窓か、別のドアがあるはずだ」

「どの窓も防風窓だから、開けられないわ。そうね、待合室の奥にドアがあるけど、事務室のドアだと思う。切符係のおじさんが鍵をかけるのを見たわ」

クレインは窓に目を向けた。女のいったとおりだ。防風窓は内側からは開けられない。それに、別のドアはない。紳士用トイレに行くと、冷蔵庫のように冷えきっていた。冷たい水なら雪と同じようにサーモスタットを冷やせるかもしれないと思い、蛇口をひねったが、水は出てこなかった。水道管が凍ってしまったのだ。トイレのドアを閉めようとしたクレインは、小さな文字が印字された注意書きに気づいた。

〈ドアを閉めないでください。ここには暖房機がないので、水道管が凍ってしまうおそれがあります〉

これでもう、ペーパータオルを水で濡らすこともできなくなった。

クレインはトイレのドアを少し開けたままにして、窓辺にいる女のところに行った。

「出入り口のドアを開けるしかない」クレインはいった。「一、二インチなら開けられると思う。そのすきまからなだれこんでくる雪を使おう」

「そうね。でも、充分に気をつけて」

「ジャック・ロンドンの小説さながらだな。温度計は摂氏二十一度だけど。ほんとうのところはどうなんだろう?」

「冷えてきたけど、そんなに寒くはないわ」

「よし、なら、もう少し待とう。風が弱くなるかもしれない」

クレインはサーモスタットの下の床にたまった水を見た。ドアの内側にはもっと大きな水たまりがある。先ほどドアを開けたときに吹きこんだ雪がとけたのだ。あのとき、外の吹きだまりの高さは一フィートぐらいだったが、いまは三、四フィートに達している。ドアを開けて外の雪が中になだれこんできたら、道具もないのに、その雪を片づけることができるだろうか?

クレインは後悔した——街に帰ろうなどと考えなければよかった。こんな羽目に陥ったのは、もちろん、妻のせいだ。妻は、クレインがどこかで立ち往生して凍死するのを、期待していたのだろうか？

「こっちに来て、考えてることをいったらどうなの？」赤いスキーパンツ、赤いスキージャケット姿のメアリ・ルイーズの頰も赤い。

「べつになにも考えてないよ。あれは事故だったんだろ」

「ランディ、あんたって嘘つきね！　あんたがあそこにいることをあたしが知ってて、あんたがこければいいと願ってたと考えてるくせに！　図星でしょ？　ちがう？」

クレインは頭を振った。彼女はそんなことはいわなかった。同時に、あの場では、クレインもそんなことは考えていなかった。なかば頭がおかしい女といっしょに足どめをくっているこの待合室で、いま考えたにすぎない。なかば頭がおかしい？　クレインは女をみつめ、すぐにあわてて目をそらした。なぜそんな考えが頭に浮かんだのだろう？　確かに奇妙な女だが、たぶん、孤独で内気なのだろう。だが、なかば頭がおかしい？

なぜ女はあんな目で自分を見るのだろう？

クレインの思考を読んだかのように、女は彼に背を向けて、婦人用トイレに行った。そのうちに、女は眠ってしまうかもしれない。そうすれば、彼女を婦人用トイレに引きずっていって閉じこめることができる。女が眠らなかったら、朝を待つだけだ。今夜という夜は、クレインにメアリ・ルイーズとの関係を考える時間をもたらすために、特に用意されたのかもしれない。

じっくりと考えてなんらかの結論を出す、その時間をもたらすために。

朝鮮戦争のあと、クレインはワシントンに配属され、そこでメアリ・ルイーズと出会った。当時、クレインは大尉で、陸軍情報部に所属していた。彼女はニューヨークのロバートソン上院議員の個人秘書だった。したがって、そのときまでは、クレインは彼女なしでちゃんと生きていたのだ。クレインがいまの会社に勤めることになったのは、クレインは彼女が社長に紹介してくれたからだ。クレインが作家になりたいという望みをもっているのを知りながら、彼女はむりやりに彼を保険会社に押しこんだ。いいとも。正しい選択だ。クレインは千回も彼女にそういったものだ。しかし、どうしてうまく就職できたのか、いまだにクレインにはよくわからない。セールスマンとしての適性テストで好成績をおさめたわけではなかった。根っから内向的で内気な性質なのだ。

「はっきりいうと、あんたはほかのひとたちを、自分はばかだという気にさせる」かつて彼女にそういわれたことがある。「あんたは融通がきかなくて独善的だから、他人の意見に耳を貸そうとしない。共感できないのよ。有能なセールスマンならそれができるけどね。あんたのは一種のサディスティックな暴力主義者よ」

「おい、やめろ。ナンセンスだ」

「あんたはお客さんを、保険証書の付属品みたいにあつかう。ひとりの人間ではなく、約款や小さな文字が並んだ、つるつるした紙と一対になるものとしか見ていない。契約者には、保険証書と同等の敬意と好意をもっているだけ。ふたつでひとつだものね。あんたはそう信じているし、みんなにもそう信じさせる。ナンバー。あんたにとって、他人は数字でしかないのよ。保険証書のナンバー」

「ぼくのことをそれほど冷酷で計算高いとみているのなら、なぜぼくにしがみついているんだ？」

「あら、それがあたしのゲームだからよ。あんたの心のどこかに、鍵のかかった部屋がある。いつか、その部屋をみつけて、ちょっとだけドアを開けたら、あたしは逃げ出すわ。だって、もしその部屋のドアが開いたら、たとえほんの少しでも開いたら、中に詰まってたものが全部ころがりでてきて、あんた自身でもそれを止めることはできなくなる。あんたは血を流す。だらだらと血を流し、呻き、泣き叫ぶ。そんなの、あたしには耐えられない。だからといって、そうならないようにしようと、自分を抑えておくことはできない」

クレインはうなだれて両手に顔を埋めた。乱暴に目をこする。感情がない。彼女はそうもいった。感情のない現代人。欠陥人間。しかし、クレインは自分が分離性性格だと知っていた。医師にそういわれたのだ。六回の診療セッションを受けることになったが、クレインは独学で精神科の専門用語を勉強し、途中でセッションを受けるのを止めた。分離性性格。統合失調質。感情がない。そのすべてがクレインを守ってくれているのだ。安全装置を丹念に構築しておけば、ほんとうに精神を病んでしまわずにすむと思い定め、クレインは精神科医とのセッションをやめたのだ。

それがいま、足止めをくっているバスの待合室の中で、クレインはこの奇妙な女にドアを開けるには気をつけてと、注意を受けている。クレインはまた目をこすった。ひりひりと痛むほど乱暴に。

この女をなんとかしなければならない。とはいえ、切符係の老人もこの女を見ている。ひと晩じゅう、女を男の乗客とふたりきりで残していくのを心配していた。真剣に女のことを心配し、クレインのことを心配していた。老人にさりげなく訊かれ、クレインはうかうかと名前をいってしまった。愚かなまねをしたものだ。老人の着ていた服は目に浮かぶが、顔は思い出せない。

しかし、奇妙な女だが、現実に存在しているのはまちがいない。そして、クレインが考えていることや、なにをいおうとしているかや、なにを恐れているかを予知できるという、気味の悪い能力をもっている。もしかすると、女も恐れているからかもしれない。

女がトイレからもどってきた。くびまで黒いコートのボタンをはめ、両手をポケットに入れている。だが、寒いとはいわない。

おかしくなったサーモスタットをなだめて、暖房機を正常に働かせるためには、じきにまた雪が必要になる。じきに。暖房炉を壁に取りつけた業者は、頭がどうかしていたにちがいない。建物ぜんたいのなかで、壁だけを温めるとは。おつむてんてんのおばか業者だ。

「もっと雪が必要なら、わたしがドアを支えておくから、あなたが雪をすくって」長い沈黙を破って、女はそういった。寒さのせいか、女の顔がこわばっている。

オーバーコートの下で、クレインの体がぶるっと震えた。「支えておけるかな？　雪のせいで、ドアにすごい圧力がかかってるけど」

女はうなずいた。

「わかった。それじゃあ、できるだけたくさん雪をすくえるように、ゴミ缶を使おう。そして、残った雪ごと、ゴミ缶を紳士用の洗面所に置いておこう。あそこは暖房が効いてないから」

女はドアノブを握って、クレインの準備がととのうのを待った。クレインがうなずくと、女はドアを開け、肩で支えた。ドアは一、二インほど開いた。そのすきまから、風に押された雪が落ちてくる。ドアの外の吹きだまりは、すでにクレインたちの頭を越し、ドアと同じぐらいの高さになっている。女はうしろにさがり、ドアのすきまは五、六インチに広がった。クレインは爪を立てるようにして、両手で雪を中にかきこもうとした。ギリシア神話のアウゲイアス王の牛舎(ぎゅうしゃ)清掃なみの、きつくてつらい作業だとクレインは苦々(にがにが)しく思った。クレインは女と力を合わせてドアを閉めようと、女のそばに立った。少なくとも、外の吹きだまりが壁となって、冷たい風がまともに吹きこんでくることはない。ドアの室内側の雪は少しとけていたが、外から吹きこむ風の冷気と吹きだまりの雪の圧力とで、ふたたび凍結しはじめている。

力いっぱい押せ——クレインは声には出さずに女に叫んだ。力いっぱい押せ、こんちくしょう。魔女め。

積もった雪を押しつぶすようにして、ドアが少しずつ閉まりはじめた。ふたりはいったんドアを押すのをやめて、ひと休みした。クレインはあえぎ、女はドアに頭をもたせかけた。

ふいにクレインがいった。「きみ、あのベンチをここまで運んでこられるかい?」

女はうなずいた。クレインはひとりでドアを押さえていようと、両足を踏んばったが、女が離れたとたんにかかってきた強い圧力に驚いた。女がベンチを動かそうと苦労している音が聞こえるが、そちらに目を向けることさえできない。また雪が激しくなってきた。雪まみれの足がすべる。雪がとけだした箇所が濡れてきた。とけた雪が細い筋をなして室内に流れていく。視界の隅にベンチが見えた。こちらに向かってくる。女がベンチを押しているのだ。渾身の力をこめて押している。ベンチの背もたれは高い。少し傾ければドアノブの下にあてがえる。重い樫(かし)のベンチだ。その重さをうまく使えば、ドアを開けたまま押さえておける。

十五分間というもの、ふたりは話もせず、呻きながらも、風と雪の圧力に屈することなく、ドアを閉めつつドアノブの下にベンチをあてがうという作業に悪戦苦闘した。そして、とうとうやりとげた。六インチほど開いたドアを、ベンチが押さえ、支えている。ドアのてっぺんまで、吹きだまりの雪が押し固められている。

クレインはベンチに倒れこみ、少しだけ開いたドアをみつめた。ものをいう元気もない。女も疲れきっているようだ。いきなり、ドアのてっぺんから雪の塊が落ちてきた。と思うと、最初はずれるように、次いで滑るように、大量の雪が落ちてきた。氷の風が、吹きだまりのてっぺんを吹き飛ばし、雪の壁に大きな穴をうがって、ひゅうひゅうとうなりをあげて待合室の中に吹きこんでくる。

「これで、建物ぜんたいがすっぽり雪に埋もれてるわけじゃないって、わかったわね」女は弱々しい口調でいった。女も開いたドアを見ている。

「そうだな、いまのところはね」クレインはうなずいた。いおうとしたことを、いつも女に先を越されていわれてしまう。クレインはあえてそれ以上なにもいわなかった。女のことばを待っている。

「なんとかしてドアをきちんと閉めなくちゃ」

クレインはまたうなずいた。「ちょっと待って。すぐにやるから」

どんどん寒くなってくる。雪の壁に開いた穴を埋める作業に取りかかるべきだとわかっているのに、クレインはその気になれない。暖房機は零下の寒気を温めることなどできない。寒気でクレインの両手はちくちくとうずき、爪先には刺すような痛みがある。意識がぼんやりと麻痺してきて、穴を埋めるというような問題など考えたくない。

「眠ってしまいそうなんじゃない？」

「たのむから！」クレインはベンチからとびおきて、女をにらんだ。うしろめたい目つきだ。「話しかけないでくれ。考えてるんだから。いいね？」

「ごめんなさい」女は立ちあがり、両腕で自分を抱くようにして、早足で歩きだした。「なにか役に立ちそうなものがないか、そこいらを見てくるわ。ひどく寒くて、じっとすわってられないの」

クレインは雪の壁の穴をみつめた。風を防ぐには、あれをおおうものがあればいい。クレインは目を細くせばめた。風に吹かれてくる雪が、液体の流れのように渦を巻いている。待合室の中に入りこむと、雪はほんの少し重くなるようだ。宇宙の最果てにある漆黒の真空から、ひとつの意識連続体が電気を帯びた分子となって飛びだし、地球に近づくにつれて圧縮されて凝固しはじめるが、まだ固形にはなっていない。まだ。

　ドアのすきまから見える穴は、想像も及ばないほど遠くにある、すべての始まりである漆黒の真空にまでつづいているのだ。そこから発した寒気がクレインを求めて、ここまでやってきた。クレインを捜し、彼をみつけだしたかったのだ。そして、彼をみつけたので、寒気は喜んでぐるぐると渦を巻いている。クレインをくるみこみ、我がものと主張している。あの女は漆黒の真空から飛んできた、寒気という意識連続体の分身だ。

　クレインはようやく女のことを思い出した。

　朝鮮戦争。あの女。あの村。クレインたちは合図を待っていた。この待合室よりも寒かった。雪が降っていた。ブーツの爪先が火打ち石のように地面をはじき、火花が散った。温かさなどみじんもない火花が。村を焼けば暖がとれる。食料が手に入る。夜を眠ってすごせる。負傷したハリスンは倒れたまま凍ってしまった。ローレンツはひどい凍傷だ。ジェイコブズは雪に目をやられ、視力を奪われた。クレインは疲れきり、空腹で、寒くて、なにも考えられなかった。「村に火をかけろ！」どこからともなく現われた女がいった。女に援護され、クレインは山からなかば凍った塹壕まで走った。塹壕と村までのあいだには、いくつも地雷が仕掛けてある。女が地雷に銃口を向けろと命じている。銃口が火が噴く。爆発。炎と温もり。ありがたい。だが、目の奥に氷のかけらが埋もれている。その氷のせいで、ローレンツが死んだときも、ジェイコブズが雪に目をやられ、ふらふらと歩いて、崖の上で一斉射撃をあびてのけぞり、踊るように体をぴくぴくとひきつらせて死んだときも、クレインは泣けなかった。

雪の女王。彼女は雪の女王だ。雪の女王に触れられ、クレインの目の奥に氷のかけらが入りこんだのだ。

「ミスター・クレイン、起きてちょうだい。お願い！」

クレインはとびおきてカービン銃をつかもうとした。だが、両手がむなしく打ち合わさったとき、クレインは自分がどこにいるのかを思い出した。

「ミスター・クレイン、あの穴をふせぐのに使えるものをみつけたの。こっちに来て、見てちょうだい」女はクレインの腕を引っぱった。

クレインは引っぱられるまま、女についていった。婦人用トイレに連れていかれる。ドアのところで、クレインは立ちどまろうとしたが、女に引きずられてしまう。

「ほら、ペーパータオルがこんなにたくさん。全部たたんで重ねてあるわ。ちょうどいいサイズだと思わない？　これを束のまま濡らして雪山の穴にあてがったら、濡れた紙の束は凍るでしょ。そしたら、あとからあとからそこに雪が吹き積もって穴がふさがり、待合室に風や雪が吹きこまなくなるはずよ。うまくいくと思わない？」

女は開いたパッケージの中から、三分の一ほどの量の紙束をつかみだそうとしている。両手を忙しく動かし、視線は下を向いていてクレインを見ていない。

クレインは女の一歩ほどななめうしろに立ち、鏡の中のふたりをみつめた。鏡の中をみつめながら、クレインは両手をのばし、女の喉を絞めた。女はもがきもしなかった。目を閉じて、その体からぐったりと力が抜けただけだ。クレインが手を放すと、女は床にくずおれた。

ペーパータオルの束をつかみ、蛇口をひねってたっぷりと水を含ませた紙束を手に、待合室にもどる。ドア近くの雪を片寄せ、ドアを押さえているベンチを動かさなくてはならないが、完全にどかしてしまわないように、慎重に動かす。もう一台、ベンチを引きずってくる。それを踏み台にして、雪壁の穴に濡らしたペーパータオルの束を押しこむ。数分ほど押さえていると、紙の束が凍って固くなってきた。そのまま放置して、ベンチから降りる。

「それでいいわ」女がいった。

「きみは死んだはずだ」

メアリ・ルイーズは砂糖壺をクレインに投げつけた。砂糖の粒が空中に尾を引いて飛ぶ。

クレインは微笑した。

「願望的思考」クレインとメアリ・ルイーズは同時にいった。

「あんたの内面は死んでる。内側からしなびて、干からびてる。最後になにかを感じたのは、いつのこと？　かわいそうに！　あんたはなにも生みだせない。なにかを生みだすのが怖いのよ。あたしたちの子どもでさえ！」

「あれがぼくたちの子どもだったなんて、信じない」

「あえて信じないようにしているくせに。それとも、あたしたちの子どもだったって認める？」

クレインはメアリ・ルイーズを殴った。初めて殴った。手術後の彼女は蒼白で、出血のために弱っていた。クレインは彼女を殴ったことをなんとも思わなかった。のびた手が彼女の頬にぶつかって、赤い跡を残しただけだ。

「人殺し！」

「淫売め！　堕胎手術を受けると決めたのはおまえじゃないか！　おまえがそう望んだんだ！」

「ちがう！　あたしは自分がどうしたいかわからなかった。あたしは怖かった。あんたが調べて医者をみつけ、あたしを連れていった。なにもかもあんたが手配した。手術が終わるのを待っているあいだ、あんたは保険証書に書きこみをしてた。人殺し！」

「人殺し」女はいった。

クレインは頭を振った。「トイレにもどって、そこでじっとしてろ。きみを傷つけたくない」

「人殺し」

クレインは女に向かって足を一歩踏みだした。が、ふいにくるっと踵を返して反対側の窓まで走っていき、窓に額を押しつけた。

「もう止められない」女が追ってきた。「あなたはもうドアを閉めることはできない。わたしはここにいる。あなたはようやくわたしを見た。ちゃんと見た。だから、わたしは現実の存在となった。二度と消えない。わたしはあなたよりも強い。あなたは少しずつ自分で自分を殺してきた。抗うにも、そんな力さえ残らないようになってしまうまで。あなたはもうわたしを追い払うことはできない」

クレインは体をひきはがすようにして窓から離れ、弱々しく女をこぶしで殴ろうとした。こぶしは女には当たらず、クレインはよろけて、ドアを支えているベンチに倒れかかった。女は低い声で笑った。なにをしてもむだだ。むだだ。ベンチがゆっくりと動き、ドアがさらに開いて、本物の雪崩のように、雪が室内に。クレインの上に落ちてきた。クレインは立ちあがり、雪をはたき落とした。

「ふたりとも凍えかけてる」クレインはもうどうでもよかった。

女がそばに来て、クレインの頬に指先で触れた。妙に温かい指だった。

「リラックスして、クレイン。リラックスして」

女にうながされ、クレインはあきらめたようにベンチにすわった。「せめて、きみが誰なのか、教えてくれないか?」

「知ってるでしょ。ずっとわかってたはずよ」

クレインは頭を振った。もうひと押し。いつのまにか彼にそっくりの顔になっている女を追い払うために、最後の努力をすべきだ。

「きみは存在していない」クレインは目を閉じたまま、きしるような声でいった。「ひと晩じゅう、ここでひとりですごすのが恐ろしくて、ぼくが作りあげた幻だ。ぼくがきみをこしらえた。ぼくがこしらえたんだ」

クレインは立ちあがった。「聞いてるか、メアリ・ルイーズ! いまのが聞こえただろ! このぼくが作りだしたんだ。ぼくを殺したがっているほどリアルなものを!」

「わたしを見て、クレイン。わたしを見て。顔をこっちに向けて、見てちょうだい。わたしを見て、クレイン。あなたを見せて。わたしに見せて……」

クレインは震えた。体じゅうに寒けが走り、ガタガタと激しい震えがきて、筋肉が痛い。抵抗できずにのろのろとふりむくと、なかばしゃがむようにして、ベンチにしがみついている男が見えた。肌は土気色で、恐怖で目が大きくみひらかれている。

「行きましょう、クレイン。彼を見たら、行きましょう。彼にはもうなにも受けとる資格がないのよ」

クレインが見ていると、男は胸をつかみ、呻き声をあげてメアリ・ルイーズに助けを求め、床にくずれ落ちた。

外で除雪作業をしている音が聞こえた。女は事務室のドアを開けて救助員たちを待った。ようやく雪のふきだまりに大きな穴が開き、まっ先に切符係の老人が入ってきた。

「お嬢さん！　お嬢さん？　だいじょうぶかね？」

「ええ。でも、事務室のドアをこじあけてしまいました」

「よかった……ドアが雪に埋もれとるのを見たときは、てっきりあんたは……」老人はしばしばと目をまたたかせた。

「ほんとうにだいじょうぶだったんですよ。雪でドアがもたないんじゃないかと思ったもので、事務室の鍵をこじあけて、スケッチブックとえんぴつをもって中にこもったんです。徹夜したおかげで、仕事がはかどったわ。でも、いまはコーヒーがほしい……」

女はパトカーで食堂に連れていってもらった。朝食を注文すると、女は洗面所に行き、顔を洗って、髪に櫛を入れた。鏡に映る自分の顔を調べるように子細(しさい)にみつめる。

「お誕生日、おめでとう」女はやさしく鏡の中の自分にいった。

「今日がお誕生日なの?」食堂で夜をすごした、あの若い女が訊いた。「ひと晩じゅう、たったひとりでバスの待合室にいたなんて、ほんと、あんたって勇気があるのね。あたしにはできない。ね、あんた、画家なの?」

「ええ、そうよ。それに昨夜はやらなきゃならない仕事があったの。仕事はどっさり、時間はちょっぴりってとこだったけど」


(山田順子訳)

ナックルズ

カート・クラーク

カート・クラーク　Curt Clark (1933-2008)

カート・クラークという名前に見憶えがなくても、ドナルド・E・ウェストレイクの筆名だと聞けば、おやっと思われる人も多いのではないだろうか。リチャード・スターク、タッコー・コウ、サミュエル・ホルトといった筆名を使い分けた作家に、こんな名前があったのか、と。それもそのはず、編者の知るかぎり、この名義が使われたのは二回だけ。SF長篇 *Anarchaos* (1967) をエース・ブックスから刊行したときと、本篇を〈ファンタシー&サイエンス・フィクション〉一九六四年一月号に発表したときである。

本篇については、大河ファンタシー《氷と炎の歌》シリーズの作者ジョージ・R・R・マーティンが、「頭をひっぱたかれた気がして、『なんで自分で思いつかなかったんだ?』と叫ばずにはいられなくなるようなアイデア」と評している。邦訳は四十年近く前に雑誌に載ったが、今回は新訳でお目にかける。

あらためて作者について記せば、エドガー賞に三度輝いたアメリカの人気作家。ウェストレイク名義では主に《ドートマンダー》シリーズをはじめとする軽妙な犯罪小説、スターク名義では非情な犯罪者を主人公とする《悪党パーカー》シリーズ、コウ名義ではハードボイルド小説《ミッチ・トビン》シリーズを著した。その著書は百を優に超える。映画界とも関係が深く、多くの作品が映画化されているほか、脚本家としても活躍した。

神が人間を創りたもうたのか、それとも人間が神を創りだしたのか？　ぼくにはわからないし、ろくでなしの義弟がいなかったら、こんな疑問はけっして浮かばなかっただろう。義弟は死んだんじゃないかって？　ナックルズのみぞ知る、さ。

まあ、鶏と卵みたいに、どっちが先かは見方しだいだ。人間がはじめて神のことを考える前に、神は存在したのか、しなかったのか？　もし存在しなかったとしたら、人間が神を創りだしたのだとしたら、人間が悪魔も創りだすにちがいないってことになる。

ほら、たいていの神さまには対応する悪魔がいるだろう。善神と悪神だよ。多神教だった古代人は、神や女神をつぎからつぎへと創造（？）したんで、善を相殺しかねないほどたくさんの悪をつねに考えだしていた。でも、完全に相殺するほどじゃない。信じられないほどの超人だった古代ギリシア人は、彼らの神々それぞれに善と悪を兼ねそなえさせた。ゾロアスター教では、善神アフラ・マズダが悪神アーリマンと永遠に対立している。そしてぼくら自身は、神とサタンを知っている。

でも、もちろん、心配なんかしなくていいのかもしれない。すべては、サンタクロースが神であるか、そうでないかにかかっている。たしかに彼は神のように思える。だってそうだろう。彼は全知だ。あらゆる子供のあらゆる行ないを――いいも悪いも――知っている。すくなくともクリスマス・イヴには遍在している。同時にいたるところにいるわけだ。慈悲の心をもって裁きをくだす。彼は超人だ。すくなくとも人間じゃない、人間の姿をしていると考えられているけれど。完全には人間の姿をしていない従者の一団を味方につけている。善には報い、悪を罰する。そしてなにより肝心な点は、数百万の人間――その大部分は十歳未満――が心から彼を信じてるってことだ。サンタクロースにそなわっていない神の資格があるだろうか？

おまけに、彼を信じない者でさえ、口先では信じているという。たしかに彼はクリスマスを乗っとってしまった。彼の肖像はいたるところにある。でも、飼い葉桶と幼児イエスの絵はどこにあるんだ？　教会の身廊にわびしく引っこんでるじゃないか（サンタの勢力も拡大している。ゆっくりとだが、確実にハヌカー〈ユダヤ教の宮清めの祭り〉にもとって代わろうとしているのだ）。

サンタクロースは神だ。アフラ・マズダや、オーディンや、ゼウスと変わらない神だ。白い顎ひげ、本来は飛ばない種類の動物に引かれて空を飛ぶ戦車、毎年彼に宛てて出され、郵便局をいたく困惑させる祈り（贈りもののリクエスト）、この時期のデパートにはつきものの、特別な扮装をした司祭たちのことを考えてみるといい。それに神は創造主（？）の社会を反映するものじゃないのか？　ギリシア人には狩猟の女神がいたし、農耕と戦と愛の神がいた。ぼくらに神がいるとしたら、贈与の神、商品化計画の神、消費の神以外にいるだろうか？　むかしの二流の神々は恰幅がよかった。でも、サンタクロースは最初の肥満した主神にちがいない。

そして神がおわすところには、遅かれ早かれ悪魔がいて当然じゃないだろうか？

　さて、ここで話は義弟にもどる。いまその身になにが起きているにしろ、自業自得ってもんだ。義弟のフランクは卑劣で根性の曲がったやつだ——というか、やつだった。なんであんなやつを妹と結婚させたのか、さっぱりわからない。スージーがなんであいつと結婚したがったのかは、それに輪をかけて謎だ。肩をすくめて、愛は盲目といえばすむのかもしれないが、それじゃ妹がそもそもどういうふうにあいつと恋に落ちたかを説明できないんだ。

　フランクはハンサムだ——フランクはハンサムだった——どの時制を使ったらいいのやら。まあ、現在形にしておこう。とにかく、フランクはそれなりにえらくハンサムな男だ。大柄で筋骨隆々(りゅうりゅう)、活力のかたまり。フットボール選手だよ。カレッジではヒーローで、プロで三年、守備のラインバッカーを務めたが、左膝をこっぴどく傷(いた)めて足を引きずるようになり、生計の道をほかに探すしかなくなった。

　どういうわけか、元フットボール選手は保険のセールスマンになりがちだ。フランクもその例にもれず、保険のセールスマンになった。そのころスージーは同じ会社で秘書をしていたから、ふたりはすぐに知りあった。

　スージーは大柄でハンサムな元ヒーローにのぼせあがったんだろうか？　妹は簡単にのぼせあがるタイプじゃなかったが、他人の心の内側がどうなってるかなんて、完全にわかるわけがない。理由はどうあれ、妹はやつに恋してると思いこんでしまった。

　そういうわけでふたりは結婚し、五週間後、妹はやつになぐられて、目のまわりに最初の青あざをこしらえた。最後のあざのはずだが、そうじゃなかったかもしれない。スージーはぼくに知られないようにしていたから。あの夜、ぼくはディナーをよばれに行くことになっていた。ところが、午前の十一時に、ぼくの勤め先である車のショールームへ妹が電話をしてきて、頭痛がするからディナーはまたの機会にしたいといった。でも、その声がひどくとり乱していたんで、なにかまずいことがあったな、とピンときた。それで展示用の車に乗って駆けつけた。妹が玄関ドアをあけると、目のまわりの青あざってわけだ。

切れ切れに妹から話を聞きだした。どうやら、フランクがひどい癇癪(かんしゃく)を起こしたようだった。妹はやつを弁護したがった。本当は競技場に復帰したいのに、保険のセールスマンになるしかなかったから、といって。でも、ぼくは大統領になりたいのに、車のセールスマンだけど、女の目のまわりに青あざをこしらえてまわったりはしない。そういうわけで、妹に金輪際(こんりんざい)八つ当たりしちゃいけないとフランクにわからせるのが自分の役目だと判断した。

あいにく、ぼくは身長五フィート七インチ、体重は百三十四ポンドで、〈タイムズ〉の日曜版を小わきにかかえているような男だ。思ってることの一部でもフランクに伝えたら、妹とそろいの青あざをもらうはめになるのは確実だった。そこで、あの午後ぼくは野球のバットを買い、あの夜それを持ってフランクに会いにいった。

やつが自分でドアをあけて、「なんの用だ?」と怒鳴った。

返事の代わりに、バットの先をみぞおちに突き立て、息を詰まらせてやった。そのとき、卑怯なアッパーを食らったんで、もう五、六発ぶんなぐってから、やつを見おろして、「こんど妹をなぐったら、これくらいじゃすまさないからな」といってやった。そのあとスージーをぼくの家へ連れ帰って、ディナーとしゃれこんだ。

このあと、ぼくとフランクは親友になった。

こういう人情の機微（きび）ってやつは、まず理解してもらえない。野球バットの一件まで、フランクにとってぼくは蔑みの対象でしかなかった。でも、いったんやつをぶちのめしたら、終生の友になった。嘘偽りなくそういえる。ぼくが望めば、あいつはなんだってくれただろう。望みはしなかったが。

（ところで、やつはスージーを二度となぐらなかった。いまだにひどい癇癪持ちだが、家具を窓から投げだしたり、壁をなぐってへこませたり、盛り場へ行って、どこかの酒場で喧嘩をおっぱじめたりして鬱憤を晴らしていた。根性をたたき直して妻の虐待をやめさせたように、根性をたたき直して家具を大事にするようにしてやろうかと申し出たが、スージーに断られた。フランクは鬱屈（うっくつ）を発散しないといけない。もし内部に溜めこむしかないとすれば、もっと悪いことになるから、といって。そういうわけで、野球バットの出番はそれ以降はないままだ）

それから子供たちが生まれた。たてつづけに三人。最初がフランク・ジュニアで、つぎがリンダ・ジョイス。最後がスチュワート。父親になればフランクもある程度は落ちつくのではないか、とスージーは一縷（いちる）の望みをいだいたけれど、事実はその正反対になった。泣き叫ぶ赤ん坊、悪臭を放つおしめ、細切れの眠り、そしてとり乱した妻は、どんな男にとっても試練だし、大いなる苦しみだ。でも、フランクにとっては――やつの人生におけるほかのなにもかもと同様に――限界を超える最後のひと押しだった。

ひとことでいえば、やつはもっと悪くなった。スージーが何度やつにかじりついて、泣きわめく乳飲み子に大けがをさせないようしたのかは知らない。子供たちがもの心のつく年ごろになると、わが子に対するフランクの態度は、父親の目に触れない方法を見つけるのがいちばんというものになった。もちろん、子供たちはやつがあまり好きじゃなかった。でも、それをいうなら、好きになる者がいるだろうか？

それがはじまったのは去年のクリスマスだった。そのときジュニアは六歳、リンダ・ジョイスは五歳、スチュワートは四歳。つまり、三人ともサンタクロースのことを聞いたことがある程度に大きくなっていて、サンタクロースを信じるほどにはまだ幼かったわけだ。クリスマス・シーズンのはじまる十月ごろ、フランクは子供たちを「おとなしく」させておく――子供を黙らせ、すくませ、怯えさせておくことのやつなりの表現――ための武器としてサンタクロースを使いはじめた。もちろん、多くの親が同じやり方で服従を強いようとする――「悪い子だったら、サンタクロースがプレゼントを持ってきてくれませんよ」というわけだ。いろいろと考えあわせれば、これは消極的で受動的な罰だ。地獄の業火と硫黄やらなにやらとくらべれば、迫力に欠けている。むかしはサンタクロースも悪い子をもうすこし屈辱的にあつかったのだろう。プレゼント代わりに靴下に石炭のかたまりを入れていくといった具合に。でも、大恐慌のせいでそれが変わったんじゃないだろうか。石炭のかたまりでもばかにできない時と状況があるものだ。

とにかく、プレゼントがもらえないというのは、フランクの目的からすれば弱すぎる罰だったので、去年のクリスマス、やつはナックルズをでっちあげた。ナックルズは何者かって？　ナックルズはサンタクロースにとって、神にとってのサタン、アフラ・マズダにとってのアーリマン、南風にとっての北風と同じものだ。ナックルズは新しい悪神なんだ。

フランクはナックルズを創りだすのが本当に楽しかったんじゃないかな。細かいところまで考えぬいていた。フランクによれば、そしてぼくの記憶によれば、ナックルズとはこんなやつだ——見あげるほど背が高く、骨と皮だけのように痩せこけている。服装は黒ずくめで、頬のこけた灰色の顔と、深く落ちくぼんだ黒い目をしている。地中に張りめぐらしたトンネルづたいに旅をし、乗りものは、死体のように白い山羊(やぎ)八頭の引く真っ黒な橇(そり)。

さて、ナックルズはなにをするのか？　ナックルズは幼い男の子と女の子の肉を食べて生きている（フランクはわが子にこう話して聞かせていた。信じられるかい？）。ナックルズは、地下鉄のトンネルより暗い自分のトンネルをつたい、死体のように白い八頭の山羊に引かれて地中をうろつきまわる。そして大きな黒い袋に詰めこんでさらい、食べるために、幼い男の子や女の子を探す。でも、よい子はサンタクロースが守ってくれる。サンタクロースのほうがナックルズより強いし、幼い子供たちのまわりに防御の盾をめぐらせてくれるから、ナックルズには手が出せないんだ。

でも、悪い子になると、サンタクロースは気分を害すから、サンタクロースが彼らのまわりにめぐらせた盾が弱くなる。そして悪い子のままでいると、じきに盾は跡形もなくなり、クリスマス・イヴには袋にプレゼントを詰めこんだサンタクロースが空から降りてくる代わりに、からっぽの袋をかついだナックルズが地中から出てきて、悪い子を袋に詰めこみ、暗いトンネルと死体のように白い八頭の山羊のもとへさらって行くんだ。

フランクは自分のでっちあげたものが自慢だった。本当に鼻高々だったんだ。うっかりした子供たちが視界にはいってくるたびに、ナックルズを持ちだして子供たちを脅すだけでなく、その話を他人にも広めはじめた。ぼくに話し、隣近所の人に話し、酒場の連中に話し、保険のセールスの仕事で会いにいった人たちに話した。やつが何人にナックルズの話をしたのかは知らない。百人は優に超えていると思うが。そしてこの世にフランクのような男はひとりきりじゃない。やつはときおり話してくれた。ナックルズの話を聞いて、「ほお、そりゃあいい。おれに必要だったのはそいつだよ、ガキをおとなしくさせておくのに必要だったのは」といった顧客や隣人や酒場の常連がいたことを。

かくてナックルズは創造され、かくてナックルズは広められた。かくてナックルズの話を吹きこまれた不運な子供のなかに、サンタクロースを信じるのと同じくらい、この邪悪な存在を信じた者がいただろうか？　答えはいうまでもない。

さっきいったとおり、これはみんな去年のクリスマスの時期の話だ。フランクがナックルズをでっちあげ、それでなくても怖がっている子供たちをさらに怖がらせるために使い、人に会うたびにその話を広めた。去年のクリスマスの当日、いつもと同じように、自分のキャスターつきベッドで目をさまし、一階に降りてツリーの下にプレゼントを見つけて、また一年ナックルズを遠ざけたとわかってほっと胸をなでおろすと同時に、すこしばかり驚いた子供が、この街にはひとりならずいたはずだ。

フランクに関するかぎり、去年の十二月二十五日から今年の十月まで、ナックルズは休眠していた。それから、クリスマスの光景と音がふたたび地に満ちると、ナックルズがよみがえった。前と変わらず生き生きと、邪悪に。「このおれにあいつを止められるなんて思うなよ！」とフランクは叫んだものだ。「クリスマスの前の晩、あいつがおまえたちを袋に入れて運び去ろうと地面から出てきても、このおれが助けてくれるなんて思うなよ！」

今年は去年にもまして悪かった。フランクの懐具合は期待したほどよくなかった。それから十一月の初旬、スージーがまた妊娠しているのがわかった。あれやこれやあって、フランクは不機嫌の頂点に向かっていた。子供たちに怒鳴りっぱなしで、ナックルズの名前がその舌から遠のいたことはなかった。

フランクの悪い影響を消すために、スージーはできるかぎりのことをしたが、やつがその邪魔をした。十一月と十二月を通じて、やつは家にいることが多くなった。クリスマス・シーズンはとにかく保険を売るのにふさわしい時期ではないからであり、やつが日一日と仕事を嫌うようになり、時間を割かなくなったからでもあった。仕事を嫌えば嫌うほど、やつの癇癪はひどくなり、飲めば飲むほど、足の具合は悪くなり、大声で叫べば叫ぶほど、ナックルズの話はおぞましくなった。それが積もりに積もって、クリスマス・イヴに最高潮に達した。子供たちのひとり――スチュワートだと思う――が些細ないたずらをしたか、したと勘違いした結果、フランクがクローゼットからクリスマス・プレゼントを残らず引っぱりだし、店へ返しにいこうと車に積みこんだのだ。今年のクリスマスにこの家を訪れるのはサンタクロースではない。ナックルズに決まっているからだ。

スージーが子供をベッドに入れるころには、家じゅうのだれもが神経をやられていた。子供たちは眠れないほど怯えていたし、スージー自身も気が動転するあまり、子供たちをなだめるどころではなかった。最近は家で飲むようになっていたフランクは、酒瓶といっしょに寝室に閉じこもっていた。

スージーが子供たちを三人ともなだめすかしたのは、もう十一時に近いころで、それから妹は車のところまで行き、プレゼントを残らず持ち帰って、ツリーの下に並べた。それから、その夜はもう夫の姿を見たり、声を聞いたりしたくなかったので――あの人は癇癪を起こす大きなだだっ子みたいだわ――自分は居間へ行ってソファで眠った。

朝になると、フランク・ジュニアが「ねえ、ママ！ ナックルズは来なかったよ、来なかったよ！」と叫びながら、彼女を起こした。そしてツリーの下に彼女が置いたプレゼントを指さした。

まもなくほかのふたりの子供も降りてきて、スージーと子供たちは床にすわり、プレゼントをあけて、できるかぎり楽しんだ。だが、自分を抑えることは忘れなかった。ふつうなら子供があげる喜びの金切り声はなかった。怒り狂ったパパに階段を駆けおりてきてほしい者はいなかったのだ。そういうわけで、子供たちは満面に笑みを浮かべ、小さく歓声をあげるだけで満足した。しばらくするとスージーが朝食を作り、その日は事情が許すかぎり愉快に過ぎていった。

フランクが姿を見せないのをスージーが心配しはじめたのは、正午をまわったころだった。妹は勇気をふるって二階へあがり、鍵のかかったドアをノックして、やつの名前を呼んだ。でも、返事はなかった。予想したうなり声さえ。それで一時ごろぼくに電話してきたんで、とるものもとりあえずに駆けつけた。寝室のドアを強くたたいたが、返事がない。そこで、あけないとドアを壊すぞ、としまいにはフランクを脅しつけた。それでも返事がないので、ドアを壊してなかへはいった。

当然のことながら、フランクは消えていた。

警察にいわせれば、やつは逃げた、家族を捨てたんだそうだ。理由は主にスージーの四度めの妊娠。スージーに姿を見られ、引き止められないよう、窓から出て、裏庭へ飛びおりたそうだ。車を使わなかったのは、エンジンをかける音をスージーに聞かれるのを恐れたから。

もっともらしいだろう？　そうはいっても、まず第一にフランクが怒鳴り散らさずにスージーのもとを去るなんて、ぼくにはとうてい信じられない。妻子よりも愛している車を置いていくというのも信じられない。

でも、そうでないとしたら、理由はなんだろう？　ぼくにはひとつしか考えつかない――ナックルズだ。

できれば信じたくはない。ナックルズをでっちあげ、噂を広めたフランクが、そいつを現実にしたなんて信じたくはない。クリスマス・イヴにナックルズがじっさいに妹の家を訪れたなんて信じたくはない。

でも、訪れたんじゃないのか？　だとしても、やつはどの子も連れ去れなかったはずだ。あの三人ほどおとなしくて、行儀のいい幼児はどこにも見つからないのだから。でも、創りだされたばかりで、まだ食べものにありついたことのないナックルズにはだれかが必要だった。ナックルズを現実のものとして信じるだれか、サンタクロースの盾に守られていないだれかが。それに、さっきいったように、あの晩フランクは酔っ払っていた。アルコールのせいで、脳みそはありとあらゆるものの実在を信じこむ。おまけに、もしだだっ子がいるとしたら、そいつはフランクだった。

フランク・ジュニアとリンダ・ジョイスとスチュワートがナックルズを信じているのは疑問の余地がない。そしてフランクはナックルズの教義を他人に広めた。その話を聞かされた者のなかには自分の子供に広めた者もいる。その新しい悪神をほかの親に広める者もいるだろう。それにぼくらの社会は移動性の社会だ。パパの会社の都合で家族は国のあっちこっちへひっきりなしに転居させられる。とすれば、ナックルズがこのひとつの都市だけでなく、国じゅうで力を持つまでどれだけの時間がかかるのだろう？

ナックルズが存在するのか、でなければ、存在するようになるのか、ぼくにはわからない。たしかにわかるのは、おなじみのクリスマス・ソングの歌詞に突如として新しい意味が生じたということだけだ。どの歌詞かはわかるだろう――サンタが街にやって来る。せいぜい気をつけて。

（中村融訳）

試金石

テリー・カー

テリー・カー　Terry Carr (1937-1987)

アメリカのSF界には時代をリードした辣腕編集者がごろごろいるが、追悼アンソロジーが編まれるほど影響力をふるったのはふたりだけ。ひとりは現代SFの基礎を築いた雑誌〈アスタウンディング・サイエンス・フィクション〉の編集長だったジョン・W・キャンベル・ジュニア。もうひとりは、主に書籍の分野で活躍し、膨大な数のアンソロジーを編んだ本篇の作者である。とりわけその《年間SF傑作選》は、（ドナルド・A・ウォルハイムとの共編もふくめて）二十年以上にわたり刊行され、斯界の水先案内役を務めた。

カーはSFファンあがりだけあって、創作にも手を染めた。作家デビューは一九六二年で、当初はジョン・コリアの諸作を思わせる都会的なファンタシーを書いていた。これらは *The Light at the End of the Universe* (1976) という短篇集にまとめられている。その後、『聖堂都市サーク』（一九七七／ハヤカワ文庫SF）という長篇を上梓して、本格的に作家活動を開始するかと思われたが、編集者として新人育成に乗りだし、多大な功績をあげた。たとえば、サイバーパンク・ブームを巻き起こしたウィリアム・ギブスンの『ニューロマンサー』（一九八四／同前）を世に出したことはよく知られている。

本篇は〈ファンタシー&サイエンス・フィクション〉一九六四年五月号に発表された初期の佳品。本書のために新訳を起こした。

三十二年にわたり、世のありさまと、人間が愛と平和を求めておずおずと手探りするようすを、とまどいと恐怖をつのらせながら見まもってきたランドルフ・ヘルガーは、このすべてには単純な答えがある――不安なしに人生をつかみ、抱きよせ、愛情を注ぐことは不可能ではないのだ、と自分にいい聞かせてきた。そして三月初旬のある土曜日、雲が晴れ、太陽が空に青白く顔を出したとき、探していたものが見つかったのだった。

雪はグリニッチ・ヴィレッジの通りから一週間以上も消えていたが、歩道には薄く氷が張っていた。だれもが、上陸休暇をもらった水兵のように、まだおそるおそる歩いていた。ランドルフ・ヘルガーは十時ごろにアパートメントを出て西へ向かった。そのまっすぐな砂色の髪は東風になぶられており、いかにも急いでいるように見えたが、活発に動く灰色の目と、しきりに口もとに浮かぶほのかな笑みのおかげで、その印象はぬぐわれていた。ランドルフは歩くよりも周囲を見るほうに忙しかった。

彼にいわせれば、ヴィレッジのいちばんいいところは、すべてを地図に載せきれないところだ。あらゆる街路、あらゆるサンダル屋台、あらゆるホットドッグ・スタンドやピザ・スタンドを知りつくしたと思っても、ある日顔をあげると、以前は見たことのなかった場所が現れ、新しいものがあるのだ。ヴィレッジの通りを歩く人々は、斜眼帯をつけられたようなもの。彼らに見えるのは、行き先だけだ。

前日、西四丁目の旅行代理店から勤めを終えて帰宅する途中、バスのなかから窓の外に目をやると、一軒の書店が見えた。その汚れた窓からすれば、ずいぶん長いあいだここにあるのだろう。もちろん、今朝はその書店を探していたのだった。住所を書きとめておいたが、いまはその紙切れを財布からとりだして見るまでもなかった。書くという行為が、住所を記憶に刻みつけたのだ。

そこへ着いたとき、ちょうど店が開くところだった。もじゃもじゃの黒髪で、手の甲の血管を浮き立たせた、肩のたくましい大男が、店の正面にバーゲン品のテーブルを設置していた。ランドルフは、無名作家のペーパーバックの陽に焼けた背表紙がずらりと並ぶテーブルにちらっと視線を走らせ、男に会釈して店にはいった。

本が四囲の壁ぎわにうずたかく積みあげてあった。あちこちで手書きの表示が**音楽**、**歴史**、**心理学**といっているが、ずいぶん前に掲げられたものにちがいない。なぜなら、そのセクションの本は表示となんの関係もないからだ。入口の近くに古い戸棚があり、汚れた窓から射しこむ光でまだら模様になっていた。その棚のひとつに10$と書かれた値札があった。その隣に基部から上が回転する小さな丸テーブルがあったが、こちらには値札がついていなかった。

いまは店主が店内にもどってきていて、ドアのすぐ内側に立ってランドルフを見つめていた。

ややあって彼はいった。

「なにか特別なものをお探しかな？」

ランドルフはかぶりをふり、目にかかった蓬髪（ほうはつ）を払いのけた。指で髪を梳（す）いてなでつけると、本の山のひとつに向きなおる。

「このセクションの本に興味があるんじゃないかな」店主はそういうと、たわんだ床板の上をのっそりと歩いてきて、ランドルフのかたわらに立った。大きな手をあげ、棚にそって走らせる。表示には**魔法、妖術**とあった。

ランドルフはそれをちらっと見て、「いいや」といった。

「ここの本は売りものじゃないんだ」と店主。「このセクションは貸し出し専用」

ランドルフは視線をあげて、年かさの男と目を合わせた。男はおだやかに見つめかえしてきて、待った。

「売りものじゃないって？」

「ああ、わたしのコレクションの一部なんだ。でも、一日十セントで貸し出してる、読みたがる人がいれば。あるいは……」

「だれが借りていくの？」

たくましい男は肩をすくめ、分厚い唇のまわりにほのかな笑みを浮かべた。

「ふつうの人だよ。ふつうの人がやってきて、本を目にして、読んでみようかという気になる。いつも、ちゃんと返しにくる」

ランドルフは棚に並ぶ本に目を走らせた。背表紙はかっちりとしていて、背文字は新品同様だ。

「その人たちは本当に読むのかな？」と彼はたずねた。

「もちろんだ。またやってきて、ほかのものを買う人もたくさんいる」

「ほかの本を？」

男はふたたび肩をすくめ、背中を向けた。店の奥へゆっくりと歩いていく。

「ほかのものも売ってるんだ。きょう日、本だけ売って生計を立てるなんて無理な相談ってやつでね」

ランドルフは男のあとを追って奥の暗がりへはいった。

「ほかにはどんなものを売ってるの？」

「まず本を何冊か読んだほうがいいんじゃないかな」眉毛の下からランドルフを見ながら男がいった。

「売ってるのは……媚薬かな？　乾燥させた蝙蝠の血？　蛇のはらわた？」

「いいや」と男。「あいにくだが、そういうものをお探しなら煙草屋を当たってもらわないとな。ここで売ってるのは、不滅のものだけだ」

「魔法のお守りかな？」

「そうだ」男は言葉を選ぶようにしていった。「本物もあれば、そうでないものもある」

「じゃあ本物のほうが高いんだろうね」

「どれもだいたい同じ値段だ。どれが本物かは、その人しだいさ」

　男は身をかがめて、デスクの引き出しのひとつに手を入れていた。いま箱をとりだし、その蓋を持ちあげた。開いた箱をデスクの天板の上に置き、手をのばすと、影に沈む天井からぶらさがっている裸電球をつけた。

　箱の中身は雑多で、魔除け、石、ガラスのケースにはいった干からびた昆虫、彫刻をほどこした木片などだった。それらは雑然と箱に放りこまれていた。ランドルフは二本の指で中身をかきまわした。

「魔法なんて信じない」と彼はいった。

　たくましい男は口もとをほころばせた。

「わたしも信じているとはいえないな。でも、このなかにはとても興味深いものもある。本物の南米の細工品もあれば、ヨーロッパや東洋から来たものもある。たしかに、金を払う価値はあるよ」

「これはなんだろう?」ランドルフは、手のひらにぴったりとおさまる黒い石をつまみあげた。その石はぐるっとねじれて、先端同士がくっついている形をしていた。ちょうど焼く前のパン生地のように。

「それは試金石だ。指でなでてごらん」

「みごとなまでにつるつるだ」とランドルフ。

「それには人に満足感を味わわせる魔力があると考えられている。握ってごらん」

ランドルフは石をつつむように指を曲げた。ひょっとしたら暗示にかかったのかもしれない。だが、石の感触は非常によかった。すべすべだ、肌みたいに……。

「そいつをくれた男の話だと、古代インドのものだそうだ。陰と陽、つまり相反するものが補完しあい、世界に調和をもたらすわけだ。石の見かけが、そのシンボルにすこし似ているだろう」男はゆっくりと笑みを浮かべた。「人間の魂をつつみこんでいるともいわれている、卵のように」

「はいっているとしたら化石じゃないかな」とランドルフ。これはどんな種類の石だろう、と疑問が湧く。

「値段は五ドル」と男。

ランドルフは手のなかの石を持ちあげた。それは手のひらに心地よくおさまった。ちょうど眠ろうとしている猫のように。

「わかった」と彼はいった。

財布から五ドル札をとりだす。と、前日に店の住所を書きとめた紙切れに気づいた。

「一週間後にもどってきたら、この店はまだここにあるだろうか？　それとも消えてなくなってるだろうか？　魔法のお店だったらそうなるように」

男は笑顔を見せなかった。

「ここはそういう種類の店じゃない。場所を転々としていたら、商売あがったりになっちまう」

「それもそうだ」ランドルフは手のなかの黒い石を見つめた。「小さいころ、浜辺で石を拾っては、何週間も持ち歩いたものだった。ただ気に入ったからという理由で。とにかく、この石にはその種の魔力がありそうだ」
「気に入らなければ、返しにおいで」と男がいった。

アパートメントへ帰ると、マーゴが起きるところだった。七歳になるボビーはすでに起きて、外へ行ったらしい。ランドルフは昨日のコーヒーのはいったポットを火にかけ、キッチン・テーブルについて温まるのを待った。ポケットから試金石をとりだし、指でなぞる。

奇妙だ……。それはただの黒い石だった。おそらく水に磨かれなめらかになったのだろう。それから何百年にもわたり、指でこすられてきたのかもしれない。店の男はインドのシンボルがどうのこうのといっていたが、特にそれらしい形はしていない。

それでも、心を落ちつかせる風変わりな効果を彼にもたらした。もしかしたら、と彼は思った。ものを考えるあいだ、人は手でなにかしなければならない、ということにすぎないのかもしれない。人間を人間たらしめたのは親指が対向した手だ。あるいは、人類学者はそういう。手が周囲にあるもので仕事をしたり、作ったり、なにかをする能力を人間にあたえる。そしてわれわれは、四六時中手を使っていないと気がすまない。そうしないと、なぜか生得の権利を使いきっていないような気がするのだ。

だからこそ、あれほど多くの人が煙草を吸うのだ。だからこそ、顎をいじりまわしたり、こすったり、テーブルを指先でトントンたたいたりするのだ。しかし、試金石は手をリラックスさせる。

単純な形の魔法。

マーゴが長い髪を肩の上で梳きながら、キッチンにやってきた。化粧はしていないので、ふっくらした唇は雲のように青白く見えた。彼女はコーヒー・カップをふたつ用意して、コーヒーを注いでから、テーブルの向かい側にすわった。

「ペンキは買ったの？」

「ペンキだって？」

「今日キッチンのペンキ塗りをするんじゃなかったの。古いペンキがパリパリになって、はがれ落ちてるわ」

ランドルフは指でつまんだ石をこすりながら、壁を見あげた。見た目は悪くない、と彼は判断した。塗りなおさなくても、あと半年は保つだろう。それに、ガス台の上に漆喰がのぞいたって、大惨事ってわけじゃない。

「今日はやらないだろうな」と彼はいった。

マーゴはなにもいわなかった。隣の椅子から本をとりあげ、読みさしの場所を開いた。

ランドルフは試金石をいじりながら、子供のころに見た浜辺のことを考えた。

その夜、下の階にあるジーン・ブレイクの部屋でパーティーがあった。しかし、ランドルフはこんどばかりは降りていく気にならなかった。ブレイクは四つ年下で、今日突如としてその年齢差が埋められないものに思えたのだ。ブレイクは南部の人種差別撤廃について的はずれなジョークを飛ばしたり、ランドルフが〈タイムズ〉の日曜版に載る書評でしか知らない作家について語ったり、スコッチとミルクを愛飲したりするのだ。いや、今夜はよすよ、と彼はマーゴに告げた。

ディナーのあとランドルフはTVの前に陣どり、皿洗いの音がキッチンから聞こえてきて、ボビーが隅でコミック・ブックを読むあいだ、人気コメディ番組の三度めの再放送を見た。二回めのコマーシャルがはいったとき、ポケットから試金石を引っぱりだして、ものうげに親指でこすった。これのとりえといったら、と彼は内心でひとりごちた。コマーシャルを無視させてくれることくらいだ。

「蛙を見たことある？」とボビーがたずねた。顔をあげると、息子が椅子の横に立っていた。なにかいいたいときの男の子の例にもれず、息をはずませている。

「あるよ」

「黒いのを見たことある？　死んだやつを？」

ランドルフはちょっと考えた。ないようだ。

「いいや」と彼は答えた。

「ちょっと待ってて！」ボビーが部屋から飛びだしていった。ランドルフはTV画面に向きなおり、リヴィングルームに馬を入れた妻が、夫が帰宅する前に二階へあがらせようとなだめすかしている場面を見た。馬はうんざりしているようだった。

「ほら！」とボビーがいい、死んだ蛙をランドルフの膝に落とした。

　ランドルフは二秒にわたりそれを見つめてから、正体を悟った。蛙の片脚と脇腹の一部がつぶれていた。おそらく車に轢かれたのだろう。そして幅広い口が開いていた。灰色で、黒くはなかった。

　ランドルフはそれを床へふり落とした。

「捨てたほうがいい。ひどい臭いがするようになる」

「でも、ビー玉六十個もしたんだ！」とボビー。「二十五個しかないのに。パパにもっと買ってきてもらわないと」

　ランドルフはため息をつき、試金石を右手から左手に持ちかえた。

「わかった。月曜日に。それは自分の部屋にしまっておきなさい」

　画面に向きなおると、だれもが馬のうしろにまわって、二階へ押しあげようとしていた。

「あいつが気に入らなかった？」とボビーがたずねた。

　ランドルフはぽかんとした顔で息子を見つめた。

「ぼくの蛙」とボビー。

　ランドルフはつかのま考えをめぐらせた。

「捨てたほうがいいと思う」と彼はいった。「臭くなるぞ」

　ボビーの顔が曇った。

「ママに訊いてもいい？」

ランドルフは返事をしなかった。ボビーは行ってしまったのだろう。またべつのコマーシャルが流れ、彼は試金石のコマーシャルという考えをぼんやりともてあそんでいた。「二千年にわたり人類は、腋臭（わきが）、口臭への回答を探してきました。いまやついに……」

「ボビー！」キッチンで妻の声がした。ランドルフはびっくりして顔をあげた。「いますぐそれを廊下へ持っていって、ゴミ箱に捨てなさい！　つべこべいわないの！」

つぎの瞬間、うなだれたボビーがとぼとぼと歩いてきた。そして、一縷（いちる）の希望をこめて、その小さな目をランドルフに向けた。

「ママが捨てなさいって」

ランドルフは肩をすくめた。

「家じゅうが臭くなる」

「ちぇっ、パパなら気に入ってくれると思ったのに」とボビー。「パパはいつも自分はむかし男の子だったけど、ママはそうじゃなかったっていってるから」一瞬立ち止まり、ランドルフの返事を待つ。ランドルフが答えないので、少年は灰色のつぶれた蛙を手にしたまま、いきなり走っていった。

マーゴがタオルで手をふきながら、リヴィングルームへやってきた。

「ラン、なんで最初にはっきりいってやらなかったの？」

「なにを？」

「ああいうものを見ると、あたしの気分が悪くなるのは知ってるでしょ。一日はものが喉を通らないわ」

「TVを見ていたんだ」

「もう二度も見たやつじゃない。いったいどうしちゃったの？」

「気分が悪いんなら、アスピリンを呑めよ」と彼はいった。手のひらのなかの石をぎゅっと握ると、やがてマーゴはかぶりをふり、去っていった。

数分後ニュース番組がはじまり、原水爆と放射性降下物に抗議して、軍事基地でピケを張った人々のリポートがあった。さる大学教授の顔が画面に現れ、彼は重々しく図表を指さした。

「原子力委員会によれば——」

ランドルフはため息をつき、TVを消した。

その夜は早めにベッドにはいった。あくる日目がさめると、本をとりに行き、ベッドへ持ってきた。ベッドの隣にある椅子から試金石をつまみあげ、手のなかで何度もひっくり返す。本当に平凡きわまる種類の石だ。黒く、なめらかで、ゆるい曲線を描き……。この石のどこに、なにもかもをあれほど些細でありふれたものに思わせる力があるのだろう？

まあ、もちろん、石は世界でいちばんありふれたもののひとつだ、と彼は思った。いたるところにある——人工物ずくめの都市の街路にさえ、石はあるのだ。舗装の下の地面の一部、われわれが住んでいる世界の一部。それは故郷の一部なのだ。

読書するあいだ、彼は試金石を片手で握っていた。

マーゴが起きてから数時間後に、彼は本を読みおえた。本を置いたとき、彼女がやってきてドアのところに立ち、無言で彼を眺めた。

しばらくしてから、「あたしを愛してる?」と彼女がたずねた。

彼はすこしばかり驚いて顔をあげた。

「もちろん、愛してるよ」

「そうかしら」

「どうした? どこか悪いのか?」

タオル地のローブ姿の彼女がやってきて、ベッドの上、彼の隣に腰を降ろした。

「昨日からろくに口をきいてくれないから。なにかに腹を立てているのかもしれないと思って」

ランドルフは笑みを浮かべ、

「いいや。どうして腹を立てなけりゃいけないんだ?」

「さあ。そう思っただけ……」彼女は肩をすくめた。

彼は腕をのばし、あいているほうの手で彼女の顔にさわった。

「心配ないよ」

彼女はランドルフのかたわらに身を横たえ、彼の腕に頭を載せた。

「あたしを愛してる? なにもかもうまくいっているの?」

彼は右手のなかで石を裏返した。

「もちろん、なにもかもうまくいっているとも」と小声でいう。

彼女はランドルフに体を押しつけた。

「キスしたいわ」

「いいよ」ランドルフは彼女のほうを向き、唇で彼女の額と鼻に軽く触れた。すると彼女がきつく抱きついてきて、彼の口にキスをした。

キスが終わると、彼は枕に寄りかかり、天井を見あげた。

「今日、外はいい天気かな?」と彼はたずねた。「ここは一日じゅう暗い」

「もっとキスしたい」とマーゴ。「あなたさえよければ」

ランドルフは手のなかの試金石のぬくもりに気づいていた。石は温かくない、と彼は思った。手からぬくもりが移ったにすぎない。奇妙だ。

「もちろん、いいよ」彼はそういうと、向きを変えて、もういちど彼女にキスをさせた。


ボビーは半日自分の部屋にこもっていた。なにかしているのだろう、とランドルフは放っておいた。あのあと、マーゴは息子と話をしようとしなかった。ランドルフはベッドにはいったまま、試金石をいじりながら、考えごとをしていた。もっとも、なにを考えていたのか思いだそうとするたびに、空白しか浮かばなかったが。

五時半ごろ、友人のブレイクが玄関に姿を現した。マーゴになにかいう彼の声が聞こえた。そのあと彼はベッドルームにはいってきた。

「やあ、元気かい? 昨夜はパーティーに来なかったな」

ランドルフは肩をすくめた。

「ああ。この週末はのんびり過ごしたい気がしてね」

曇っていたブレイクの顔が晴れた。

「そうか、それならよかった。じつは、問題をかかえちゃってね」

「問題」とランドルフはいった。落ちつき払ってベッドに寝そべったまま、手のなかの石をぼんやりと見つめる。

ブレイクは間を置いて、

「本当にだいじょうぶなんだな？　マーゴの具合が悪いわけじゃないよな？　はいってきたとき、顔色が悪かった」

「ふたりとも元気だよ」

「そうか、それならいいんだ。なあ、ラン、ぼくの親友っていえるのはあんたひとりだけだって知ってるだろう。つまり、世界にはたくさんの人がいるけど、いざというとき、本当に頼りになるのはあんたひとりなんだ。冗談をいい合うやつは何人もいるけど、あんたとは話ができる。あんたは話を聞いてくれる。知ってるだろう？」

ランドルフはうなずいた。ブレイクのいうとおりなのだろう。

「それで……昨夜の騒ぎは聞こえただろう。飲みすぎた野郎がふたりいて、喧嘩になったんだ」

「早めにベッドにはいったから」

「あれで起きなかったとは驚いたな。しばらくかなりひどい怒鳴(どな)り合いになった。あとでお巡りがやってきた。窓ガラスを三枚割って、だれかが冷蔵庫を押し倒した。もう、しっちゃかめっちゃかだ。ドアの一枚は蝶番からはずれた」

「いや、聞こえなかった」

「へえ。そうか、あのな、ラン……管理人にねじこまれたんだ。すぐに修理代を工面しなけりゃいけないんだよ。あの野郎を知ってるだろう。ぼくを訴えて、たたき出すつもりだ」

ランドルフはなにもいわなかった。石に右の親指がぴったりとはまる場所が見つかったのだ。まるで石が指を囲む形で作られたかのように。石を左手に持ちかえたが、こちらの親指はぴったりとはまらなかった。

ブレイクがそわそわしだした。

「なあ、いきなりだってのはわかってる。無理にとはいわない。でも、にっちもさっちもいかないんだ。百ドルくらい貸してもらえないかな?」

「百ドルだって?」

「八十でなんとかなるかもしれん。でも、管理人に袖(そで)の下をつかませようと思って……」

「わかった。べつにちがいはない」

ブレイクはまた間を置き、彼を見つめた。

「貸してくれるのか?」

「ああ」

「どっちだ。八十か、百か?」

「百にしてくれというなら百」

「それで……困ったことにならないんだな、金が足りなくならないんだな？　つまり、よそを当たってみたって……」

「小切手を切るよ」とランドルフ。ゆっくりと起きあがり、ドレッサーから小切手帳をとりだす。「ファースト・ネームの綴りは？」

「G―E―N―E」ブレイクは煮えきらない態度でそわそわしていた。「本当に困ったことにならないんだな？　無理強いはしたくない」

「だいじょうぶだ」ランドルフは小切手にサインし、ちぎりとると、彼に渡した。

「あんたは友だちだ」とブレイク。「本当の友だちだ」

ランドルフは肩をすくめた。

「たいしたことないさ」

ブレイクはもうしばらく立っていた。なにかいいたいらしい。だが、やがてもういちど礼をいうと、あわてて出ていった。マーゴがやってきて、ドアのところに立ち、一瞬無言で彼を見つめてから、立ち去った。

「明日ビー玉を買ってきてくれる？」その晩、夕食の席でボビーがいった。

「ビー玉だって？」

「いったじゃない。パパにいわれて捨てた蛙の支払いがまだ残ってるって」

「そうか、いくつだ?」

「三十五個。値段は六十個で、二十五個しかなかった」

ボビーは黙りこみ、コーンにとりかかった。フォークで三粒を慎重に突き刺し、歯でずらしてフォークからはずす。

「どうせ忘れるんだ」

黙って食べていたマーゴが顔をあげた。

「ボビー！」

「食べおわったよ」ボビーはすかさず立ちあがった。ランドルフにさっと視線を投げ、「どうせ忘れるに決まってる」といって、走っていった。

五分ほど沈黙がつづいたあと、マーゴが立ちあがり、皿を片づけはじめた。ランドルフは鼻梁に試金石をこすりつけていた。

「今夜はいっしょに寝たいわ」

「もちろんいいよ」ちょっと驚いて彼はいった。

彼女はランドルフのかたわらで立ち止まり、彼の腕に触れた。

「ただ眠るって意味じゃないのよ。愛してほしいの」

彼はうなずいた。

「わかったよ」

しかし、そのときが来ると、彼女は背中を向け、暗闇のなかに無言で横たわった。ランドルフは彼女の尻に無造作に片腕を載せたまま眠りこんだ。

電話が鳴って、彼はゆっくりと眠りからさめた。電話に出たのは、五度めのベルが鳴っているときだった。

代理店のハワードからだった。

「だいじょうぶか?」と彼はたずねた。

「おや、どうかしたのか」とランドルフ。

「十時をまわってる。きみが病気で、電話をかけられないのかもしれないと思ってね」

「十時をまわってるだって?」一瞬、その意味がわからなかった。そのときめざまし時計をかかえたマーゴが、キッチンからドアのところへ姿を現した。彼は今日が月曜日だと思いだした。

「一時間ぐらいで行く」すかさず彼はいった。「だいじょうぶだ。マーゴの気分があまりよくなくて。でも、もうだいじょうぶ」

マーゴが無表情のままベッドの隣の椅子に時計を置き、つかのま彼を見つめてから部屋を出ていった。

「たいしたことなければいいが」とハワード。

「ああ、だいじょうぶだ。すぐに行く」彼は電話を切った。

ベッドのへりに腰を降ろし、なにがあったのかを思いだそうとする。この二日は靄(もや)につつまれていた。なにかをなくしたのだろうか? 握っていたなにかを。

「三度も起こしたのよ」マーゴが静かな声でいった。部屋にもどってきており、腕組みして立っていた。その声は平静で、抑制がきいていた。「でも、あなたは起きなかった」

ゆっくりと記憶がよみがえってきた。ランドルフは昨夜試金石を手にしていた。だが、眠っているあいだにすべり落ちたにちがいない。彼はベッドカヴァーのあいだを探しはじめた。

「石を見なかったか？」

「なにを？」

「石だよ。落としてしまった」

短い沈黙が降りた。

「知らないわ。いまそれがそんなに大事なこと？」

「五ドルも出したんだ」あいかわらずベッドを探しまわりながら彼がいった。

「石ころに？」

彼はぴたりと動きを止めた。そうだ、石ころに五ドルだ、と彼は思った。まともには聞こえない。

「ラン、最近どうしちゃったの？　今朝ジーン・ブレイクが来たの。あなたの小切手を返して、謝っといてくれって。すごく動揺してたわ。本当はお金を貸したいわけじゃないだろうからって」

でも、ただの石じゃないんだ、とランドルフは思った。黒くて、すべすべの試金石なんだ。

「心配ごとでもあるの？」

うなじが急にぞくっとした。心配ごとだって？　いや、心配ごとなんてない。面倒なことになってるだけだ。

　彼は顔をあげた。

「今日外は冷えるかもしれない。手袋を探してもらえるかな？」

　彼女は一瞬ランドルフを見つめてから、廊下のクローゼットまで行った。ランドルフは起きあがり、着替えはじめた。ややあって彼女が手袋を持ってもどってきた。彼は手袋をはめた。

「いまはここもちょっと冷えるな」

　彼女がキッチンへ行ってしまうと、彼はまたベッドを探しはじめた。こんどは冷静に、注意深く。枕の下で試金石が見つかり、見もせずに紙袋へすべりこませた。袋をコートのポケットに突っこむ。

　代理店に着くと、できるだけうまく弁解したが、寝過ごしただけだと全員が知っているのはたしかだった。まあ、たいしたことじゃない……いちどだけなら。

　その晩、帰宅途中にあの店へ寄った。記憶のとおりで、同じ男がなかにいた。ランドルフを見ると、男は太い眉毛を吊りあげた。

「えらく早くもどってきたな」

「試金石を返したいんだ」とランドルフ。

「意外じゃないな。魔法の品を返しに来る人は大勢いる。そっちも本みたいに貸してるだけだと思うときもある」

「返金してくれるのかな?」

「全額は無理だ。こっちだって商売をつづけないといけない」

「いくら?」とランドルフ。

「一ドルだけだ」と男。「それでご不満なら、持っといてくれ」

ランドルフはつかのま考えた。石を持っているつもりはさらさらないが、一ドルではすくなすぎる。この石を投げ捨てたってかまわない……。

でも、そうすると、だれかが拾うだろう。

「ハンマーはあるかな?」と彼はたずねた。「この石は壊したほうがいいと思う」

「もちろんハンマーはあるよ」と男。デスクの下のほうの引き出しに手をさし入れ、古くて茶色い錆の浮いているハンマーをとりだす。

それをさしだし、「ハンマーの貸し賃は一ドル」といった。

ランドルフはきっと男をにらんでから、じつをいえば意外じゃないと思った。そう、この男だって商売をつづけないといけないのだ。

「わかった」彼はハンマーを受けとった。「石目は外側と同じくらいなめらかなんだろうか」

「ひょっとしたら、化石になった魂が出てくるかも」と男。「売りもののことをよく知らないんだ」

ランドルフは膝をつき、袋から出した試金石を床へ落とした。石はふらふらと輪を描いてころがり、動かなくなった。

「小さかったころ、石にはちょっとくわしかったんだ」とランドルフ。「よく浜辺で拾ったもんだ」

ハンマーを試金石に打ちおろすと、それは三つに砕けて床を跳ねていき、跳ねかえって止まった。いちばん大きな破片は、ランドルフの足もとにあった。

彼はそれを拾いあげ、店主が頭上の電球をつけた。ふたりはそろって石の破片をしげしげと見た。

化石があった。だが、ランドルフにはなんの化石かわからなかった。小さく、特にきわだったところはない。だが、見ていると、背すじに悪寒が走った。人間の胎児と同じように醜悪で、まだ形をなしていない。だが、古い古いものだった。人間に似たものが生まれる前に、世界の泥のなかで息絶えた生命の一種なのだった。

（中村融訳）

お隣の男の子

チャド・オリヴァー

チャド・オリヴァー　Chad Oliver (1928-1993)

作者はアメリカのＳＦ作家。人類学者との二足のわらじをはいて活動した。後者としてはテキサス大学で長らく教鞭をとり、学部長の地位にまで昇りつめた。

作家デビューは一九五〇年。名編集者アンソニー・バウチャーの薫陶（くんとう）を受けて才能を開花させ、バウチャーの尽力で刊行された第二長篇『太陽の影』（一九五四／ハヤカワ・ＳＦ・シリーズ）で評価を確立。以後、人類学の素養を活かして異星人との交流を描く『時の風』（一九五七／同前）、『異星の隣人たち』（一九六〇／同前）といった作品を著した。もっとも、わが国でいちばん著名なのは、世代宇宙船テーマの古典となった中篇「吹きわたる風」（一九五七）だろう。

アメリカ南西部の風土への愛着は、ＳＦ作品でも大きな特徴となっていたが、こちらを前面に押しだしたのが歴史小説で、そのうちの一冊 *Broken Eagle* (1989) は、ウェスタン・ヘリテージ賞を受けた。

オリヴァーは若いころカリフォルニアに住み、レイ・ブラッドベリ、チャールズ・ボーモント、リチャード・マシスンらが名を連ねる作家グループに所属していた。つまり、〈奇妙な味〉を広めるのに一役買ったわけだ。〈ファンタシー＆サイエンス・フィクション〉一九五一年六月号に発表された本篇を見れば、それも当然だとわかる。本邦初訳である。

スタジオの壁時計が五時をさした。ガラスの仕切りの裏で、禿頭のディレクターがハリー・ロイヤルに向かって右手をふった。

「やあ、また会えたね、みんな！」ハリーがはしゃいだ声でいった。

スタジオの若い聴衆は喜びで金切り声をあげた。ピンクのワンピースをまとった幼い少女が、盛んに手を打ちあわせた。ハリーは内心でうめき声をあげた。まったく、なんて商売だ！

「みなさん」満面の笑みを絶やさないよう注意して彼はいった。「また五時になりました、坊ちゃん嬢ちゃん、それがどういう意味かわかりますね！」聴衆のなかのおとなにウインクする――親にちがいない、と彼は思った。そうでなければ、どうして自分を拷問にかける？「ハハ。ZNOX局が、ここ古きよきホテル・マーフィーよりふたたびお送りしております、〈お隣の男の子〉、みなさんのお友だちがラジオを通じてみなさんに話しかける番組です。お相手はみなさんのおじさん（アンクル）ハリー・ロイヤル。おなじみの番組がまたはじまりました。みんな、今夜も元気かな？」

聴衆のなかの子供たちは、元気だと返事した。いつも元気だ、とハリーは陰気に思った。これからも元気だろう。力なく笑みを浮かべ、ボーイ・スカウトのお手本に見えるよう努力する。

「さて、みなさん」と彼は言葉をつづけた。「アンクル・ハリーは月曜から金曜まで、毎日このおなじみの小さな赤い箱から、みなさんのお名前をひとつ選びだし、その幸運な勝者をここ、古きよきホテル・マーフィーにお招きして、ラジオを通じて語ってもらいます」笑みがわずかにこわばった気がしたので、新しい笑みをこしらえる。「今日のゲストは、はるばるテラス・ハイツからお越しのジミー・ウォールズ君です」

拍手喝采。なぜだろう、とハリーは思った。ジミー・ウォールズはなにごとかを成しとげたのだろうか？　学校に放火したのだろうか？

ジミー・ウォールズがまじめくさった顔でハリーに目を向けた。見るからにやる気満々の少年で、ひと目で新品とわかるスーツを着ている。藁色の髪はぞんざいになでつけてあった。目は明るいブルー。ネクタイは曲がっている。

「さあ、怖がらないで、ジミー」とハリー・ロイヤル。

「怖がってないよ」とジミー・ウォールズがはっきり答えた。

「そうかそうか――それならいいんだ、ジミー。おっと――もうすこしマイクに近づいてもらえるかな。よし。いい感じだ。年はいくつだい、ジミー？」

「八歳。もうじき九歳」

同じ質問。同じ答え。これがはじめてではないが、子供なんか大っ嫌いだ、とハリー・ロイヤルは思った。どいつもこいつも。

「いいね、ジミー」と彼はいった。「いいね。ほんと、じつにいい。学校はどこへ行ってるの、ジミー？」

「テラス・ハイツ・スクール」とジミーは答えた。こうつけ足す。「行くときは」

「行くときはだって？　ハハ。ときどき学校をサボるなんて、アンクル・ハリーにいうつもりじゃないだろうね？」

「ときどき」とジミーは認めた。

ハリーはもういちど笑顔をこしらえた。こいつらは目新しいことか、でなければ興味深いことをいえないんだろうか？

（きみはあんまり頭がよくないんだね？）といいたかった。

「おなじみZNOXの番組ではどれがいちばん好きかな？」と彼はいった。

ジミー・ウォールズはちょっとのあいだ考えた。それから青い瞳をきらめかせ、「そうだ」と声をはりあげた。「〈鬼婆の小屋〉がいちばん好き。〈夜の恐怖〉も好きだよ！」

なるほど、とハリーは思った。快活で健康的なアメリカン・ボーイにすぎない。成長しつつある幼い精神にとって、ホラー番組に勝るものはない。

「ハハ」ハリー・ロイヤルはお義理でクスクス笑った。「その番組は怖くないのかい、ジミー？」

「怖いもんか」ジミーは憤然といい返した。

「ハハ。なるほど。そうか、そうか」ハリー・ロイヤルはいうことを探しまわり、やっと思いついた。「どうしてその番組がいちばん好きなんだい、ジミー？」

「人殺しの方法が好きだから」とジミーは即答した。「抜け目がないんだ！」その青い瞳が賞賛でキラキラしている。

ハリー・ロイヤルは一瞬言葉に詰まった。だが、すぐに気をとり直した。ハリー・ロイヤルを長く絶句させるものなどあってたまるか！

「でも、犯人はいつも捕まるんじゃないかい、ジミー？」と彼はいってみた。「犯罪は割に合わないんだよ」

スタジオのおとなたちに向かって大げさにウインクする。

「かもね」ジミー・ウォールズは渋々いった。

「ふむむむ。なるほど、なるほど。そうか、そうか」話題を変えたほうがいい、とハリーは判断した。そうとも。親や、局の重役や、ＦＣＣ（連邦通信委員会）がなにをいってくるか、わかったもんじゃない。彼は安全な話題を選んだ。「今週はなにをしていたんだい？」

「人殺し」とジミー・ウォールズが誇らしげに宣言した。

間。ハリーはいたたまれなくなってきた。

「ハハ」乾いた笑いをもらし、「おいおい、ジミー。ハハ。おいおい――正直がいちばんだよ」

「ぼくは正直だよ」ジミー・ウォールズはいいはった。足を床にこすりつけたので、磨きたてでピカピカ光る茶色い靴が汚れてしまう。「だれも信じてくれないけど」

「いや、信じるとも。きみがそういうのなら、ジミー。ハハ――ただのおふざけなんだよね！

ナイフを使うのかい、ジミー？　ハハ」

「ううん」ジミー・ウォールズがそっけなく答えた。

「そうか、そうか。そりゃあそうだ！　さすがは若い世代ですね！」ハリーはスタジオの聴衆に向かって大げさにウインクした。おとなたちのなかには弱々しく笑みを浮かべる者もいたが、子供たちは身じろぎもせず、ジミー・ウォールズの話に夢中で耳をかたむけていた。

「ほんとは信じてないくせに」とジミーがとがめた。「そういってるだけだ。いまにわかるよ」

ハリーは妙な気分だった。心配しているのでもなければ、怖じ気づいているわけでもない。そういうことじゃない、と彼は自分に請けあった。もちろん、そうじゃない。ただ――なんというか、おかしな気分なのだ。

「ねえ、ジミー」われながら賢明だと思いながら彼はいった。「もしきみが人殺しなら、どうして捕まらないんだい？　犯罪は割に合わないんだよ！　ハハ。そうとも。正直がいちばんだ。ZNOXを聞いて、耳にしたことを片っ端から試すんだろうね？」

「そんなことはしないよ」ジミー・ウォールズは顔に嫌悪の表情を浮かべた。

「じゃあ、どうやるんだい？」ハリーは捨て鉢になってきた。「きみはおそろしく抜け目がないにちがいないね」

「それほどじゃないよ」

ハリー・ロイヤルは新しい笑みをこしらえた。壁の時計にちらっと目をやる。あと七分。べつの角度を試そう。

「それなら、きみはアンクル・ハリーをからかっていただけなんだね、ジミー？　ハハ。たしかに、きみにはきわどいユーモアのセンスがあるね」

「まさか、ちがうよ」ジミー・ウォールズはきつい襟を神経質に引っぱった。「わかってないな。ぼくは大勢の人を殺したんだ」

　ハリー・ロイヤルは眉間にしわを寄せた。それから、自分の立場を思いだして、微笑で通りそうな表情に変えた。本番が終わるまでだ――彼は自分にそういい聞かせた。すこしだけ気分がよくなった。小細工抜きで話をする時間だ。

「ねえ、ジミー」彼は愛想よくいった。「そういう話をするなら注意したほうがいいよ。もちろん、このわたしはわかってる――おなじみのアンクル・ハリーは子供をよくわかってるからね。でも、ほかの人は誤解するかもしれない。そうしたら、きみはどうする？」

「アンクル・ジョージがあと始末してくれるよ」

「アンクル・ジョージだって？」

「アンクル・ジョージ」

　ハリー・ロイヤルは、異様な悪寒が背すじを走りぬけるのを感じた。脚に小さな氷の結晶をつけた冷たいムカデが通ったかのようだった。ハリーはそれが気に入らなかった。なにかがまちがっている。それがわかった。もしかしたら、ジミーはずっとふざけていたのかもしれない――もちろんそうだ。そうに決まってる！　だが、素人――特に子供――は、めったに冗談を放送に乗せない。たとえ前もって用意していても。マイクを前にするとなんとなく――

「アンクル・ジョージはたいした人間にちがいないね」という自分の声が聞こえた。

「とんでもない！」とジミーが抗議した。

「じゃあ、優秀じゃないってことかい？」

「人間じゃないってことだよ。アンクル・ジョージは人間じゃない」

ハリーはしゃべりつづけることにした。

「なるほど、なるほど」なにがなるほどなのか、さっぱりわからない。「脚が十二本ある青いこびとかな？　ハハ」ハリーは聴衆に向かってなんとかウインクしたが、笑顔はあきらめた。おとなのうちの数人が愕然としているのに気づく。ひとりの老婦人は、感心しないといいたげに眉をひそめていた。まずいな。子供たちは畏怖に打たれ、うらやましがっているようだ――キラキラ光る目とあんぐりとあいた口の合成写真。悪鬼だ、とハリーは思った。

「十二本の脚があるこびとじゃないよ、アンクル・ジョージは」ジミー・ウォールズがきっぱりといった。「それなら恐ろしいもの。アンクル・ジョージは人間みたいに見えるよ」

「でも――人間じゃないんだね？」前もって答えはわかっていたが、ハリーはたずねた。

「うん」

「どうしてわかるの？」

「わかるから」

それは狂った会話だった――どこで交わされようと狂っている。だが、ラジオではおよそ考えられない。ハリー・ロイヤルは気をもんだ。この件でおとがめがあるだろう。彼はなんとかこの場をおさめようとした。

「さて」と彼は陽気にいった。「ラジオをお聞きのみなさんは、楽しい時間を過ごされたにちがいありませんね、ハハ。そうです。この〈お隣の男の子〉に本物の人殺しが登場するなんて、ざらにあることではありません、ハハ。しかし、みなさんはきっとボビー・ボイルをご記憶でしょう。自分は狼男だといった少年です。若者の想像力には限界というものがありません。きわめて健康なしるしでもあります――このハリー・ロイヤルがいうのですから、まちがいありません」

彼はジミーに向きなおった。ハリーがラジオのリスナーに語りかけているあいだ、ジミーは黙りこくっていた。

「大きくなったらなんになりたい、ジミー？」安全な話題を探して彼はたずねた。「消防士かな？　連邦捜査官かな？」

ジミー・ウォールズは考えこんだようだった。やがて、「ううん」と、だしぬけにいった。その青い瞳をきらめかせ、「ぼくがなりたいのは――」

ある恐ろしい考えがハリーの脳裏をよぎり、彼はジミーの言葉をさえぎった。

「野球の話をしよう」彼は明るく声をはりあげた。「すばらしいスポーツだよ、野球は。賭けてもいいが、きみは野球が好きなんだろう、ジミー？」賭けてたまるか、と内心で彼はいった。

「うん、まあね」ジミーは話に乗る気はないようだった。

「賭けてもいいが、試合中継を聞くとき、本当に興奮するだろう？」ハリーはしつこくつづけた。

「うん」とジミー。「野球よりもっと楽しいものが——」

「フットボールだ」ハリー・ロイヤルが代わっていった。「フットボール。すばらしいスポーツだ」スタジオの時計を陰気に見つめる。あと二分。

「そうじゃなくて——」ジミーが辛抱強い口調でいいかけた。

「ハハ。まさか、人殺しの話をする気じゃないだろうね、ジミー。男の子はいつまでたっても男の子だ！　アンクル・ハリーはわかってるよ。わざわざ説明しなくていいんだ」

生まれてはじめて、ハリー・ロイヤルはなにをいえばいいのかわからなくなった。スタジオの聴衆にもういちどウインクして、ジミーがまた身の毛のよだつ話をはじめる前に切りあげることにした。

「ねえ、ジミー」彼は陽気にいった。「〈お隣の男の子〉に出てくれて、本当に楽しかったよ。きみのお友だちも、みんなきみの話を楽しんでくれたはずだ。残念だけど、あの古時計が時間切れだといってる。さようなら、ジミー・ウォールズ！　すぐにもどってきてくれることを願ってるよ」おれの死体を越えてな、とハリーは思った。

「さようなら、ミスター・ロイヤル」とジミーは礼儀正しくいった。

「さようなら」ハリーは言葉をつづけた。「ハハ。今晩の〈お隣の男の子〉はいかがでしたか。みなさんがアンクル・ハリーと同じくらいジミー・ウォールズの話を楽しんでくださったのならいいのですが。では、明日また、同じ時間、同じチャンネルで、おなじみのＺＮＯＸが、こコホテル・マーフィーでみなさんとわたしのお気に入りの番組、〈お隣の男の子〉をお送りするときに。そのときまで、みなさんのむかしなじみ、このハリー・ロイヤルが、みなさんのおひとりおひとりが愉快な夕べを過ごされるよう祈っています」

ハリーはディレクターに合図し、マイクを切った。短くため息をつく。なんてざまだ！ どうやって説明すればいいんだ？ もちろん、おれのせいじゃない。おれはできるだけのことをした。でも、オフィスの重役たちにそういってみろ！ 彼はその機会が待ち遠しくはなかった。

スタジオはいまやがらんとしていた。静寂が防音室に重く垂れこめており、音といったら外の廊下からもれて来るものだけ。見ているうちにも、列の最後尾の聴衆がドアを抜け、その背後でドアが閉まった。ディレクターさえ立ち去っていた。あたりは静まりかえっていた。

「ミスター・ロイヤル？」と訊く小さな声。

ハリーはのろのろとふり返った。いまの声が聞きまちがえであればいいのに、とはかない望みをいだいて。しかし、聞きまちがいではなかった。ジミー・ウォールズだった。ステージの上でパイプ椅子のひとつにすわっている。

「ここでなにをしてる？」とハリーはきつい声で訊いた。ひどく居心地が悪かった。「迎えが来ないのかい？」

「はい」

「そうか、じきに迎えが来るだろう」ハリー・ロイヤルは請けあった。「きみと知りあえてよかった」彼は立ち去ろうとした。

「ミスター・ロイヤル?」

ハリーは足を止めた。

「なんだい?」と鋭い声が出た。

「迎えが来るまで、ここでいっしょに待ってもらえませんか。ここは怖いんです」ジミー・ウォールズは、まばゆいスタジオの照明を浴びて、小さく、怯えているように見えた。

ハリー・ロイヤルはためらった。彼はスタジオが好きではなかった。とりわけからっぽのスタジオは。気味が悪い。静かすぎる。だが、いまは自分から窮地を招いた形だった——子供をひとりぼっちでここに置き去りにして、それがお偉方に知れれば、ろくなことにはならないだろう。けっきょく、と彼は自分にいい聞かせた。ただの小さな子供じゃないか。

「きみが怖いだって?」彼は神経質な笑い声をあげた。「そいつはいいや」

「ほんというと、ひとりきりだと怖いんです、ミスター・ロイヤル。ここに置いていかないで」ジミー・ウォールズは大きな青い瞳で哀願するように彼を見あげた。

「ご両親が迎えに来るのかい?」すこし気が和らいで、ハリーはたずねた。

「いいえ」

「たしか迎えが来るっていわなかったか」

「いいました。アンクル・ジョージが迎えに来るんです」

例の氷でできたムカデが、またしてもハリーの背すじを走りぬけた。からっぽの観客席がずらりと並ぶ人けのないスタジオが強烈に意識された。完全にふたりきりだ。あの防音壁ごしにはだれにも音が届かない。彼は目の前の小さな姿をじっくりと見た――幼く、青い瞳をした姿を。

ただの子供じゃないか。リラックスしろ！

「アンクル・ジョージか」ハリーは言葉を選ぶようにしていった。「きみのためにあと始末をしてくれるんだったね」

「ええ、そうです！　どうすればいいか教えてくれるんです。ほんとに頭がいいんですよ！」

「人間のように見えるけれど、そうじゃないんだったね」ハリー・ロイヤルは、そういう自分の声を聞きたかった。そういったら気分がよくなった。なにもかもが、あまりにもばかげている。

「そう、見ればわかります」

「たしかにきみの想像力はたいしたもんだよ、ジミー」ハリーは、それが想像力の産物であってほしかった。想像力の産物のほうがましだ。彼は考えこみながらジミー・ウォールズに目をやった。ジミー・ウォールズが同じように彼を見返した。

「きっといいことがありますよ」とジミーが唐突にいう。

ハリーは周囲に静寂が迫るのを感じた。どういうわけか、笑えなかった。もうちっともおかしくない。迎えが来ても来なくても、そろそろ立ち去る潮時だ。

足音。

「やっとアンクル・ジョージが来た」とジミー。

足音はスタジオのドアの外側でいったん途切れた。アンクル・ジョージがはいってきた。

「ほらね」ジミー・ウォールズが誇らしげにいった。「人間みたいに見えるでしょ」

ハリー・ロイヤルは安堵のあまり深々と息をした。アンクル・ジョージは人間だった。もちろん、そうに決まってる！　赤ら顔をした太めの小男。歩きながらゼイゼイと息を切らしている。保守的な灰色のスーツ、使いこんだヒッコリーの杖にハリーは気づいた。

ジミー・ウォールズがうれしそうに手をふった。

「ハイ、アンクル・ジョージ！」

陽気な太めの小男がハリー・ロイヤルに白い歯を見せ、愛情をこめてジミーを軽くたたいた。

「やあ、ジミー！　いい子にしてたか！」ハリー・ロイヤルに向きなおり、手をさしだす。

「ジョージ・ジョンスンと申します」彼はクスクス笑った。甘い、ゆたかな声で、人柄のよさが伝わってきた。「お待たせしたのでなければいいのですが。放送を聞かせてもらいました。しかし、やむを得ない事情で遅くなりまして」

「アンクル・ジョージは、陽が出ているあいだ外へ出ないんだ」とジミーが説明した。

ジョージ・ジョンスンはさも愉快そうに笑い声をあげ、ハリーと握手した。しっかりした、気持ちのいい握手だった。

「ジミーの話で気を悪くなされなかったのならいいのですが」と彼は気づかうようにいった。

「まさか」とハリーは嘘をついた。「この子はたいへんな想像力の持ち主ですね」

「そうです、そうです！　ジミーはたいへんな子です。だよね、ジミー？」

ジミー・ウォールズは照れてもじもじした。

「ハハ」ハリー・ロイヤルが笑い声をあげた。「ジミーは、あなたの助けを借りて人殺しをしたとずっといっていたんです」ジョージ・ジョンスンにウインクする。

「助けてくれるんだ」とジミーがいいはった。「そうだよね、アンクル・ジョージ?」

「頼りにしてくれていいよ」とアンクル・ジョージが請けあった。「頼りにしてくれていいよ、ジミー」笑顔のハリー・ロイヤルに大げさなウインクをする。

ジョージ・ジョンスンがジミーのネクタイを直してやり、陽気な笑い声をあげた。「さあ、ジミー」彼は促した。「ミスター・ロイヤルにさよならをいいなさい」

「さようなら、ミスター・ロイヤル」と青い瞳に喜びをきらめかせてジミー。

「さよなら、ジミー!」ハリー・ロイヤルは返事をした。いまは気分がよかった。「またの機会に、ミスター・ジョンスン!」

「そうですとも、そうですとも」アンクル・ジョージが威勢よくいった。ジミー・ウォールズを促してドアへ向かい、スタジオから出ていく。陽気な太めの小男が、赤ら顔を輝かせてハリー・ロイヤルをふり返った。

ハリー・ロイヤルは笑い声をあげ、特大のウインクをした。

アンクル・ジョージがにっこり笑い、また背中を向けた。

あいつはなにをしてるんだ? いったいいいいなにを――

ハリー・ロイヤルの心臓が喉から飛びだしそうになった。その顔が不意に青ざめ、彼は切れているマイクを必死につかんだ。

アンクル・ジョージはスタジオのドアから彼に背中を向けていた。それはべつに悪くない。どこも悪くない。だが、禿げた後頭部のどまんなかに、大きな青い瞳があったのだ。それは彼にウインクした。おぞましいほど規則正しく、何度も何度も。ウインク——歩く——ウインク——歩く——ウインク——

ハリー・ロイヤルはジミー・ウォールズの姿をちらっと目に捉えた。その小さな、熱意あふれる顔が、スタジオの出口から一心にのぞいていた。大きくみはった青い瞳を期待で輝かせながら。


（中村融訳）

古屋敷

フレドリック・ブラウン

フレドリック・ブラウン　Fredric Brown (1906-1972)

　SFとミステリを股にかけて活躍する作家は多いが、作者もそのひとり。名前からわかるようにドイツ系のアメリカ人で、一九三〇年ごろからジャーナリズムの世界に身を投じ、新聞社や出版社を転々とするかたわら小説を書きはじめた。まず名をあげたのはミステリのほうで、一九三八年にデビュー。『シカゴ・ブルース』(一九四七／本文庫)でエドガー賞の処女長篇部門を受賞し、これを嚆矢(こうし)とする《エド・ハンター》シリーズのほか、異常心理をあつかったサスペンス『通り魔』(一九五〇／同前)などを著した。

　著作の三分の二はミステリだが、影響力の点ではSFに軍配があがる。とりわけユーモアSFの分野での活躍はめざましく、奇抜な発想、軽妙な話術、意外な結末と三拍子そろったその作品は、SF啓蒙(けいもう)の役割を果たした。それらは『宇宙をぼくの手の上に』(一九五一／創元SF文庫)、『天使と宇宙船』(一九五四／同前)といった短篇集にまとめられている。どれを読んでも面白いが、名人芸の域に達したショートショートの冴えが楽しめる『未来世界から来た男』(一九六一／同前)が圧巻。

　ところで、その『未来世界から来た男』だが、邦訳のさい割愛(かつあい)された小品が四篇ある。〈ファンタスティック〉一九六〇年八月号に初出の本篇もそのひとつ。邦訳は四十年前に雑誌に載ったが、本書のために新訳を起こした。

彼は玄関ポーチの上でためらい、背後にのびる緑の並木道と黄色い畑、遠くの丘、まばゆい陽光を見おさめにじっくりと眺めた。それからドアをあけ、なかへはいった。背後でドアがさっと閉まった。

カチリと音がしたので、ふり向くと、目にはいったのはのっぺりした壁だけだった。ノブもなければ鍵穴もなく、ドアの縁（ふち）は――縁があるとすれば――彫刻のほどこされた羽目板にぴたりとおさまっているので、輪郭の見分けがつかなかった。

目の前に蜘蛛の巣の張った廊下があった。床にはほこりが厚く積もっており、そのほこりのなかに、非常に細い二本の筋がくねくねとのびている。二匹のとても小さな蛇か、二匹のとても大きな芋虫の這った跡だとしても不思議はない。その筋はあまりにもかすかなので、気がついたのは右手にある最初のドアの前へ来たときだった。ドアの上には古い英語の書体で「常に忠誠を（センペル・フィデーリス）（米国海兵隊の標語）」と銘刻があった。

このドアの向こうに小さな赤い部屋があった。大きなクローゼットとたいして変わらない広さだ。この部屋に一脚きりの椅子が横倒しになっていた。一本の脚が折れ、かろうじてぶらさがっている。手前の壁に絵が一枚だけかかっていた。額縁にはいったベンジャミン・フランクリンの肖像である。それは斜めになっており、絵をおおうガラスはひび割れていた。床は塵(ちり)ひとつなく、部屋は掃除されたばかりのようだった。床の中央にキラキラ光る偃月刀(えんげつとう)がころがっていた。柄に赤いしみが点々とつき、刃に緑のぬるぬるが厚くこびりついている。それらをべつにすれば、部屋にはなにもなかった。

この部屋に長いことたたずんだあと、彼は廊下を横切り反対側の部屋にはいった。その部屋は大きく、小さな講堂なみの広さがあった。しかし、むきだしの黒壁のせいで一見すると小さく感じる。紫のビロードを張った劇場の座席が何列も並んでいたが、舞台も演壇もなく、空白の壁に面している座席の列は、壁ぎわからはじまっていた。部屋にはほかになにもなかったが、いちばん近い座席の上にプログラムが整然と積みあげてあった。そのうちの一冊を手にとると、裏表紙に広告がふたつ載っているほかは白紙だった。ひとつは虫歯予防歯ブラシの広告、もうひとつはサブ・ローザ（内密という意味がある）分譲住宅の広告である。プログラムのはじめのページに、鉛筆で「ガーフィンクル」という単語か名前が書かれていた。

彼はプログラムをポケットに突っこみ、廊下へもどると、階段を探して進んでいった。

ある閉じたドアの前を通りかかると、その裏でだれかがハワイアン・ギターらしき楽器を奏でていた。どう聞いても素人の演奏だった。そのドアをノックしたが、返ってきたのは、あたふたと走る足音と沈黙だけ。ドアをあけて、なかをのぞくと、シャンデリアからぶらさがっている腐乱死体が見えた。吐き気をもよおす臭いがわっと襲いかかってきて、彼はあわててドアを閉め、階段まで歩きつづけた。

階段は狭く、曲がりくねっていた。手すりはなく、できるだけ壁にはりついて登った。いちばん下から七段めまではきれいに掃除されていたが、七段めより上は、二本の蛇行する筋がまたほこりのなかにのびていた。上から三段めで筋は合流して消えていた。

右手にある最初のドアをはいると、そこは贅沢な調度品をしつらえた広々とした寝室だった。彫刻のほどこされた柱つきのベッドにすぐさま歩みより、カーテンを寄せた。ベッドはきちんとととのえられており、皺をのばした枕に紙切れがピンで留めてあった。紙切れには女性の筆跡で「デンヴァー、一九〇九年」と走り書きされていた。その裏側にべつの筆跡で代数の方程式がインクで書かれていた。

彼はこの部屋をそっと出て、ドアのすぐ外側でぴたりと足を止めると、廊下をはさんだ黒いドアの向こうから聞こえてくる音に耳をすました。

それは耳慣れない言葉で詠唱する男の太く低い声だった。仏教徒の念仏のように、単調な韻律で高まったり低まったりしながらも、「ラグナロク」という言葉をしきりにくり返している。その言葉にはなんとなく聞きおぼえがあった。その声は自分の声のように聞こえたが、いろいろなものに邪魔されてはっきりしなかった。

彼が頭を下げて立っていると、やがて声が途絶え、かわりに陰鬱な震える静寂と薄暮が、熟練した盗賊のように音もなく廊下に忍びこんできた。

と、まるで目がさめたかのように、彼はいまや静まりかえった廊下を歩きだし、やがて三番めの、最後のドアに行き当たった。上部の羽目板に彼の名前が小さな金文字で記されていた。ひょっとしたら、薄暗い廊下で文字が光るよう、金にラジウムが混ぜてあるのかもしれない。ノブに手をかけたまま、長いこと彼は立っていた。やがて、とうとうなかへはいり、ドアを閉めた。ラッチ錠がカチリと鳴る。そのドアは二度と開かない、と彼にはわかった。それがわかっても、恐れる気持ちはなかった。

暗闇は実体をそなえた黒いものであり、マッチを擦ると、ぱっと彼から飛びのいた。その部屋はウィルミントン郊外にあった父親の屋敷の東側の寝室、彼が生まれた部屋そっくりだった。それで蠟燭(ろうそく)をどこで探せばいいのかがわかった。引き出しのなかに二本と、短くなった三本めがあった。一本ずつ灯せば十時間近く保つはずだ。彼は最初の蠟燭に火をつけ、壁の真鍮(しんちゅう)の腕木にさした。蠟燭の光を浴びて、椅子のひとつひとつ、ベッド、ベッドのそばにある小さな揺(ゆ)り籠(かご)が躍る影を床に投げかけた。

テーブルの上、母親の裁縫籠のかたわらに、〈ハーパーズ・マガジン〉一八八七年三月号が置いてあり、彼はそれをとりあげると、パラパラとページをめくった。

とうとう雑誌を床へ落とし、だいぶ前に亡くなった妻のことをなつかしく思いだした。ともに過ごした歳月のささやかな出来事がつぎつぎと思いだされるにつれ、彼の口もとがほころんだ。刻々と時が過ぎるあいだ、彼はほかにもいろいろなことを考えた。

九時間たたないうちに蠟燭が残り半インチとなった。暗闇が部屋の遠い隅に集まり、じりじりと近寄ってきはじめた。そのとき彼は悲鳴をあげ、手の皮がむけて血まみれになるまでドアをたたき、かきむしったのだった。

（中村融訳）

M街七番地の出来事

ジョン・スタインベック

ジョン・スタインベック　John Steinbeck (1902-1968)

いわずと知れたノーベル賞作家。大恐慌を背景に、干魃で移住を余儀なくされた中西部の農民たちの苦闘を描いた『怒りの葡萄』（一九三九／新潮文庫）と、南北戦争から第一次世界大戦を背景に、カリフォルニアの一家族の盛衰を活写した『エデンの東』（一九五二／ハヤカワepi文庫）で揺るぎない地位を築いたアメリカ文学の巨匠である。ほかの代表作に『二十日鼠と人間』（一九三七／新潮文庫）、『赤い子馬』（一九四五／同前）などがある。個人的にはネイチャー・ライティングの古典『コルテスの海』（一九四一／工作舎）もあげておきたい。大阪教育図書より全二十巻におよぶ全集が出ている。

スタインベックには〈奇妙な味〉と呼べる作品がいくつかある。その最たる例は、都筑道夫が「近代怪談の辿りつきえた最高の作品」と激賞した「蛇」（一九三五）だろう。生物学の研究所を舞台に、ふらりとやってきた若い女と研究者のやりとりを綴ったもので、事件らしい事件はなにひとつ起こらないのに、異様な緊迫感がみなぎっている。たしかに、読後、悪夢にうなされそうな作品である。

と煽っておいてなんだが、本書に収録したのは、それとは打って変わったユーモラスな短篇。初出は〈ハーパーズ・バザー〉一九五五年四月号。邦訳は三十五年以上前に雑誌に載ったきりになっていたが、訳者が大幅に手を入れた改稿版でお目にかける。

わたしとしては、できることなら詮索好きな世間から、今回のいささか奇妙な事件——過去一カ月間、わたしをすくなからず困惑させてきたこの不思議な事件——のことは、隠しておきたかったのである。もとより、近所でうわさがささやかれていることは知っていた。じつのところ、この界隈で流れている歪曲(わいきょく)されたうわさの一部は、わたしの耳にもはいってきていたのだ——いや、急いで訂正させていただくが、そのなかにこれっぽっちの真実も含まれていない風説の一部は、と言うべきかもしれない。だが、いずれにせよ、このことを内証にしておきたいというわたしの願いは、きのう、無残に打ち砕かれてしまった。というのは、おなじ物書き仲間の二人が訪ねてきて、この話——というより、より正確には、ある話——が、ついにわたしの住む区(アロンディスマン)の外にまでもれだしたことを教えてくれたからである。

となれば、これが世間に知れわたるのは時間の問題であるから、さしせまったこの危機にかんがみ、ここはむしろわたしのほうから先手を打って、〝M——街七番地の出来事〟として知られるようになったこの事件の真相を発表してしまう、これがフェアな行きかただろう。そうすることによって、一見怪奇性(ビザルリー)を帯びていないでもないこの一連の出来事に、くだらぬ尾鰭(おひれ)がつけくわわるのを避けることもできるはずだ。そんなわけで、これからわたしは、その出来事を論評ぬきでありのままに記述し、事態をどう受けとめるかについては、おおかたのご判断にまかせようと思う。

この夏のはじめ、わたしは家族を連れてパリにき、M——街七番地のこぢんまりしたきれいな家に住むことになった。この家は、かつては隣接する宏壮な邸宅の厩だったところで、これを含めて、屋敷全体は、現在、あるフランス貴族の所有となり、屋敷の一部には、いまもこの貴族の一家が住んでいるのだが、これが、なんとも時代ばなれしているというか、純粋そのものというか、家族そろって、いまだに、ブルボン家はフランスの王位継承者として受け入れがたい、と考えているような一家なのである。

この屋敷のうちの、きれいに改装された、こぢんまりした厩——といっても、みごとな石畳みを敷きつめた中庭を見おろす三階建ての建物だが——に、わたしは肉親の家族だけを連れて引き移ってきたのだった。家族とは、すなわち、妻と、三人の子供（二人の男の子と、成人した娘ひとり）、そしてむろんわたし自身である。使用人は、門番——これは家の備品の一部と言ってもいいだろう——のほかに、とびきり腕のいいフランス人のコックがひとり、スペイン人のメイドがひとり、それにスイス国籍を持つわたしの秘書で、これは、高い学識と高邁な野心を持ち、よくその高さに匹敵しうるのは、彼女自身の高潔な道徳心のみ、といった女性である。だいたいこういったところが、これからわたしが物語ろうとする事件が起きたときの、わがささやかなる一家の顔ぶれであった。

ところで、この事件においてそのきっかけとなったものを探すとすれば、その責め、というより、むしろその重責――たとえ本人はなにも知らなかったにせよ――を負うべきは、わたしの下の息子、ジョンを措いてほかにあるまい。ジョンは八歳になったばかりの活発な子供で、独特の愛嬌と、反っ歯（そっぱ）とが特徴である。

この若き紳士は、生まれてから数年間のアメリカ暮らしのあいだに、かの奇妙なアメリカ特有の風習――風船ガムを噛むという風習――を身につけてしまっていた。その愛好ぶりたるや、たんなる習慣を脱して、偏執狂めいた域にまで達し、この夏の初めのパリにおける喜ばしい変化のひとつは、こんな末っ子ジョンがついうっかり、かのおぞましいアメリカ産の物質を持ってくるのを忘れた、という事実に根ざしていた。実際、口中の異物に妨（さまた）げられないおかげで、彼のしゃべりかたはより明確になり、目のなかのうっとりしたような表情も消えていった。

だが悲しいかな、かかる喜ぶべき事態は長くはつづかなかった。わが家の古くからの友人のひとりが、旅行でヨーロッパへき、親切心から子供たちへの土産として、このおそるべきガムを食べきれないほど持ちこんできたのだ。かくして、わが家ではおなじみの事態がふたたび現出した。言葉は、巨大なガムのかたまりを押し分けつつ唾液の海を進み、こわれた水道栓さながらの音とともに、口からとびだしてくる。あごはたえずもぐもぐと動いて、顔にせいぜいよく言っても苦悶に似た表情を与え、いっぽう、目は光を失って、たったいま死んだ豚の目のようになる。わたしは、子供たちになにかを禁ずることをもって躾（しつけ）の方針としてはいないから、どうやらこの夏ははじめに期待したほど、愉快なものにはなりそうもない、そう考えて、あきらめることにした。

だがわたしとて、ときには日ごろの自由放任主義（レッセ＝フェール）にしたがえないこともある。たとえば、小説とか戯曲、あるいはエッセイなどの構想を練っているとき、言いかえれば、最高度の精神集中を必要とするときには、自己の心の平安と仕事の能率のためにも、専制君主的なルールを布（し）かざるを得ないのだ。こうしたルールのひとつに、わたしが考えをまとめようとしているときには、ぜったいにチューインガムを嚙んだり、ふくらませたりしてはならないという一条があり、これは、末っ子ジョンには徹底的にたたきこまれているルールだから、彼もそれを自然の法則のひとつと見なして、それに不服を唱えたり、その裏をかこうともくろんだりすることはない。わたしが仕事をしているときに、しばらく書斎へきて、そばにおとなしくすわっているというのは、ときおりの彼の喜びであり、わたしの慰めでもあるが、そんなときも、静かにしなければいけないことは彼も知っていて、その性質の許すかぎり長くそこにすわっていたあとは、またそっと出てゆき、そのあとは二人とも、口には出されぬ父子のきずなを確認して、心が豊かになっているのを覚えるのである。

三週間前のある午後遅く、わたしはデスクにむかって、《フィガロ・リテレール》に載せる短いエッセイを書いていた。これはのちに、〝衣裳哲学（サーター・リサータス）〟ならぬ『サルトル・リサータス』の題で発表され、多少の論議を呼んだものだが、ちょうどわたしがこのなかの、〝霊魂にはいかなる衣裳が適切か〟というくだりにさしかかったとき、なんとも驚きかつ残念に思ったことに、風船ガムの破裂する、まぎれもないぽんという軽い音が聞こえてきたのである。わたしはきびしい顔で息子をかえりみ、彼がなおもガムを噛みつづけているのを認めた。その頬はばつが悪そうに赤らみ、あごの筋肉は、硬直したように張りだしている。

「ルールは知っているだろう」わたしはいかめしく言った。

意外なことに、息子の目には涙が浮かび、なおも大きくあごを動かして咀嚼(そしゃく)をつづけながらも、彼は口中の巨大なガムのかたまりを通して、どうにか、「ぼくがやったんじゃないよ!」と聞こえる言葉をしぼりだした。

「どういう意味だ、おまえがやったんじゃないとは?」かっとなって、わたしは叱りつけた。「はっきりと聞こえたぞ。それにいま、はっきりとこの目で見ている」

「お、お、おとうさん!」息子はうめいた。「ほんとにぼくがやったんじゃないってば。ぼくがガムを噛んでるんじゃない――ガムがぼくを噛んでるんだ」

ちょっとのあいだ、わたしはまじまじと息子を見据えた。この子はもともと嘘をつく子ではない。なにかよっぽど得になることでもなければ、不正直なことは言わない子だ。一瞬、わたしの脳裏にひらめいたのは、風船ガムの害がついに頭にきて、息子の理性が冒されはじめたという、ぞっとする考えだった。もしそうなら、ここは腫れ物にでもさわるように扱ったほうがいい。ゆっくりとわたしは手をさしだすと、「ここに出しなさい」と、穏やかに言った。

息子は勇を奮ってガムを口から引き剝がそうとしはじめた。それから、泣き声になって、「とれないよう」と訴えた。

「口をあけなさい」わたしは言うと、指を息子の口につっこみ、その大きなガムのかたまりをしっかりつかんだ。そして、何度も何度も指をすべらせながら、苦心惨憺してその醜怪なかたまりをひっぱりだすと、それをデスクの上の白い原稿用紙の束の上に置いた。

ちょっとのあいだ、それは原稿用紙の上でふるえているように見えたが、やがて、目を丸くして見ている息子とわたしの前で、ゆったりと波打つように動きはじめ、ふくらんだり、しぼんだり、ちょうど口中で噛まれているときとそっくりの動きを示しはじめた。

長いあいだわたしたちはその動きを見まもり、そのあいだわたしは、なにかこれにたいする説明はないかと、あれこれ知恵をしぼった。おそらくわたしが夢でも見ているのか、でなくば、これまで知られていないなにものかの精が、その、デスクの上でゆったり息づいている風船ガムのなかには宿っているのだろう。わたしはこれでも知能に欠陥はないつもりだ。そのいやらしくうごめくものをじっと注視しているうちに、わたしの頭のなかには、ありとあらゆる思考の断片やおぼろげな認識がとびかった。ややあって、ようやくわたしは言った。「いったいいつごろから、こいつはおまえを噛みだしたんだ?」

「ゆうべからだよ」と、息子。

「で、はじめにこいつの——こいつの——おかしな傾向に気がついたのは、いつだ?」

息子はあけっぴろげな、正直そのものの態度で話しはじめた。「信じてほしいんだ、おとうさん。ゆうべ、寝る前にぼく、いつものとおりそれを枕の下に入れておいた。夜中にふっと目がさめてみると、それが口のなかにはいってるんだ。それで、もとどおり枕の下にもどしたんだけど、けさ、目をさますと、また口のなかにはいってる。そのときはおとなしくじっとしてたけど、そのうちぼくが完全に目をさますと、それもかすかに動きだして、いくらもたたないうちにぼく、もう自分ではガムを思うように動かせなくなってるのに気がついた。ガムにはガムのあたまができちゃったんだ。ぼくはガムを出そうとしたけど、いくらやってもとれない。ほんとだよ、おとうさん。いまだっておとうさんが力いっぱいやって、ようやくひっぱりだせたくらいでしょう？　それでぼく、おとうさんに助けてもらおうと思って、手があくまで待つつもりで、書斎にきたんだ。ねえ、おとうさん、いったいなにが起こったんだと思う？」

わたしの理性は、いまや完全にその癌性の腫瘍状のものに占められてしまっていた。

「考えてみなきゃならんな」わたしは答えた。「こいつはいささか常軌を逸した出来事だ。調べもしないで、このまま見過ごしてしまってはよくない」

わたしがそう言っているうちに、ガムの態様に変化が生じた。そいつは自ら咀嚼するのをやめ、しばらく休んで考えているようだったが、やがて、ゾウリムシのたぐいの単細胞生物に似た流れるような動きで、まっすぐわたしの息子のいるほうへと、デスクの上を横切りはじめたのだ。一瞬、わたしは驚愕に打たれて立ちすくみ、そいつの意図を把握することができずにいた。そのかんにそいつは息子の膝に落ち、シャツの胸もとをもぞもぞと這いのぼりだした。ここにいたって、ようやくわたしはさとった。そいつは息子の口のなかに這いもどろうとしている。息子は恐怖に全身が麻痺したかのごとく、ぼんやりその動きを見おろしているだけだ。

「止まれ！」わたしはどなった。遅まきながら、かわいい三人目の子が危険にさらされているとさとったからで、このようなときには、わたしといえども、殺人と紙一重の暴力をふるうことができる。わたしは息子のあごからその憎い怪物をひっぺがすと、大股に書斎を出て、居間へ行き、そこの窓をあけて、にぎやかにひとびとの行きかうM——街のまっただなかへと、思いきりそれを投げとばした。

わたしは思うのだが、子供がのちのち悪夢や精神的外傷(トラウマ)のもとになりそうなショックを受けたときには、できるだけそれを軽くしてやるのが親の務めである。書斎にひきかえしてみると、幼いジョンは、いまだにわたしが出ていったときそのままの場所にすわっていて、凝然と宙を見つめていた。眉間には、深刻な縦皺が一本。

「なあ坊や」わたしは話しかけた。「おまえとわたしは、たったいま不思議なものを見た。それはまちがいなく現実に起こったことなんだが、それをほかのひとに、納得のいくように話そうとすると、きっと苦労するだろう。まあ考えてもごらん——わたしたちがこの話をうちじゅうのみんなに話そうとしているところを。おそらく、笑いとばされて、うちから追いだされるのがおちだろうな」

「うん、そうだね」息子は無表情に言う。

「だからな、おまえに提案したいんだ——このエピソードは、われわれの記憶の奥底に深く鍵をかけてしまいこんで、生きてるかぎり、だれにも一言ももらさずにおくことを」わたしはいったん言葉を切って、息子が同意するのを待ったが、いっこうに返事がないところから、顔をあげて息子を見やり、その面(おもて)がいっぱいに恐怖をたたえているのを認めた。目はいまにも眼窩(がんか)からとびだしそうになっている。わたしはふりむいて、息子の凝視しているほうを見た。そこのドアの下の隙間から、紙のように薄い板状のものが這いこんでこようとしていた。そいつは部屋にもぐりこむと、ふたたび灰色のかたまりとなって、息づき、脈打ちながら、いったん絨毯の上で休止したあと、やおらわたしの息子にむかって、偽足による再度の前進を開始した。

こみあげてくるパニックを必死におさえながら、わたしはそいつに駆け寄った。そしてそいつをつかみあげるなり、デスクにたたきつけ、さらに、壁にかかった数々の記念品のうちから、アフリカの戦闘用の棍棒——ずらりと真鍮の鋲を打った、仰々しく重いやつ——をとりおろし、それで息が切れてくるまで、くりかえしガムをたたきのめした。ようやくガムがずたずたにちぎれたプラスティックの繊維になってしまったところで、ほっとして手を休めると、とたんにそいつは動きだして、ふたたびもとのかたまりになり、ちょっとのあいだ、わたしの無力をあざわらうかのように、忙しく収縮と膨張をくりかえしていたあと、またしても仮借のない動きで前進を始め、いままでは部屋の隅に縮こまって、恐怖にすすり泣いているわたしの息子のほうへ近づいていった。

冷たいものがわたしの全身を走り抜けた。その忌まわしいものをつかみあげ、ハンカチにくるんだわたしは、足早に家を出ると、三ブロック歩いてセーヌの河岸まで行き、ゆったりと流れる河の流れに、ハンカチごとそれを投じた。

その午後いっぱい、わたしはなんとかして息子をなだめよう、もうこわいものはなくなったと言い聞かせようとして過ごした。だが、息子の受けたショックはあまりにも大きく、とうとうその晩は息子を寝かしつけるのに、バルビタール半錠を飲ませねばならないほどだった。そのあいだ、なにも知らない妻は、医者を呼ぶべきだと主張しつづけていたが、まだそのときは、なぜその要求に応じられないのか、妻に話して聞かせる勇気はわたしにもなかった。

その夜半、子供部屋から、おびえきった、それでいてどこかくぐもった悲鳴が聞こえてきて、わたしは床を蹴ってはねおきた。いや、わたしだけではない、家じゅうがその声に目をさましたろう。階段を二段ずつ駆けあがったわたしは、電灯のスイッチを入れながら部屋にとびこんだ。ジョンがベッドに起きあがって、わけのわからぬことをわめきたてながら、なかばひらいた口に指をつっこんでいた。その口は、ぞっとしたことに、すこしも休まず咀嚼をつづけていて、わたしが見まもるうちにも、指のあいだから風船があらわれて、湿ったぺたんという音とともに破裂した。

こうなってはもはや、これを秘密にするいかなる手だてがあったろう! すべてがあわただしく説明されねばならなかったが、それでも、パン切り台の上に、しきりにふくらんだりしぼんだりしているガムがアイスピックで突き刺してあるところでは、説明は思いのほか楽だった。そのときわたしに与えられた精神的支援と慰め、これをわたしは心から誇らしく思う。まことに、家族にまさる力強い支えはない。たとえばフランス人のコックは、その現象をまのあたりにしながら、それを頭から否定することによって、問題を解決した。これは道理にかなっていない。そして自分は、道理をわきまえた一家の、道理をわきまえた一員なのだ、そう彼女は主張する。いっぽうまたスペイン人のメイドは、わざわざ自腹を切って、教区の神父を呼び、悪魔払いを行なわせたが、この神父は、気の毒に、二時間にわたる悪戦苦闘のすえ、これは魂の問題というよりは胃袋の問題だとつぶやきながら、へとへとになって引き揚げていった。

二週間というもの、わたしたち一家はこの怪物に悩まされつづけた。一度は、暖炉にほうりこんで燃やしてみたところ、そいつはぱちぱちはぜる青い炎となって燃えあがり、溶けだして、いやな色をした灰まみれの流動体となった。ところが、朝になる前に、そいつはドアの上に木灰の跡を残して、子供部屋の鍵穴からなかにもぐりこみ、またしても一同は、末っ子のけたたましい悲鳴にたたき起こされる仕儀となった。

やけくそになったわたしは、車で遠い田舎まで出かけて、そいつを捨ててきた。夜が明けないうちに、そいつは早くももどってきた。明らかに、這ってハイウェイまで行き、道路のまんなかに陣どって、パリ行きのトラックのタイヤにくっつく機会を待ったのだ。わたしたちがそいつをジョンの口からもぎはなしたとき、その表面には、いまだにミシュランのタイヤの滑りどめの跡がくっきり刻みこまれていた。

こんなことがつづけば、そのうち疲労と緊張の連続でだれもがまいってしまうだろう。疲れはて、いまは闘う気力も失せたわたしは、その風船ガムを捨てるか抹殺するかするために、ありとあらゆる手段を尽くしたあと、ついに万策尽きて、いつも顕微鏡のおおいに使っている重い釣り鐘形のガラス器を伏せ、そのなかにそいつを置いた。それから、どっかりと椅子にすわりこみ、敗北をさとった力のない目でそれを見やった。ジョンは、鎮静剤を与えられたうえ、どんなことがあってもこの〝もの〟から目を離しはしないというわたしの保証に力づけられて、小さなベッドで眠っていた。

わたしはパイプに火をつけると、すわりなおして、そいつを監視することにとりかかった。ガラス器のなかで、その灰色の腫瘍状のかたまりは、落ち着きなく動きまわっては、この仮の獄屋から抜けだす方途をさぐっていた。ときおりそいつは動きを止めて、思案するように静止すると、わたしのほうにむかって気泡を吐きだした。わたしにも、そいつがわたしにいだいている憎悪が感じとれた。けだるい疲労感のなかで、いつしかわたしは、自分の心がいままで忘れていた分析的思考を始めているのに気づいた。

事件の背景について、すばやく考察をめぐらせる。おそらく、わたしの息子という活発な生命との絶えざる接触から、この風船ガムのなかで、命の魔術が生みだされたのにちがいない。そして、命とともに知性も生まれた。息子の持つ力強い、のびのびとした知性ではなく、陰険で抜け目のない、邪悪な知性が。

それ以外に考えられるだろうか？　知能だけはあって、そのバランスをとる魂を持たない生命体は、必然的に邪悪なものにしかなりえない。ガムには、ジョンの魂のいかなる部分も吸収されてはいないのだ。

よろしい――わたしの心の声が言った。これでその起源についての仮説が得られたわけだから、つぎはその性質について考察してみようではないか。それはどんなことを考えているだろう？　なにを望んでいるだろう？　なにを必要としているだろう？　わたしの心は、テリアさながらにせわしなくとびまわった。ガムは、宿主、つまりわたしの息子のもとに還ることを望んでいる。必要としている。それは嚙まれることを望んでいる。生きるためには、宿主に嚙みつづけていてもらわなくてはならないのだ。

釣り鐘形のガラス器のなかで、ガムはその重いガラスのふちの下に、薄い楔状の舌をさしこみ、そこで凝縮して、ガラス器全体をほんのわずかでも持ちあげようと企てていた。わたしは笑いながらガラス器をずらした。ほとんど狂気にも似た勝利感に、わたしは声をあげて笑いつづけた。答えが見つかったのだ。

食堂へ行ったわたしは、妻がピクニック用に買ってきた十二枚の透明なプラスティックの皿のうち、一枚を持ってきた。それから、伏せてあった釣り鐘形のガラス器を上向きにして、その底にガム怪物を押しつけておいてから、ガラス器のふちに、水にも、アルコールにも、酸にも変質しないと保証つきの、強力な樹脂接着剤を塗りつけた。そしてその上にプラスティックの皿をかぶせ、接着剤が固まって、皿がガラス器に密着してしまうまで、強くおさえつけていた。最後にようやくガラス器をもとどおりひっくりかえしたわたしは、読書用スタンドを調節して、密閉された容器のなかの、虜囚の動きを観察した。

ここでまた、そいつは逃げ道をもとめて、ガラス器のふちの内側をぐるりとまわった。それから、わたしのほうを向くなり、おそろしい勢いでたてつづけに多量の気泡を吐きだした。ガラスを通して、それらの小さな破裂音まで聞こえてきた。

「どうだ、つかまえたぞ、べっぴんさん。とうとうつかまえてやった」わたしは叫んだ。

これが一週間前のことである。それ以来わたしは、コーヒーのカップを受け取るときを除いて、そのガラス器から目を離すことはないし、そばを離れたこともない。手洗いに行くときは、ことができる。

妻がかわって見張りに立つ。おかげでいまでは、つぎのような喜ばしいニュースをお伝えする

最初の一昼夜、風船ガムは脱出するためにありとあらゆる手段を試みた。つぎの一昼夜は、ようやく自分の陥った苦境に気づいたかのように、あたふたした、落ち着きのない動きを見せた。三日目には、ふたたびあの噛むような動きにもどったが、今回はその動きがいちじるしく速くなっていて、ちょうど、ここ一発というときに、野球ファンが急テンポで噛みだす、あの噛みかたを思わせた。そして四日目、そいつは弱りはじめ、かつてはなめらかでつやつやしていた表面に、一種の乾燥状態があらわれているのを、わたしは喜びの目をもって見まもった。

きょうは七日目、どうやらこいつの命運も尽きかけたようだ。皿の中央にぐったりうずくまったガムは、ときおり痙攣的に膨張と収縮をくりかえす。色はいまや、いやらしい黄色に変わってしまった。昼間のうちに一度、息子が部屋にはいってくると、それは奮いたつように伸びあがり、それから、自分の立場の絶望的なことにあらためて気づいたのか、またくたくたと皿の上に丸まってしまった。たぶん今夜あたり死ぬだろう。そうしたら、そのときはじめて庭に深い穴を掘り、ガラス器ごとそいつを埋めて、土をかぶせ、上にゼラニウムを植えるのだ。

以上が事件の一部始終である。わたしとしては、これが、近所でささやかれているばかげたうわさを、いくらかなりとも打ち消してくれることを願うものである。

（深町眞理子訳）

ボルジアの手

ロジャー・ゼラズニイ

ロジャー・ゼラズニイ　Roger Zelazny (1937-1995)

一九六〇年代なかばのSF界において、ロジャー・ゼラズニイはアメリカン・ニューウェーヴの旗手として脚光をあびた。だが、その作品は革新派だけでなく、守旧派にも愛されるものだった。なぜなら、作者が少年期に耽読した古いタイプのSFを、新時代にふさわしい感性と、高度な文学的技法（とりわけ、俗語まじりの清新な文体）でリメイクしたものだったからだ。短篇集『伝道の書に捧げる薔薇』（一九七一／ハヤカワ文庫SF）と長篇『光の王』（一九六七／同前）が、この時期の代表作といえる。

だが、七〇年代にはいると作風を変え、軽妙な味わいの冒険SFやファンタシーを量産するようになる。これらは商業的成功をおさめたが、才能を存分に発揮していないという批判も浴びた。けっきょく、未完の大器のまま没した感がある。

本篇はゼラズニイが試行錯誤をくり返していたデビューから間もない時期の小品。〈アメージング・ストーリーズ〉一九六三年三月号に発表された。本邦初訳である。

ちなみに文中の「ブラウナウ」はオーストリアの田舎町の地名。「アハシュエロス」、「カルタフィルス王子」、「イサク・ラケデーム」は〈さまよえるユダヤ人〉の異名。「ボナパルト」はナポレオンの姓。「ルターとゲーテの国」はドイツのこと。英語で「高い」を意味する“high”は、ドイツ語で「万歳」を意味する“heil”と発音がよく似ている。

行商人が町を通ったのは、鍛冶屋が亡くなった日だった。その日、少年はブラウナウの町を見おろす丘陵を散策し、濡れた葉むらや、去っていく入道雲を観察していた。そのため、行商人の訪れを耳にしたのは、夕方になってからだった。

親友のフリッツに聞かされたとき、少年は自分の萎えた右手を見おろした。大粒の涙がその目にこみあげた。

「あの人に会いそこなった！　これで一人前の男になれなくなった！」

「ばかばかしい」とフリッツが笑った。「ただのおとぎ話だよ、本気で信じてるわけじゃないだろう！」

「今日は雨だった――鍛冶屋には立派な筋肉がついていた。あの人に会いそこなった！」

フリッツは友人の顔から目をそらした。

「鍛冶屋は冷たくなる前に埋められた。死体は見せてもらえなかった――でも、噂にあるようなことがないのはたしかで……」

「後家さんは急いで銀行へ行ったのか？」

「ああ、不動産関係で取り引きがあったんだ。でも――」

「あの人はどっちへ行った？」

フリッツは道の先を身ぶりで示した。

「どれくらい前だ？」

「五、六時間」

少年は貯金をとりに家まで走りとおした。


行商人の黒っぽい袋は、樫の大木の根元に眠る動物のようだった。よれよれの帽子をかぶり、茶色のマントをまとった男が、パイプを手にして岩に腰かけていた。彼は来た道を眺めていた。少年が岩や木の根を縫うようにして息せき切って駆けてくる。

「こんばんは、お祖父さん」地面に身を投げだして、少年が息を切らしながらいった。

「こんばんは、坊や」行商人はにっこりした。「わたしはきみの祖父ではない。ほかのだれの祖父でもない」

「知ってます」と、あえぎ声で少年。「あなたがだれか知ってます」

「ほう」彼はパイプに煙草をさらに詰めると、火をつけ直した。「わたしの名前をいってごらん」

少年は左手で右手をもみながら、ため息をついた。

「あなたにはこの木の葉の数よりもたくさんの名前があります。でも、まず嵐の先触れ、アハシュエロスをあげましょう。つぎにこよなく愛された者、カルタフィルス王子、それから行商人、イサク・ラケデーム――」

「そこまで！」と男。「わたしの前ですべての名をあげてはいかん。命とりになるかもしれんぞ」興味津々といった顔で少年をじっと見つめる。

「名前にはある種の長所がある――たとえば、きみの名前は長すぎる。いつかきみは名前を変えるだろう」

「名前の話をするために追いかけてきたんじゃありません」と少年。「それに、ぼくは名前をいいませんでした。契約を結びにきたんです」

行商人は自分の袋にちらっと目をやった。

「鍋、釜。糸、針かね？」

少年は笑い声をあげ、かぶりをふった。

「鍛冶屋には立派な筋肉がついていました。どこを買ったんですか、二頭筋かな？」

「どうしてわたしが人体を商っていると思うんだね？」

「古い話の」と少年はいいはじめた。「全部がまちがっているはずはありません。地上を永遠に歩く呪いをかけられたとき、イサクは永遠の若さをともなわない永遠の命をあたえられました。何世紀ものうちに、彼は新鮮な筋肉、内臓、骨を移植して自分の年老いたそれと交換する術を身につけました。その袋の中身を知ってますよ！」樫の根元のほうへ頭をぐいっと動かし、

「あなたはときどき死ぬ定めにある者と契約を交わし、新しい足や、たくましい腕や、見える

目を売ります。さもなければ、新しい手を……」

「なるほど」と行商人。「きみはどうして新しい手がほしいんだね？」

少年は役に立たない自分の指を長いこと見つめていた。

「訊くまでもないんじゃないですか？　自分の手が使えないから、役に立つのがほしいんです」

「ほしいのは剣士のたくましい手首かな、大学で決闘するために」

少年はかぶりをふった。立ちあがり、

「いいえ、永遠を生きる方、決闘なんかしたくありません。あなたが神の僕なのか、悪魔の僕なのかは知りませんが、この高さまで届いて、それでも役に立つ手と引き替えなら、なにをくれといわれたって払います」彼は頭上の一点を左の人さし指でさした。「そういう手をこの手首につけてください」右手を示して、「そうしたら魂をあげます、あなたがくれというなら」

「むやみに魂を捨ててはいけないよ、坊や」と行商人。

彼は樫の根元まで歩いていった。その顔はパイプの煙と夕闇にかすんでいた。

「ここにひとつの手がある。歴史に多くのページを記してきた手が」

紐を引っぱると、蛇がめざめるように、いきなり袋が口をあけた。

「新しい手がついたらなにをするんだね、ここまで高くあげられるようになったら？」彼は自分の頭の上へ腕をのばした。

「絵を描きます」と少年。「生まれた町を、山を、木を、人々を、日の出を、日の入りを……

なにもかも自分のものにするんです！　キャンヴァスの上で」

「そこまででいい」と行商人がさえぎった。「なるほど、きみは画家（アーティスト）になるだろう」手を袋に入れる。少年は、その暗い内側で不自然な光がちらついたような気がした。それから男は引っぱりだした……

　手を！

　右手だ。ピンクの。手首ですっぱりと切断されている。まるで腕から切りとられたばかりのように——ただし、血は流れていない。小さな、たくましい手。

　少年は息を呑んだ。それから樫の大木の陰へまわりこみ、吐いた。開けたところへもどって来ると、弱々しい声で彼はたずねた。

「本当にぼくの腕にそいつをつけられるんですか？」

「もちろんだ。きみがそうしてほしいなら」

「ほしいに決まってます！　ほしくないわけないでしょう」

「人のなかには、あまりにも生命力が強いので、純然たる意志の強さ、目的意識の強さで生命を構成する、あらゆる原子を侵す者がいる」と行商人。「かねてから疑問に思っていたんだ、この力は伝えられるものなのかどうなのか、と」

　その手をふり、

「この手はチェーザレ・ボルジアのものだった。たしかに、彼は芸術家（アーティスト）だった。しかし、ほかにもいろいろなことを為した。彼が死んだ日に盗んだのだ、ある実験をするために。ずいぶん前、コルシカを旅していたときに、きみと似たような境遇にあった少年にこれをあたえた。彼の名前は知っているはずだ。さしもの彼も、この手をすこしばかり恐れていたらしい。たいてい見えないようにしまっていたからね。セント・ヘレナ島まで旅をして、とりもどさなければならなかった。しかし、まだなにも証明されていない。いちどの試みでは不充分だ」

「ぼくはその手を恐れません」と少年。「ボナパルトは彼なりに偉大な芸術家でした。ぼくはぼくなりにもっと偉大な芸術家になります。引き替えにどれだけのものがほしいんですか？」

「ただでけっこう。ただで移植してあげよう。きみは物語を知っていて、恐れていないからね」

　少年は袖をまくり、にっこりした。

「これで決まり。それをつけてください」

　行商人は笑い声をあげ、少年がのばした役立たずの手をつかんだ。

「長くはかからない」と彼はいった。「そして、いつかわたしはルターとゲーテの国へもどって来る。きみがその手をどういうふうにあげたかをたしかめに」

「高く(ハイ)！」と目をギラギラさせながら少年は叫んだ。

（中村融訳）

アダムズ氏の邪悪の園

フリッツ・ライバー

フリッツ・ライバー　Fritz Leiber (1910-1992)

アメリカの男性雑誌〈プレイボーイ〉は、一九五三年の創刊以来、反骨精神を武器に若者文化をリードした。最大の売り物は〈プレイメイト〉と称される若い女性のヌード写真だが、読み応えのある記事や小説を載せることでも知られていた。創始者ヒュー・ヘフナー（愛称ヘフ）は数々の女性と浮き名を流し、〈プレイボーイ・マンション〉と呼ばれる豪邸で、派手なパーティー三昧の生活を送った。本篇を読むさいに、右記の事情は頭に入れておいたほうがいいだろう。初出は〈ファンタスティック〉一九六三年二月号。本邦初訳である。

作者は五十年以上の長きにわたって活躍したアメリカの作家。ＳＦの代表作をあげればヒューゴー賞受賞作『放浪惑星』（一九六四／創元ＳＦ文庫）、ホラーなら世界幻想文学賞受賞作『闇の聖母』（一九七七／ハヤカワ文庫ＳＦ）、ファンタシーなら〈剣と魔法〉の名作《ファファード&グレイ・マウザー》シリーズ（本文庫）となるだろう。

ライバーはスタイリスト（名文家）として知られているが、それは翻訳でこぼれ落ちる部分が多いことを意味する。たとえば本篇の場合、植物の名前ひとつとってもjack-in-the-pulpit、love-in-a-mist、fever-treeといった具合であり、作品の内容にぴったりとあっている。これを和名に訳しても……。翻訳家泣かせとは、まさにこのことだ。

タガート・アダムズ――雑誌業界屈指の億万長者数人と、社の幹部スタッフにとってはタグ――は、翡翠を組み合わせたデスクと、十ヤードにわたり虎皮を敷きつめた出版社のオフィスの向こう側にある、碧玉をちりばめたドアをにらんだ。それは緩衝器がついているにもかかわらず、エリカ・スライカーがたったいまバタンとたたき閉めて出ていったドアだった。

　壁にかけられた十二枚の、ネオンで照らされた曇りガラスのパネルから、あと一枚を脱げば生まれたままの姿となる、目もあやな〈今月の子猫ちゃん〉十一人が、しきりに彼に色目を使っていたが、タグの目を惹くという点では、首から爪先までおおうスモックを着ているか、黒い屍衣をまとい、死刑執行人の仮面をつけているのと変わらなかった。

　ふだんはせせら笑いを浮かべた恰幅のいいサタンのようなその顔が、憤怒と恥辱で濃い紅色に染まった。エリカと交わした最前の会話を記憶が再生したのだ――

エリカ・スライカー：〈今月の子猫ちゃん〉になって妹は身を滅ぼしたのよ！　考えるまでもないわ――

タグ・アダムズ：身を滅ぼしたって？　ばかばかしい！　ここにいるあいだ、アリスに手を出した者はいなかった。きみへのオファーはまだ――

エリカ：（憤然と！）手を出されたほうがましだったかもしれないわ！　この六本立て(シックス・ストーリー)の雑誌にはセックスのことがでかでかと書きたてられてるけど、本物の男女関係をあつかった記事はどこを探しても載っていない。権力亡者向けの記事と不安を煽りたてる記事ばかりで、載せるところがないのよ。

タグ：その腹立ちまぎれの言葉は聞かなかったことにしよう。ミス・スライカー、わたしだってきみと同じくらい残念なんだよ、きみの妹さんが、ここを出て数週間後に病気にかかったのは――

エリカ：アリスは五日間も昏睡状態にあったのよ！　意識を回復したけれど、心は子供みたいにからっぽ。虚栄心に食いつくされて、才能を残らず失い、精神病院のお世話になるしかないの！　ロボトミー手術をされたも同然！　植物人間よ！（豹皮を張った椅子から立ちあがり、彼女自身に似ている〈子猫ちゃん〉を指さす）なのに、まだ妹の写真を見せびらかすの？（銀の灰皿をつかみ、気にさわるパネルめがけて投げつける。パネルは粉々になり、壁から壁まで敷きつめられた虎皮の上や、照らされた壁龕(へきがん)の内側に、肌色の破片がチャリンチャリンと落ちる）ハッ！　魔女の女王に呪われるがいい！

タグ：（冷ややかに）子供じみた怒りはすっかり吐きだしたようだね。さあ、話を聞いてもらおうか。きみの犯罪的な破壊行為は不問に付そう――わたしは、〈子猫ちゃん〉が小さな虎を内に秘めているのが好きなんだ。きみへのオファーはまだ――

エリカ：呆れた！〈子猫ちゃん〉雑誌用に片方の肩紐をずらした写真を撮られるようなことがあったら、すぐにあなたと寝てあげるわ！　あら！　怖じ気づいたの？　そうに決まっているわ。さようなら、ミスター・アダムズ！（碧玉をちりばめたドアをたたき閉めて退場）

タグ・アダムズは深々と息を吸いこみ、ゆっくりと吐きだしてから、巧みにほぞ接ぎされた翡翠のデスク上に整然と広げられた、光沢のある大きなカラー写真七枚を見おろした。それぞれに真珠をちりばめたパール・グレイのスーツをまとったエリカ・スライカーが写っていた。スーツのおかげで、長くつややかな濃い藍色の髪が、一段と引き立って見える。それぞれがジャングルを模した屋内の緑樹を背景にポーズをとっていた。どの写真のなかでも、その長く青白い顔には腹の立つほど傲慢な表情が浮かんでいた。ぷっくりとふくれた赤い唇がすぼめられて、蔑みの笑みを形作り、高いアーチを描く眉毛のあいだに軽く皺が刻まれて、女王さまが眉をひそめているようだ。

彼はいちばん傲慢に見える写真を選ぶと、ほかの六枚を庭師ならではの大きな左手で順番に握りつぶした。顎ひげが生えはじめた思春期の少年が、ビール缶を握りつぶすように。そして本物の虎の牙を周囲にはめこんだ虎皮のくず箱に、クシャクシャに丸めた写真を放りこんだ。

それからエリカ・スライカーのすわっていた椅子まで急ぎ、間近でその表面に視線を走らせ、とうとう満足げなうなり声とともに、中指と親指で豹皮からなにかをつまみあげた。

デスクへもどると、一本の長くつややかな濃い藍色の毛髪を小さな白い封筒に入れ、封筒を閉じて、丸めずに残したカラー写真をクリップで留めた。

「あの女、魔女がどうとかいっていたな？」と彼は小声でいった。「ふん！」

引き出しふたつを手早く探ると、いま売りだし中の若手、赤毛のオフ・ブロードウェイ女優のカラー写真が見つかった。三十日のあいだ〈セックス子猫ちゃん〉というアメリカのプリンセスになるのをついこのあいだ断った女だ。彼はその写真がクリップで留めてある封筒をあらため、緑の爪の切りくずが三つ、まだはいっているのをたしかめた。つぎに両方の写真を大きなマニラ封筒に突っこみ、左脇にかかえると、碧玉をちりばめたドアを急ぎ足で抜けて、深夜勤務についている肉感的な受付嬢の前を通ったが、四塩化炭素のほのかなにおいに気づいただけだった。訪問者はそれを使って靴底をきれいにしてから、虎皮を踏む決まりなのだ。

やがて彼は、ある歯に衣（きぬ）を着せないコラムニストが「子猫ちゃんのお城」と呼んだ建物の贅沢な色とりどりの回廊を急ぎ足で歩いていた。そして金メッキのほどこされた透かし細工の旧式エレヴェーターを避け、虹色の階段を下った。その階段にはキスにうってつけの陰になった壁龕と、なかばカーテンの引かれた口説き用のブースがあり、宣伝写真の撮影をのぞけば、訪問者も従業員も厳重に立ち入りが禁止されていた。

時刻は午前七時。前夜からつづいているパーティーは、盛りあがりに欠けたまま、ばか騒ぎの終わりを迎えようとしていた。間隔を広げて配置されたふたつのジャズ・バンドがディキシーを派手に演奏し、おたがいに向かってツイストしている。回廊は大胆なデコルタージュ（肩が出るほど襟ぐりが深いネックライン）をはじめとする、慎重に計算された解剖学的露出の目立つ美しい娘たちの群れと、りゅうとした身なりで憂い顔の、用心深い男たちの大群で立錐（りっすい）の余地もなかった。

それなのに、ダンサーたちがすばやく身をくねらせ、コメディアンたちはおどけた仕草をし、パーティーの盛りあげ役を自任する者たちがしゃべりまくるにもかかわらず、ダンスで許されている最小限の接触と、つかのまの指の触れあいと、純粋な友情を示す軽い肩のぶつけ合いをのぞけば、異性に触れる者は皆無だった。

だれかが新聞沙汰か警察沙汰になりそうなこと、気のきかないこと——たとえば純真に恋愛感情をいだくとか、酔っ払って野卑なふるまいにおよぶとか、子猫(キットン)ちゃんの代わりににゃんこ(プッシー)という禁断の言葉を口にするとか——をしないかという恐れが絶えずつきまとっているからだ。だれもが疲れきっているようだったが、にやにや笑いを浮かべつづけて、それを隠していた。

マニラ封筒を小脇にかかえて、〈子猫ちゃんのお城〉の城主さまが小走りにやって来ると、それぞれの男はうやうやしくわきへ退き、男らしい笑みを浮かべてへつらい、赤ら顔で禿頭の、とがった顎ひげを生やしたサタンの顔が行く手にちらりと視線を走らせれば、いつでも飛びだせるように身がまえた。いっぽうそれぞれの娘は、あなたさまを悦ばせる用意はできておりますという、とろけるような表情を浮かべ、唇なり、喉なり、乳房なり、臀部(でんぶ)なり、くぼみのある膝なり、自分の長所で最大の武器だと心得る解剖学的部位を誘うように、だが、まったく押しつけがましくなく突きだした。

しかし、タガート・アダムズはわき目もふらなかった。男たちにはいらだった。娘たちについていえば、彼の催眠術師がこの三年というもの、彼女らに対する積極的な男性的興味を回復させようとしてきた成果はまったく見られなかった。彼は顎ひげとちょび髭から想像される、頭の禿げた好色な浪費家とはほど遠かった。それは「男性雑誌」の発行人と編集者とはこういうものだと彼なりに作りあげた姿にすぎなかった。

その瞬間、なんらかの形で彼の興味を惹く娘は、青白い蔑みの仮面に濃い藍色の髪を垂らした娘だけ。そして彼女は、まもなく特別なやり方で世話を受けるはずだった。

回廊で押し合いへし合いしている従業員についていえば……そう、宝石で飾られたセックス人形——愛の人形(プペ・ド・ラムール)——たちが、お行儀のよいダークスーツ姿の男性マリオネットのまわりでジグを踊っており、堅物たちが出勤する時間に死人のような連中がジャンプしている……それでじゅうぶんだ。

タガート・アダムズは、ひたすら下へと駆けていった。青緑色のプールを通り過ぎる。ビキニ姿の美女が鈴なりだが、それぞれが目に見えないガードレールをめぐらせている。二十五フィートの深さがあるプールの「最下部」を通り過ぎる。そこではアクアラングを背負い、長く美しいが、命とりになりかねないカツオノエボシの虹色に光る触手のように銀青色の髪をなびかせた娘がただひとり、厚さ二インチの展望窓の向こう側で生きた珊瑚(さんご)のあいだをすべるように泳いでいる——そして、その前で情熱的に抱きあっていた少年と少女が、近づいてきたタグに気づいてパッと体を離し、彼にじろりとにらまれて真っ青になった。やがて彼はひとりきりになった。そこはプールの最下部よりも下にある、くすんだ色のオーク材の羽目板が並び、雄雄しいつづれ織り(タピストリー)のかかった回廊だった。

左右にすばやく視線を走らせ、人目がないのを確認すると、三拍一拍のせわしないリズムでオーク材の円花飾り（ロゼット）を軽くたたく。すると銀褐色の羽目板が音もなくわきへすべり、生暖かい湿気と花の香りと、夜を凝固させたようなものがこぼれ出してきた。タグはなかへすべりこんだ。羽目板が背後ですばやく閉まる。

そこは広大な部屋だった。深い闇につつまれているが、四十フィートほど離れたところだけは青っぽい光がわずかに灯っており、壁の四枚の写真をぼんやりと照らすいっぽう、その手前のテーブルを黒々と浮かびあがらせている。テーブルには小さな植木鉢がいくつかと、電話機、携帯式の園芸用品が置かれていた。

しかし、部屋のそれ以外の部分は一見すると真っ暗闇だが、ひしひしと迫ってくる強烈な女性のオーラに満ちていた。麝香（じゃこう）を思わせる、かすかに甘い多種多様な眠れる女のにおいが、つぎからつぎへと押しよせてくるのだ。

そしてようやく目が慣れると、茎の太い、葉をかぶった花が蜿蜒（えんえん）と列をなしているのがなんとなくわかってきた――朽葉（くちば）色と金色と赤褐色と象牙色と薔薇色のきらめきをおぼろに放ち、心をかき乱す花々……あるいは、ひょっとしたら、緑葉のあいだに髪の毛でぶらさがっている、すらりとした生きて眠っている人形の列といったほうがいいかもしれない……あるいは……とにかく、この上なく欲望をかきたて、奇妙で、心をかき乱すものだ。

部屋の中身を知りつくしていることから生まれる自信に満ちて、タグは植木鉢の並ぶテーブルまできびきびと歩き、仕事にかかった。電話機をわきへやる。写真と、青みがかった常夜灯の下にある小さな棚から、繊細な手書き文字と色あせた茶色いインクで「擬態」と書かれた茶色っぽい、ふくらんだ封筒をとりだす（最初につまみあげた「ヴァンプ（一義的には妖婦だが、吸血鬼の略ともとれる）」と書かれた封筒をあわてて棚にもどしたあとに）。

彼はぼろぼろになった古い封筒から、プラムの種よりもわずかに大きな、丸い黒光りする種を注意深くとりだし、エリカ・スライカーの毛髪をそれに十一回巻きつけ、植木鉢のひとつの湿った砂利土に深さ二インチまで押しこみ、軽くたたいて表面をならした。

「眠りたまえ」植木鉢の上で砂礫（されき）まじりの土を指から払い落としながら、彼は厳粛な口調でいった。「しかし、安らかにではなく」

彼はエリカのカラー写真を内向きにして植木鉢に注意深く立てかけ、封筒からふたつめの種をとりだしたが、そこで気がゆるんだのか、もの思わしげになり、いかめしい表情をやわらげて、壁に貼られた四枚の大きな古い写真へと視線を向けた。その四枚に共通して写っているのは、高い襟に手首まである袖、床に届くほど裾の長い十九世紀のドレスをまとった背の高い年配女性だった。射ぬくような目つきの貴族的な顔、おとぎ話の魔女のように、すこしだけおたがいを向いている細い鷲鼻（わしばな）と狭い飛びだした顎。

つねに世間に見せている、こわばったサタンのしかめ面の代わりに、正真正銘の柔和な愛情に満ちた笑みが、タグの口もとに浮かんだ。空想だろうと写真だろうと、本当に年配の女性がそばにいれば、いつだって気分は上向き、リラックスできる――溌剌として、噂好きで、気前のいい老嬢たち。ときには気むずかしく、悪意をたぎらせることさえあるが、傲慢な性衝動とは完全に無縁だ。そのうえタグには、立派なヴェロニカ大おばに対して気安さと感謝の念をおぼえる理由が――飛びぬけたひとつの理由をふくめて――たくさんあった。彼女はある種の神秘的だが堅苦しくない科学サークルに属す世界的に有名な生物学者であり、十年前、金銭的な富にとどまらないものを遺してくれたのだった。

彼は指先でつまんだふたつめの種をそっとこすり、守銭奴の愛情をこめて、まだふくらんでいる封筒に触れながら、四枚の写真に目と感情を向けた。

最初の写真には、まだそれほどの年齢になっていない大おばが、サボテンの庭でルーサー・バーバンク（米国の園芸品種改良家）と並んで立っているところが写っていた。

二枚めでは、たしかに高齢となった彼女が、チフリス（トビリシの旧称）でトロフィム・ルイセンコ――環境が遺伝形質を形作るという学説を擁護したソ連の科学者――のうやうやしい握手を受けていた。その似非科学者が、全ソ連農業科学アカデミーの所長を名目上は辞任する前のいつかのことだ。

三枚めでは、彼女はひとりで立ち、アメリカ植物学協会本部と読める真鍮の銘板がついた閉じたドアの前でこわばった笑みを浮かべていた。その写真には、古い茶色い封筒に記されているのと同じ大きな繊細な手書き文字で「ヴェロニカ・アダムズ、科学博士」と署名があった。

四枚めには、パリの食堂で、古風な顎ひげをたくわえて正装した男たちの一団といっしょにいる彼女が写っていた――強すぎるマグネシウムのフラッシュのせいで、どの顔も白塗りのように見える。彼女は論文「思考、表象、画像、外被象徴による植物発達の形成における十七の実例」に対してメタ・ラマルク賞を授与されているところだった。

タグの表情はますますもの思わしげなものとなり、彼は先細りで鋭くとがった顎ひげを、種を握っている手でそっとリズミカルに引っぱりはじめた。目は閉じられ、おだやかな顔になる。そしてひどく静かにいびきをかきはじめた。

とはいえ、彼の手は眠りこまなかった。すこしすると、顔はまったく変わらないまま、手が忙しげに仕事にかかった。第二の種をさっさと第二の鉢――彼はその上にぐっと身を乗りだしている――に埋め、「ヴァンプ」の種を封筒から抜きとって、第二の鉢のすぐ隣にある第三の鉢に埋めてから、最後に両方の封筒を棚にもどした。

そのあと彼の手はじっと動かなくなり、顔がはっとしてめざめた。一瞬タグはぎょっとしたが、立ったまま居眠りをしていただけだと悟った――このところしゃかりきに働いていたし、ヴェロニカ大おばのことを楽しく考えていたのだから、うつらうつらするのも無理はない。ただし、と彼は思った。奇妙な点もある。つかのま放心状態におちいったが、催眠術師にとりわけ強い暗示をあたえられるときに経験する精神状態にそっくりだったのだ――しかし、この三カ月というもの、あの男を呼んでいない。

今日これまでのいつかの時点で、同じような感情にふと襲われたのを思いだした。そう、小生意気なエリカ・スライカーとの面談の前半に起きたのだ。

しかし、エリカのことはしっかり片づいた。じっさい、ここでの仕事はすべて終わった――すばやく視線を走らせたあと彼はそう判断した。あとはおさまるべきところにおさまるはずだ。いっぽう毎月この時期は、もう一瞬だってのらくらしている暇はない。まわれ右し、秘密の羽目板に向かって暗闇のなかを走りながら、彼はそう思うことにした。

背後でビビーッと鋭い音。彼は思わず飛びあがった——一瞬、蜜蜂に対する古い恐れがよみがえったのだ。庭師にはもっとも不似合いな恐れだが、あまりにも根深いもので、催眠術師さえ打ち消すことができないでいる。

それから、ただの電話だと悟り……秘密の羽目板に向かいつづけた。直感がひらめいて、編集長にちがいない、こんどばかりは、あのボソボソしゃべる男にも、秘密の番号にかけてくるだけの正当な理由があるとわかったからだ。

つぎの五日間は目のまわる忙しさだ。遅れは一瞬も許されない。

とりわけ、〈子猫ちゃん〉たちを寝かしつけ(プット・トゥ・ベッド)なければならない（記事を印刷にまわすとも訳せる）——愚かで押しが強く、すぐに抱きつきたがる娘ではなく、本当に重要なものを……めざましい成功をおさめた全国誌の次号を！

つづくあわただしい五日間、タガート・アダムズは秘密の園や、最後にそこを訪ねるにいたった出来事のことをいちども脳裏に思い浮かべなかった。もっとも、抱きあっている現場を押さえた従業員の少年と少女をくびにするのは忘れなかったが。

自分のために時間を割けないこの時期、庭園の世話は、ある老齢のシチリア人にまかせていた。耳が遠く発声も不自由で、知性も子供なみだが、生長するものに関しては全幅の信頼が置ける——彼の祖先は、古代ローマ人のために葡萄(ぶどう)のつるを矯正したり、生け垣を自在にあつかったりしていたのだ。

しかし、すくなくともつぎの〈子猫ちゃん〉たちが、ブンブンまわるインク臭い印刷機の上でうつぶせになり、初校が容赦なくチェックされ再チェックされたいま、タグには本当にやりたいことをやる丸一週間の休暇ができた――パーティーに出席しなくてもよく、希望に胸をふくらませた新しい娘を面接しなくてもよく、退屈なまでに抽象化された脱衣の写真撮影に立ち会わなくてもよく、新しい天才の話につきあわされなくてもよく、VIPをからかったり、魅力をふりまいたりしなくてもよく……彼が本当はなにをするつもりか、それどころか本当はどこにいるかを知っている彼の家なり雑誌なりのスタッフは、多くてもひとりかふたりだけ。

カヌーを漕いでもいい――カナダ秘境の湖をヘリコプターで縦断し、厳密には非合法の私用潜水艇で西インド諸島の海中を航海し、ロンドンで間借りし、大陸の首都に革命を起こし、世界で七番めに裕福な男とアフリカで射撃に興じ、スイスの銀行システムを内部から研究してもいい。さもなければ、秘密の園の手入れをするだけでも……静かに生長するものたちを……。

よし、とにかく、この前の分を調べにいこう、と彼は心に決めた。

今回背後で羽目板が閉まったとき、なかは〝昼間〟だった。天井と壁の窓を模した日光をふりまくパネルから成る、大きな輝く碁盤目のせいで彼は目を細くした。目が慣れるのを辛抱強く待っていると、しばらくしてあでやかな園が視界に飛びこんできた。

彼と植木鉢のテーブルにはさまれた通路の両側には、鉢植え植物の列また列が、せりあがる形で広大な部屋の壁まで連なっていた。それぞれの植物は大きなテンナンショウ(ジャック・イン・ザ・パルピット)か、クロタネソウか、ピンクネヤに似ており、太い茎に咲いた花のひとつひとつを、植物学者が仏炎苞（ぶつえんほう）と苞葉（ほうよう）と呼ぶ種類の大きな濃緑色の葉が、天蓋と四阿（あずまや）のようにおおっていた。

しかし、これらは雌のテンナンショウ（ジル・イン・ザ・パルピット）にちがいなかった。というのも、緑の四阿ひとつひとつに、身の丈十二インチほどの、花びらでできた娘がおさまっていたからだ。多くは顔をのぞかせているだけだったが、茎のふくらみから、乳房や臀部の発達している箇所がうかがえた。あまり生長していないものは、ブロンド、茶色、赤褐色といった色をしたふさふさの髪を、緑の頭のふくらみの上に見せているだけだった。そうでなければ、緑の外被が開いて、青白い額ときょろきょろ動くちっぽけな目をのぞかせているかただ。もっと生長したものは、前面で裂けた茎の莢（さや）がめくれて、ボレロ・ジャケット（短い婦人用の上衣）か緑の化粧着のようになり、麗（うるわ）しい上半身をのぞかせている。赤ん坊のようなピンクだが、解剖学的には名高い芸術作品とそっくり同じだ。

この花の乙女たちを調べれば、個性というものがないエキゾチックな属ではないことが明らかになる。顔と体つきで見分けがつくようになるのだ。

こちらにあるのは、斯界（しかい）に君臨する映画スターの豊満な、あるいはつんと上向いた乳房。あちらにあるのは、高名な社交界の美人、あるいは快活な年若い王族の横顔。とりわけ忘れがたい〈今月の子猫ちゃん〉たちも何人か再現されているが、全体としては上流社会志向だった。テムズのバーテンが同業者にこうたずねる辛辣（しんらつ）なジョークがある。「ビル、抱いて楽しかったのはどっちだい——生身の女、それとも空想の国でしか会ったことのない女？」ビルは答える。「あとのほうだな、ジム——上等の女に会えるから」

タガート・アダムズとその園についても同じことがいえた。

とはいえ、すべての植物が唯一無二というわけではない。同類のグループがいくつかあり、そのなかには、前列に並ぶ三つの満開の花もあった。それはエリカ・スライカーに似ており、それらの花、あるいはそれらの植物の祖先が、彼女の妹アリスの写真と外被象徴の助けを借りて育てられたことが察せられた。

長い茎を種でふくらませている娘もちらほらいた。これらは目を閉じていたが、それ以外の大部分の植物はあたりをのぞき見ていた。もっぱらタグのほうを。

腕はないものの、その力が目を動かすだけでないことは明らかだった。というのも、まるで地下の温室をそよ風が吹きぬけるかのように、小さなざわめきが、いま花の列を通りぬけ、天蓋の葉を揺らしたからだ。茎がタグのほうへ向かって、ほんのすこしだけねじれた。小さな小さな唇が開き、かすかにシューシューというかん高い音があがった。高すぎて、騒音としてさえ感知できない声なのだ。

タグはさまざまな娘の香りを存分に吸いこみ、満ち足りた気分を味わった。

ここは自分にとって世界が完璧である場所だ、と何度めになるのかわからないが、彼はつくづく思った。女たちが権利と考えと欲望をそなえた、大きくてわずらわしい、弾力のある生身のものではなく、彼女らを興味深くする程度の意識と限られた命をそなえた、か弱い花である場所。か弱い花々。鉢に植えられ、植え替えられ、やさしく世話をされ、水と肥料をあたえられ、霧を吹きかけられ、完璧をきわめるまで育てられてから、彼の気まぐれしだいで、その手で注意深く授粉されて種をつけるか、無慈悲に摘みとられ、永久に根絶やしにされるかする花だ。

なるほど、百万部の雑誌に娘たちをピン留め(ピンナップ)するのはいいことだ。しかし、彼女らを庭園で鉢植えにすることは……ああ、ヴェロニカ大おばさんと、彼女の正当に評価されていない勤勉な研究と、その擬態種子にどれほどの借りがあることか！　彼女の遺品整理中にたまたま黒い長球を見つけ、その目的に気づいてからの七年間、どれほどの至福を味わってきたことか！

実世界における彼の権力の秘密がここにある。愛らしい花を咲かせる土。アンタイオス（ギリシア神話。海神ポセイドンと大地の女神ガイアとのあいだに生まれた力持ちの巨人）のごとく、彼はそこから定期的に力をよみがえらせるのだ。

ただひとつの心残りは、大おばさんその人を再生できないことだった。試してはみたのだ――彼女が十七歳のときの銀板写真(ダゲレオタイプ)と、少女時代の髪がひと房あった――しかし、亡くなった女性の場合、その方法ではうまくいかないと判明した。さもなければ、永遠に咲き誇る〝ヴェロニカ〟の列だけではなく、クレオパトラ、デュバリー伯爵夫人、ネル・グウィン、ローラ・モンテス、ジーン・ハーロウの列ができていただろう――真正の画像、そして／あるいは、たとえひとつまみの灰にすぎなくとも、正真正銘の外被象徴を探しだせればの話だが。

しかし、娘植物がちゃんと生長するためには、なにやら吸血鬼的な方法で、生きているオリジナルの娘に〝頼らなければ〟ならないらしい。テレパシーなのか、サブエーテル波なのか、それはわからない――大おばさえ完全には満足のいく理論を立てられなかったのだから。

種を適切な画像と象徴とともに埋めたとき、娘本人にあたえる影響は多種多様だ。これまでタグにわかったかぎりでは、影響がまったくない場合もすくなくない。報告によれば、ベッドで寝たきりになるか、原因不明の軽い熱病、あるいは軽度の（ときには重篤の）昏睡状態となって病院送りになることもある――とりわけ開花の時期に。こうした症状は、彼女の植物が萎れる、そして／あるいは、種をつけたときにたいていおさまり、娘はふだんの生活にもどる。アリス・スライカーの場合のように、種を結ばせつづければ、長引く鬱病に加え、ついには病院入りという噂が流れても不思議はない。

　かつて（植木鋏で）剪断したスウェーデンの美人コンテスト優勝者は、同じ夜に（交通事故で首を切断されて）命を落とした。だが、タグはそれを偶然の一致だと片づけた。おいおい、黒魔術を行なったり、だれかを傷つけようとしたりしてるわけじゃない。高潔で立派な老嬢にもらった道具を使って、審美的な衝動を満たしているだけだ。そう、べつに人を傷つけようなんてしていない。

　もちろん、小生意気なエリカ・スライカーの場合のように、下されて当然の罰はまたべつの話だがな！　そう思ったとたん、彼は悦ばしい無気力状態からさめ、アリスとブリジットとマーガレットとソニアの列と、一本きりのジャクリーンのわきを通って植木鉢のテーブルまで駆けていった。

　そこへ着く前に口もとがほころびはじめた。彼の〝エリカ〟は、感心する速さで生長していたのだ。アンセルモがヴィタミン剤とホルモン剤をやるのを忘れなかったのは一目瞭然。すでに顔は満開であり、乳房はふっくらとしはじめている。彼をにらんだとき、ちっぽけな眉毛が描いた傲慢そうなアーチと、すねたように突きだされた小さな唇は、彼の傷ついた心にとって鎮痛剤だった――そして、彼女がいま硬い寝椅子か、病院のベッドの上で七転八倒し、うめき声をあげるいっぽう、医者たちは途方に暮れているかと思うと、胸がすく思いだった。以前、犠牲者のひとりに昏睡状態におちいったときのことを訊いたことがあった。すると彼女は疑う気配もなく教えてくれた。それは生き埋めにされたり、火あぶりの杭に縛りつけられたり、名状しがたい屈辱を加えられたりといった具合に恐ろしい、もやもやした夢の連続だった、と。

「おまえにふさわしいあつかいをしてやる、スライカー」指の爪で片方の青白い頬を軽くはじきながら、彼は花にいった。

相似は完璧だった。十一重に巻いた毛髪と、内側を向いたカラー写真がきっちりと仕事をしたのだ。

しかし、なにかがおかしかった。種を植えたふたつめの鉢に、写真が立てかけられていないのだ。思わず床に視線を走らせると、マニラ封筒があった。五日前に脇の下からすべり落ちたにちがいない。彼は前かがみになり、赤毛のオフ・ブロードウェイ女優の写真をとりだした。緑の爪の切りくずが三つはいった、小さな白い封筒がクリップで留められたままだった。

ふたつめの擬態種子といっしょに、いったいなにを埋めたんだろう？

彼は植木鉢のテーブルのへりを越えて視線をあげていき、第二の鉢からしっかりした茎をのばしている植物にはじめて目をやった。

そのてっぺんには、クルミ大の、葉がひだ襟になっている自分自身の頭の複製がのっていた。先細りで先端のとがった顎ひげにいたるまで、満開のその顔は、不安げに彼を見つめ、あんぐりと口をあけていた。まるで耳には聞こえない金切り声のメッセージを叫んでいるかのように。とっさにこみあげてきた最初の衝動は、根こぎにして踏みにじるというものだった。二番めの衝動は——あまりにも激しかったので、よろよろと踵であとずさり、握りあわせた手を空中にふりあげることになったが——その植物を世話し、保護し、見張るというものだった。まるでそれが——すくなくとも——十万ギルダーの値打ちのあるオランダの黒いチューリップであるかのように！

心の目からヴェールがはがれ落ちた。不意にわかったのだ。彼がスウェーデン人の茎を首のところでちょん切ったのと同じ夜に、本人がおぞましい交通事故死をとげたのを偶然の一致で片づけるのは、目の前すら見えないまぬけだけだ、と。いや、あらゆる方法でタガート植物を大事に育てなければならない！　ちくしょう、この園にいきなり葉枯れ病が流行したらどうなる？——なにか恐ろしいものが紫の土に忍びこんだら……。

それに、いま自分が昏睡におちいったらどうなる？　そう思ったとたん、彼は目をしばたたき、深呼吸をし、頰を強くたたき、右足ですばやくコンクリートを踏みつけた。つい先ほど、秘密の羽目板のところで昏睡におちいりかけたのは明らかだ。おそらくこの数日間、かろうじて失神を免れてきたのは、〈子猫ちゃん〉たちを寝かしつけようとして、緊張が高まっていたからだろう。

このろくでもない場所の空気が眠気を誘うのだ！　ひょっとしたら、すがすがしい空気のあるカナダ北部の森林へ逃げるべきではないだろうか？――そう、だが、それでは眠気をもよおすかも……。

それにもしここを離れたら、人がこの園へ来られるようになる――タガート植物のもとへ来られるようになるのだ！　それを誘拐し、身代金目当てに手元に置き、いじめ、ばかでかい鋏を手にして……。アンセルモだって本当は信頼できないぞ！

しだいに正気がもどってきた。とりわけ、深い呼吸――過呼吸――だけでも気絶の原因になりかねないと悟ったそのときに。

彼は心のギアを切り替え、スロットルを注意深くふかしながら考えはじめた。ふたつめの擬態種子をまだ指にはさんでいたとき、月のように青い闇のなかで自分の顎ひげを引っぱったことがいまぼんやりと思いだされた。毛を一本か二本抜いてから、種といっしょに埋めたにちがいない。体は鉢の上にかがみこんでいた。そのあとは、同じ建物のなか、すぐ近くにいたことで、写真と同じ効果がもたらされたのだろう。とにかく、論文やノートによれば、ヴェロニカ大おば自身、写真と外被象徴のどちらが重要な要素となるのか、最後まで確信を持てなかったのだ。

こうやって科学的に考えをめぐらせていると、距離を置いて事態を眺められるようになり、しだいに気分が落ちついてきた。もっとも、知らぬまに手を動かすほどぼんやりしていた（あるいは、催眠術の影響とは考えられないか？）と悟って、心はこの上なくざわついたままだったが。

そうはいっても、もうすんだことだ。あとはタガート植物がその比較的短い開花期（そう思うと、またしても身震いが出た）を生きぬくのを見届けてから、ふつうに萎びさせるしかない。ちゃんと世話をすれば、その仕事は簡単になるはずだ。けっきょく、ヴェロニカ大おば亡きいま、擬態植物について世界のだれよりも通じているのは自分だ。自分は自分自身の最高の世話人になる。昏睡についていえば、開花期のあいだでさえ、意識を保っていた娘がたくさんいる。強い男がおちいるわけがない。

それに、真に偉大な研究医師と生理学者たる者は、その血清をみずからに試したのではなかったか？　自分はいまその勇気ある種族の一員なのだ！

彼はタガート植物を見おろした。それが――不安げに叫ぶようすは跡形もなかった――厚かましいサタンの薄笑いを返してきたので、大いに気分が上向き、うきうきしてきた……一瞬、だがほんの一瞬だけ、にやにや笑いを浮かべながら、みずからの月のように大きな顔を見あげている自分の姿を想像するまでに。

そうとも、あの勇敢なチビ助がこちらの気分を浮き立たせられるなら、このおれにできないわけがない！

彼は口笛を吹きながら、小さな赤い如雨露（じょうろ）をとりに行き、注意深く自分自身に水をまいた――そしてあと知恵が働いて、エリカにも。彼女と自分の茎が開ききったら、交差授粉の実験をしてもいい、と思いついた。ふつうなら系統を純粋に保つために、すべての花を自家受粉させる――娘と娘の交差は平凡な美を生みがちだということは、実験をくり返したのでわかっていた。もちろん、自分自身の純粋な種子を作りたくはない――そんなものが存在すれば、どれほど厳重に鍵がかけられていても、二度と安心できないだろう。しかし、エリカのめしべとの授粉は――じつに興味をそそる考えだ！

上機嫌でもの思いにふけっているうちに、自分の鉢とエリカの鉢のあいだで――だが、自分の鉢のほうに近いところで――育っている、名前のない小さな植物にさえ水をやっていた。と、鋭いビビーッという音。彼が赤い如雨露をとり落としたのは、上機嫌はうわべだけで、不安でたまらない気持ちから逃れられない証拠だった。

忌々しい電話機め、と身をかがめ、水をしたたらせる如雨露の向きを直しながら、彼は思った。刺しに来る蜜蜂にあれほど似た音を出す権利はない。ただちに音色を変えさせなければ――すでにそうしていてもよかったのだ。蜜蜂に対する恐れがそれほどまでに大きいと認めてさえいれば。

しかし、あまりにばかげている。蜜蜂は根深い大きな恐怖ではあるが、臆せず立ち向かったほうがいいかもしれない。いまタガート植物の存在に臆せず立ち向かっているのとまったく同じように。もし蜜蜂が怖くなければ、とっくのむかしに昆虫授粉の実験を試みていただろう。花の乙女たちの全身を蜜蜂が這いまわり、ものうげにブーンと音をたてながら、つぎからつぎへと移っていく。それを考えるとゾクゾクした――ただし、彼自身は拷問用の注射針を体内に組みこんだ六本脚の怪物が恐ろしくてたまらなかったが。

しかし、ここにいる自分に電話をかけてこられるのは、いったいだれだろう？——受話器に手をのばしながら、彼は自問した。〈子猫ちゃん〉たちを寝かしつけたいま、雑誌のスタッフだったらただではおかないぞ——耳を嚙みちぎってやる。いや、むしろ毒のある甘い言葉をひと声かけて、明日くびにしてやる。この番号を知っている人間は十数人止まりだ——最後に教えた相手は大統領だった。

魅力的な声がいった。

「エリカ・スライカーよ。ハロー、タガート・ブラガート・ワガート・ハガート眠れ・眠れ・眠れ！　さあ、取り決めた合図をあたえたんだから、あたしの質問に答えるのよ。あたしにいわれたとおりのことをするの。はっきり聞こえてる？」

想像のなかでタガートは受話器をたたきつけ、階段を駆けあがり、べつの秘密の番号へ電話をかけて——最新の地下社会の暗号を使い——信頼の置ける、良心というものがないギャングをふたり雇った。エリカ・スライカーをぶちのめし、両目に青あざをこしらえさせ、下腹部に蹴りを入れさせるために。

じっさいは、歌うような声でこう答えた。

「はい、聞こえます」

「よろしい。庭園にいるのね？」

「はい、庭園にいます」

「いうことなし。テーブルのわきに椅子を置きなさい。あたしたちの植物が両方とも見えるように。そうしたら椅子にすわりなさい」

彼はなんとか椅子をテーブルとは反対に向けたが、椅子の背に前腕と電話機を置いて、それにまたがることになっただけだった。

「椅子にすわって、あたしたちの植物を見てるわね？　ヴァンプはどうしてる？」

いわれるままタグは、自分自身の植物の隣に生えた小さな植物に注意を集めた。いまになってようやく正体がわかった。六年前にその恐ろしいものをふたつ植え、二度と植えないと心に決めたのだ――片方の巻きひげは将来有望なジーナを絞め殺した。いっぽう、もう片方の巻きひげは鞭のようにしなり、彼が不用意に近づけた小指をとらえて、その顕微鏡的な吸盤でちっぽけだが、ひどい傷を負わせたのだった。さしものヴェロニカ大おばも、その吸血鬼植物が人類にとって有益かどうかについては、多少の疑念をいだいていた。彼女はサソリ、ムカデ、大蜘蛛などから熱帯の住民が身を守るのに使えるかもしれないと述べていた。そして――ためいがちに――火星の征服に使えるかもしれないと。

「申し分ありません」彼は送話口に向かって報告した。「額がのぞいていて、淡い赤い色をした巻きひげが十六……いや、十七本数えられます。長さは一インチほどで、わずかに揺れはじめています」

「ブラヴォー！　その植物の観察もつづけて。じゃあ、電話を切って、つぎの指示を待ちなさい」

タガート・アダムズはいわれたとおりにし、それから彼にとって永遠がはじまった。数百年の経過を示すものは、「ブラグ・ワグ・ハグ」の決まり文句をくり返すためだけにエリカからかかってくる電話であり、数千年を区切るものは、ヴァンプの赤い巻きひげがまた一インチのびることだった。

三百五十年ほどあと、ヴァンプの顔が完全に見えるようになった。巻きひげの色からとっくに推察していたとおり、それは赤毛のオフ・ブロードウェイ女優の顔だった――写真と緑の爪の切りくず三つが、床から作用したにちがいない。利用可能でかつほかでは使われていない、いちばん近い写真と象徴として。

彼女は邪眼の才能に恵まれている、と千年もにらまれたあとタグは判断した。そして唇をまくりあげて、ちっぽけな白い牙を見せる才能にも。そして顔のまわりでメデューサの髪さながらにアーチを描くヤスデのような巻きひげを、タガート植物のそばで思わせぶりに揺らす才能にも。

いっぽうエリカ植物とタガート植物は、ちゃんとふくらみを生長させており、とうとう前面で緑の莖莢が裂けてきていた。宇宙でいちばんゆっくりした、ゾクゾクしないストリップだ。

エリカ植物は、歳月がたつにつれ、ますます大きくなる軽蔑の微笑を浮かべて、彼を見かえした。

他方、タガート植物は顔をしかめ、にやりと笑い、絶えず左目で彼にウインクした。タグは小さなまぬけ野郎の理不尽なご機嫌ぶりになんとなく腹が立ってきた――そして退屈した。恐ろしいほど退屈した。もしこうやって一生他人を見てきたのなら……。

喉の渇きで痛みが走り、空腹で気分が悪くなったが、それが鈍るほど激しい無気力に襲われた。

こんなふうに意志に反して人間を催眠術にかけておけるはずがない、と彼は百万回も自分にいい聞かせた。ただの小生意気な娘にいちど会っただけで、そんなことになるはずがないのだ。世界で指折りの有力者、セックス人形使い、〈子猫ちゃん〉たちの発行人、ヴェロニカの大甥、〈子猫ちゃんのお城〉の城主、乙女の庭師たる者が……。

心の暗く高い隅から小さな声が百万回、「ブラグ・ワグ・ハグ」と答えただけだった。

何百年もつづく〝夜〟が三度あった。

一万二千年後、秘密の羽目板が開く音がし、通路をやって来る足音がした。だれかが足を止め、赤い如雨露を拾いあげた。アンセルモだ、目の隅に映ったものでわかる――漂白したハムのような手、白馬の顔くらい大きな顔は見まちがいようがない。というのも、さまざまな身体の不自由さに加え、老シチリア人は末端肥大症なのだから。

タグは叫ぼうとした。ささやこうとした。指で呼びよせようとした。指は一本だけあげられたが――役には立たなかった。タグにわかるかぎりでは、アンセルモは雇い主のほうにいちども好奇の目を向けずに、雑用にかかったのだ。

何十年、何百年にもわたり、彼が辛抱強く水をまき、肥料をやり、霧を吹きかけているあいだ、彼の大きな靴がコンクリートをこすり、定期的に蛇口から水がほとばしった。例の決まり文句をくり返すために電話が二度ビビーッと鳴ったが、アンセルモの動く音に変化はなかった。

二回ともタグは電話機を床に落とそうとした――そしてもっと慎重に置きなおしただけだった。三度めの電話が鳴った――百年にいちどのリズムでかかってくるよりはずいぶん早く。きびきびした耳ざわりな声がいった。

「タグさんよ。ライオンどもを撃ち殺す準備はできてるか？　ローデシアのライオンが待ってるぞ」

恐ろしいことに、タグは「遠慮しとくよ」としかいえず、受話器を置くことしかできなかった。

ようやくアンセルモが植木鉢のテーブルまでやってきて、そこの三本の植物を順番に世話しはじめた。アンセルモの水まきでタグの焼けるような渇きがぶり返し、「お願いだから、おれの口へすこし注いでくれ！」という心の叫びになったときでさえ、タグの内心の絶叫には気づく気配もなく。

アンセルモはエリカ植物とヴァンプ（長さ一フィートもある巻きひげのまわりを動くときは、その大きな手がすこしだけ用心深くなった）の世話を終え、いよいよタガート植物の番となった。そのときはじめて、彼の行動に変化が生じた。雄牛のようにじっと立ちつくし、薄笑いを浮かべたクルミ大のタガートの頭をひたすら見つめつづけたのだ。タグの胸のなかで希望にふたたび火がついた。

やがてアンセルモが向きを変え、同じくらい長いあいだ、等身大の雇用主をまじまじと見た。タグの希望が燃えあがった。せめてあの生っ白い顔に読みとれる表情が浮かべば……。

と、アンセルモはクルミ大の頭をふり返り、困惑したようすで自分の頭を三度、馬がふりたてるように大きく左右へふり、なで肩をすくめて、通路を歩きだした。秘密のドアが開き、彼の背後で閉じる。

回廊の落とし戸が開き、アンセルモは地獄でいちばん熱い部屋へと落下した——タグの想像のなかでは。

一千年と、十回の電話のあとに、エリカがこうつけ加えた。

「プールの下に庭園があるのは知ってるわ。どうやって行けばいいの？」

タグは意志を集中して考えた。

（教えたとたん、おれは地獄行きだ。一文なしになるだろう。おまえは、ヴェロニカ大おばさんがいつも警告してくれた邪悪な女だ。魔女の女王だ。教えるもんか）

彼が送話口にいったのは、「主階段をおりきったら右へ曲がってください。右手にある七つめの繰形。床から七つめのロゼット。三回押して一回押してください」だった。

「ありがとう。すぐに行くわ。ちなみに、あなたは地獄にいて、代わってくれる一文なしはどこにもいない。ところで、そろそろあなたが体から出てきているころね——あまり長くは生きないわ。たとえあなたがなかにいても。もうあたしの植物を見ないで、ヴァンプを見ないで、自分の植物だけを見なさい……そして投影するの……投影……投影……」

タグはしたがった。百年後、クルミ大の頭が彼自身のまばたきとぴったり同じタイミングで上下に揺れたり、薄笑いを浮かべはじめたりした。と、いきなりそれが月のように大きくなった。見おろすと、首のまわりに大きな緑のひだ襟がたっぷりと生えていた。自分はいまタガート植物のなかにいる。そう悟ったあとの最初の反応は、本来の体に自分を投影して、元どおりになろうとすることだった。

自分の体をひと目見て気が変わった。あの灰色の顔をした象のような巨体、あの月形の舌を生やした山は死んでいるように見える。

そうと知って意気消沈してしかるべきだったが、そうはならなかった。頭を動かしたり、上半身をわずかにくねらせることしかできないのに、彼は活気づいた。不合理なうぬぼれ、みずからの力に対する自信が芽生えた。ひょっとしたら、もはや渇きをおぼえていないからかもしれない――アンセルモがたっぷりと水をまいてくれたおかげで、冷たい水分が体じゅうにしみわたっていたのだ。

それだけではない。彼にとって時間がふたたびスピード・アップしていた――分はもはや年のようにのろのろと過ぎなかった。

あるいは、ひょっとしたら、この爽快な気分は、五感が鋭くなったおかげかもしれない。これまで感知できなかった空気の満ち引きが、いまは小川の水のように、さざ波となってむきだしの肉体に寄せてくる。ただよう毛羽が紙の小舟のようにぶつかってくる。においは交響曲だった。色はずっとあざやかになった――洗われたばかりの子供の目で見ることができた。これまでそれをちゃんと鑑賞したことがなかったのだと悟った。いま彼はオーケストラの楽器ひとつひとつを聞きわけられた。主に娘たちがアクセントとなっており、そして正確無比に、くっきりと聞きとれた。おお、花の乙女たちのいっていることさえ聞こえるぞ！

「あんたなんか大っ嫌い、タグ・アダムズ、あんたを見てるとむかむかするわ」と彼女らは詠唱していた。ときおり、いくつかの外国語で猥褻な言葉がまじる。

彼は胸をふくらませた。ああ、これは賛歌の一種だ。小さいやつが、あれほどしあわせそうにしていたのも無理はない。とにかく、あの小さいやつはいまどこにいるんだ？　おれ自身の何まわりも大きな意識に吸収されたんだろうか？　どうでもいいが、さあ、耳をすまそう……あのフランス娘はおれになにをいってるんだろう……？

「楽しめるうちに楽しみなさい」とエリカ植物が甘い声でもの思いに割ってはいった。

「黙れ！」彼は嚙みつくようにいうと、頭を彼女のほうにぐるっとまわした。おいおい、たしかにすばらしい体つきじゃないか。はじめてオフィスにはいってきたとき思ったとおりだ——思わず知らず、賞賛の口笛が出た。

「お褒めにあずかって恐縮だわ」エリカ植物が肩をすくめて答えた。「あたしに代わって抱きしめてあげて、赤毛さん」

擬態者たちよりはるかに茎のしなやかなヴァンプが、両者のあいだに体を突きだした。メデューサの顔がしかめられた。目が白い円となってにらんだ。白い牙がカチカチ鳴った。と思うと、太さ一インチの生きている巻きひげが彼をとり囲み、赤い格子の檻のようになった。先端は彼に触れきってはいない。やがて一本がゆっくりと下がっていき、彼の胸の上をチクチクと退いていき……。

「そこまでよ、赤毛さん」エリカ植物が命令した。

遠くできしみがあがった。赤い巻きひげがさっと引っこんだ。きしみはつづいた。

秘密の羽目板が開いているのだ。と、巨人の足音がとどろいた——テーブルと植木鉢と土を通して、コンクリートから伝わってくる痛いほどの振動をタグは感じとった。

エリカ・スライカーが部屋にはいってきたのだった。タグにとっては松の木なみに背が高く、恐竜よりも大きな娘。巨大な魔女の女王だ。

真珠をちりばめたパール・グレイのスーツの上にプラチナ色のミンクのコートをはおっている。コートの左肩には、大きな切り花が留めてあった。葬儀用の白百合だ。

左の脇に小さな立方体の白箱をかかえている。タグにとってはピアノをおさめる木枠なみに大きかったが。それはブーンと音をたてていた。まるでなかで電気モーターがいくつかまわっているかのように。

通路の途中で彼女は足を止め、三本のアリスに目をやった。

「助けて、助けて！」花の乙女たちが声をそろえて彼女に呼びかけた。

彼女はゆっくりと悲しげに首をふった。それから悲鳴をあげる三本のアリスを鉢から引っこぬいた。

「死ぬにしろ治るにしろ」タグには雷鳴のように聞こえる声で彼女はいった。「いまの状態よりはなんだってましよね」

彼女は身をかがめ、まだ悲鳴をあげている三本のアリスを高々とふりあげると、ドサッという鈍い音とともにコンクリートへたたきつけ――その振動でタグはひるんだ――その場を立ち去った。

花の乙女たちがいっせいに身がまえた。鉢を揺らす足音がまたはじまった。エリカは植木鉢のテーブルの上に白い箱を置いた。電気モーターが、ほかとは異なるが、うずくような振動をつけ加える。タグは身悶(みもだ)えした。ハイファイを何時間もぶっつづけで音量を最大にして聞かせた夜、花の乙女たちがそれを好かなかった理由がわかってきた。

エリカが彼のほうに体を曲げた。ラシュモア山から飛びだしている顔のようだった。彼女の毛穴、おしろいの粉が見え、強烈なにおいに胸がむかついた。

「敏感な植物でいるのは、それほど楽しくはないんじゃない、ミスター・アダムズ？」彼女はまのびした轟音を発した。

「大おばさんが、おまえを地獄で拷問にかけてくれますように！」タグは金切り声をあげた。

「あなたはヴェロニカ（Veronica）のなかにエリカ（Erica）を見つけるでしょう」彼女は謎めいた答えを返した。それから死骸のように見える彼本体の耳のまわりから濃い藍色の長い髪をゆっくりとほどいた。それを彼の前に垂らして、

「毛髪の使い方はたくさんあるのよ、ミスター・アダムズ――外被象徴を適用する方法はひとつじゃないの」

それから自分自身の植物の鉢に指を食いこませ、慎重にその根をゆるめると、やさしく引き

ぬいて、濡れたハンカチでくるんでから、百合の切り花の中心にエリカ花をしっかりとさしこんだ。

それから白い箱ごしにタグを見た。

「魔神たちはあなたを愛さないわ、ミスター・アダムズ」遠雷のような声で彼女はささやいた。彼女は箱の蓋をはずした。育ち盛りの子猫なみに大きな、黄色い縞のはいった黒い蜜蜂が、箱の縁に這いあがってきた。

「あなたは遺言状と死刑執行令状にサインしたのよ、ミスター・アダムズ」彼女は言葉をつづけた。「あたしたちがオフィスで会ってから一時間以内に。ひとつ以上の意味でサインしたの」

芝刈り機のような轟音をあげて蜜蜂は飛び立ち、タグのまわりで大きく旋回した。

「けっきょく、あなたは長生きしたのよ」とエリカが言葉をつづけた。「およそ一万四千年ってところかしら――たとえその大部分は、ここ数日ここで過ごしたのだとしても」

首をどんどんもたげるにつれ、ちっぽけな恐怖の涙がタグの顔をしたたり落ちた。花の乙女たちの頬を濡らすしずくは、正確にはどういう意味だろう、としばしば疑問が湧いたものだった。

「もう行くわ、ミスター・アダムズ」とエリカ。「あなたはこの場所をひとり占めするのよ。錠は詰まって解けなくなる。アンセルモは、あなたに締めだされたのだと決めてかかるでしょう。日光はつけっぱなしにしておくわ――ほかの花たちのためにできる精いっぱいの親切よ」

蜜蜂が、六本脚の生きているヘリコプターのようにタグの肩に舞いおりた。鼻の曲がりそうなにおいがした。心中で発した百万の悲鳴のうち、喉から出たものはひとつもなかった。

「怖がらないで」エリカが轟音をひびかせた。「蜜蜂は花を刺さないわ――おとなしくしていれば。それに、あなたのような雄花のにおいは、たまたま蜜蜂にとってはたまらなく魅力的なの」

さらに二匹の蜜蜂が箱の縁まで登り、飛び立ち、旋回しながらやってきた。

「あなたにとってはたいへんな名誉なのよ、ミスター・アダムズ」と彼女は言葉をつづけた。「あなたの雑誌から察するところ、あなたは昔からこうされたかったのでしょう。この上なくすばらしい運命のはずよ、あなたの見方からすれば」

蜜蜂がつぎつぎと飛び立った。二匹めがタグの首に着地した。一匹めはゆっくりと胸を歩いていた。ねばっこい毛をふさふさと生やした足は、耐えがたいほどムズムズし、針が顔の前で揺れ動いた。

「そう」彼女は立ちあがりながら説明した。「蜜蜂はあなたの花粉を美しい娘たちすべてに運ぶだけ」両腕を大きく広げてから、身を乗りだし、こう締めくくった。「でも、花粉を運ぶ前には、ミスター・アダムズ、花粉を集めないとね」

モリス刑事とオブライエン刑事は、殺人課のほかの者たちがやってきて、盛んに鼻をくんくんいわせ、とうとう肩をすくめて出ていったあとも居残って、風通しの悪い、カラカラに乾いた庭園を見おさめにぐるっと見まわした。

「ここは本当に謎めいたものばかりだな」と萎びた茶色い植物の列をじっと見つめながらオブライエンがいった。「たとえば、なんでミイラのことが頭から離れないんだろう？」

モリスは肩をすくめ、

「検視官の話だと、アダムズはたんなる餓死だそうだ。つまり、水と食べものが欠如していただけ。なんで腐るほど金があって、かわい子ちゃんをはべらせてる野郎が、秘密の温室に閉じこもって、飢え死にしなけりゃならないんだ？　それこそが謎だよ」

「そんなに悪いやつじゃなかったみたいだ」とオブライエンがうわの空でいう。「精神病院から出てきたばかりの娘に、あれだけの金を遺したんだ——アリスなんとかといったな」植木鉢のテーブルまで移動する。注意力をとりもどし、「でも、まだここに謎がある。たとえば、その鉢のなかや、まわりで死んでいる蜜蜂だ——その鉢には干からびた植物が植わっていて、隣の鉢からのびた枯れたつるに巻きつかれている。おれにいわせりゃ、そいつはまだ——」（ぶるっと身を震わせ）「やつにちょっと似て見える」

モリスは不安げにクスクス笑い、「本物の謎は」とオブライエンにいった。「その気味の悪い想像力を、あんたがどこで仕入れたかだよ」

（中村融訳）

大瀑布

ハリー・ハリスン

ハリー・ハリスン　Harry Harrison (1925-2012)

作者はアメリカのSF作家だが、出発点はイラストレーター。のちに雑誌編集者やアンソロジストとしても活躍した才人である。コスモポリタンとして高名であり、世界じゅうを旅してまわるほか、デンマークやアイルランドにも在住していた。

作家としてはハードボイルド・ミステリの形式を借りて人口爆発を起こした世界を描いた『人間がいっぱい』（一九六六／ハヤカワ文庫SF）、スラプスティックな反戦SF『宇宙兵ブルース』（一九六五／同前）が代表作。未来の怪盗を主人公にした《ステンレス・スチール・ラット》シリーズ（サンリオSF文庫）も人気が高い。

〈イフ〉一九七〇年一月号に発表された本篇は、ニューウェーヴ運動全盛時代に書かれた異色作。本人の弁によれば、じっさいに見た夢が元になっているという。

当時ハリスンはカリフォルニア州のメキシコ国境に近い辺鄙（へんぴ）な場所に住んでいた。険（けわ）しい丘のふもとに当たる位置だったが、やがて周囲に家が建ちはじめ、その丘を猛スピードで駆け下る暴走族が出没するようになった。ある夜、SFにおける巨大物というテーマの文章を書きかけたままベッドにはいると、丘の上から聞こえてくる轟音に眠りを破られた。その大音響と書きかけの文章が結びついたのか、そのあと見たのは、すさまじい音をたてて頭上に落下してくる巨大な滝の夢だった……。

青々と茂った草が山道を覆い、石鹸(せっけん)のようにつるつるする。カーターがしょっちゅう足を滑らせてころんだのはそのためで、道がけわしいからではなかった。まだ頂上はずっと先だというのに、レインコートの前はずぶ濡れで、両膝は泥だらけだった。そして、一歩踏みだし、一歩登るごとに、たえまない轟音はいっそう大きくなってきた。尾根にたどりついたときには、汗みどろでへとへとだったが、そうした不快さは、広い湾のむこうを見わたしたとたんに、すべて忘れてしまった。

ほかのみんなとおなじように、彼もまだ幼いころから大瀑布の話を聞かされてきたし、おびただしい写真ばかりか、テレビでその実写フィルムを見たこともある。それだけの予備知識があっても、なおかつ本物の迫力には心構えができていなかった。

それは真下に落ちる大洋、垂直の大河だった——毎秒の落下量は何百万ガロンだったっけ? 大瀑布は湾のはるかむこうまで伸びひろがり、いちばんむこうの端は、滝壺から昇る水煙にかすんでいた。湾は落下する重量の衝撃に煮えたぎり、さかまく白い怒濤(どとう)が、下手(しもて)の岩にうちよせてゆく。

カーターは、堅固な岩にぶつかる水の衝撃を、地鳴りとして感じることができたが、すべての物音は、大瀑布のけたはずれの咆哮のなかに呑みこまれていた。そのとほうもない、圧倒的な反響に、彼の耳はどうしても慣れることができなかった。たえまない衝撃で耳は麻痺していても、頭蓋骨そのものがそのひびきを脳に伝え、脳を震わせ、うちのめしているのだった。両手で耳をふさいだ彼は、それでも音がすこしも弱まらないのを知って、恐怖にかられた。そこにふらふらと立ったまま、目を見はっているうちに、滝壺の上に生まれて、たえず変化する気流の一つが、とつぜん水しぶきの壁を彼の上に送りつけてきた。その降水はほんの二、三秒つづいただけだが、これまで彼の経験した、いや、想像した、どんな豪雨よりもすさまじいものだった。それが通りすぎていったとき、彼はあえぎながら空気を吸いこんでいた。それほどに濃密な降水だったのだ。

いまだかつて経験したことのない感情に身ぶるいしながら、カーターは向きをかえ、尾根づたいに視線を移し、断崖をながめた。その断崖は、灰色と、黒く濡れた花崗岩(かこうがん)で、崖裾には、まるで石のおできのようにぷつんとふくらんだ家がある。断崖とおなじ花崗岩でできたその家は、堅固さでもすこしも劣らないように見えた。まだ両手で耳をふさいだまま、こけつまろびつ、カーターはその家のほうへと走りだした。

しばらくのあいだ、水しぶきは湾を越えて海のほうへ吹きはらわれたので、金色の午後の日ざしがその家の上に降りそそぎ、傾斜の急な屋根の上にいくすじもの湯気が立ちのぼっていた。それはまったく実用本位の建物で、それがぴったり押しつけられている岩石とおなじように、頑丈にできていた。大瀑布に面した真黒な正面には、二つの窓が開いているだけで、奥にひっこんだ小さいその窓は、まるで疑い深い一対の目のようだった。こちら側にドアはないが、カーターは板石でできた小道が、角を曲がってむこうへつづいているのを目にとめた。その小道をたどってゆくと、やがて大瀑布からいちばん遠い側の絶壁の中に、これも奥にひっこんだ小さい扉が見つかった。アーチはないが、さしわたし六十センチはあろうという巨大なまぐさ石が、その扉を守っていた。

　カーターは、扉を囲んだ空間の中に足を踏みいれ、鉄の桟（さん）で補強された分厚い板戸の前で、ノッカーらしいものがないかと、あたりをむなしく見まわした。間断のない、世界に充満した大瀑布の雷鳴で、ほとんど頭が働かない。密閉された扉を両手で押してみたあげくに、彼はようやくさとった。かりに大砲のような音のするノッカーがあったところで、この轟音の中では聞きとれないだろう。その考えを頭において、両手を下におろし、もっとまとまった考えを、むりやり形づくろうとした。自分がここにいることを、なんとか中に伝える方法があるはずだ。

　そのアルコーブから後ずさった彼は、壁の一メートルほど先に、錆びた鉄の把手があるのに気づいた。それをつかんでねじってみたが、びくとも動かない。しかし、ひっぱってみると、かなり抵抗はあったが、把手がじわじわと壁から抜けだし、その後ろに鎖がついているのがわかった。鎖にはたっぷり油がさされ、よく手入れしてある。これは吉兆だ。ひっぱりつづけるうちに、鎖は一メートルばかり穴から出てきて、それからは、いくらひっぱっても動かなくなった。手を離すと、把手はざらざらした石の壁に勢いよくはねかえった。しばらくはそのままだったが、やがてぎくしゃくした機械的な動きとともに、鎖は壁の中へひっこんでいき、把手はふたたびその表面にはまりこんだ。

この奇妙な機構がどんな仕掛けを動かしたにせよ、それは所期の目的を達したようだった。一分たらずで重い扉が開かれ、すきまから男の姿が見えた。男は無言で訪問客を値ぶみし、カーターもそれにならった。

そこにいるのは、この建物や、その後ろにある断崖と、そっくりな男だった。頑丈で、飾りけがなく、風雨にさらされ、しわだらけで、髪には白いものが交じっている。しかし、それだけの刻印を押されながらも、その男は長い年月に抵抗していた。彼の背すじは、どんな若者にも負けないほどまっすぐだし、彼の両手は節くれだっているが、断固とした力をひそめているようだった。青い瞳は、この建物の裏側で、果てしなく、ごうごうと落ちつづける水の色によく似ていた。男は、膝の上まである漁師用の長靴と、無地のコール天のズボンをはき、洗いざらしてねずみ色になったセーターを着ていた。まったく表情を変えずに、男はカーターに中へ入れと手招きした。

分厚い扉が閉まり、数多くのかんぬきがもとのようにはめこまれると、静寂がそれ自身の特質を持ちはじめた。それは、カーターがここ以外の場所で経験したような音の欠如ではなく、積極的な無音響の主張だった。大瀑布の全音響の基盤そのものに対抗する平安の泡の一粒だった。彼は一時的に聴覚を失ったことに気づいたが、大瀑布の猛烈な雷鳴が外に締めだされたことが感じられないほどではなかった。

相手の男は、訪問客の気持を察したのにちがいない。安心させるように首をうなずかせると、彼のレインコートを預り、暖炉のそばにある厚板のテーブルと、坐りごこちのよさそうな椅子を指さした。カーターがありがたくその椅子に腰をおろすのを見て、相手はそこを離れ、まもなく、デカンターと二つのグラスを載せた盆を運んできた。男はどちらのグラスにもワインをつぎ、その一つをカーターの前においた。カーターはうなずいて感謝をあらわし、手が震えているのを意識して、両手でそのグラスをしっかりつかんだ。がぶりと一口あおったあと、ちびちびワインをすするうちに、震えはおさまり、聴覚も徐々に回復してきた。相手の男は、いろいろな用で部屋の中を歩きまわっていたが、近づいてくるその足音が聞こえたとき、カーターは自分の耳がほとんどよくなったのを知った。彼はふりかえって、うなずいてみせた。

「おもてなしありがとう。さっき入ってきたときは、すっかり……どぎもを抜かれていましてね」

「気分はよくなったかね？　ワインの効きめはあったか？」男は、どなるような大声できいた。カーターは、自分の言葉が相手に聞こえていないことに気づいた。もちろん、この男は耳が遠いにちがいない。聴覚が完全に失われていないのが、ふしぎなぐらいだ。

「ありがとう、気分はよくなりました」カーターはどなりかえした。「おかげさまで」男はかすかに微笑をうかべ、うなずいた。

「わたしはカーターというレポーターです。取材で、あなたに会いにきたんですが」

「わしはボーダムだ。まあ、わしに会いにわざわざここへ来なすったんなら、名前はご存じだろう。新聞に記事を書くのかね？」

「一流の大新聞に」カーターは咳こんだ。どなりづめで、喉がひりついている。「もちろん、あなたのことはよく知ってますよ、ボーダムさん。つまり、評判を。なにしろ、あなたは〝大瀑布の男〟ですから」

「もう、四十三年になる」ボーダムの口調には揺るぎない誇りがあった。「わしはここに住んでから、一晩もこの家をあけたことがない。生易しいこっちゃなかった。風向きが悪いと、しぶきが何日間もこっちへ吹きよせられてきて、息が苦しくなるし、暖炉の火まで消えてしまう。この煙突はわしが自分で作った。途中に曲がりがあって、そらせ板と戸がいくつもとりつけてある。煙は上がっていくが、もし水が落ちてくると、そらせ板がそいつを止め、その重みで戸が開いて、水をパイプから外へ逃がす。なんなら、排水口を見せてあげるよ。壁が煤でまっくろになっとるがの」

ボーダムがしゃべっているあいだ、カーターは部屋の中を見まわしていた。暖炉のちらつく火をたよりに、かろうじて見えるぼんやりした物のかたち、そして、壁にはめこまれた二つの窓。

「あの窓も、やはりご自分で？　外をのぞいてもかまいませんか？」

「どっちも、作るのにまる一年ずつかかったよ。そのベンチの上に立ってみなされ、ちょうどいい高さになる。特別製の強化ガラスでな、しっかりはめこんであるから、まわりの壁とおんなじように丈夫だ。こわがることはない。近寄ってごらん。窓は安全だ。ガラスのとりつけぐあいをよく見りゃわかる」

　カーターが見ているのは、ガラスではなく、外の大瀑布だった。この建物が落下する水にこれほど近いとは、いまのいままで知らなかったのだ。断崖のいちばん端に載っかったここからは、右手にある黒く濡れた花崗岩の絶壁と、はるか下のほうの泡立つ大渦巻のほかはなにも見えない。あとは、正面ぜんたいと、上はどこまでも、すべての空間が大瀑布に埋めつくされている。これだけの厚さの壁でさえ、その轟音を完全にさえぎることはできない。指先をガラスに触れてみると、水の衝撃がびりびり伝わってきた。

　窓は、大瀑布が彼におよぼす影響を弱めはしなかったが、そこに立ってそれをながめ、考えることはできた。これは外ではとうていできなかったことだった。それは溶鉱炉の火をのぞき穴から見るような、いや、地獄を窓からのぞくようなものだった。身の危険なしにそれをながめることはできるが、むこう側にあるものへの恐怖は弱まらない。と、なにか黒いものが、落下する水の中にちらりと見え、たちまち消えてしまった。

「ねえ——あれを見ましたか」彼は呼びかけた。「なにかが大瀑布の上から落ちてきた。いったい、なんだろう?」

　ボーダムは賢しげにうなずいた。「四十年あまりもわしはここで暮らしてきた。大瀑布の上から落ちてくるものなら、見せてあげよう」

　ボーダムは付け木を暖炉の中につっこみ、それでランプに火をつけると、カーターについてくるよう手招きした。二人は部屋を横ぎり、ボーダムはランプの明りを大きな鐘形のガラス容器に近づけた。

「これが岸に流れついたのは、もう二十年も前だったな。体じゅうの骨がぜんぶ折れていた。それをわしが剝製にしたんだ」

カーターは顔をガラスにくっつけ、靴のボタンのような目と、大きくあいた口と、とがった歯をのぞきこんだ。四肢は不自然にこわばり、毛皮におおわれた胴体には妙なでこぼこがある。ボーダムは、けっして上手な剝製師とはいえない。しかし、おそらくは偶然にだろうか、その動物の表情と姿勢の中には、ある恐怖感がうまくとらえられていた。

「犬ですね」カーターはいった。「そこらの犬によく似ている」

ボーダムは気を悪くしたらしく、どなり声としてはこれ以上ひややかなものはないほどの声が、返ってきた。「そりゃ似とるかもしれんが、そんじょそこらの犬じゃない。いまもいうとおり、体じゅうの骨が折れとったんだ。ほかに、どうして犬がこの湾の岸に流れつくわけがある?」

「すみません。そんなつもりでいったんじゃない。もちろん、大瀑布の上から落ちてきたに決まってますよ。わたしがいいたかったのは、こういう意味なんです。みんなの飼っている犬にあんまりよく似ているから、ひょっとすると、あの上にはまったく別の新しい世界があるんじゃないか。犬も、なにもかも、ちょうどこの世界とおんなじように、ぜんぶそろった世界が」

「わしは空想はせんたちだ」ボーダムは機嫌が直ったようだった。「コーヒーをわかそう」

ボーダムはランプをこんろのそばに持っていき、薄暗がりの中に一人残されたカーターは、もう一度窓ぎわにもどった。いや、ひきつけられた、というほうが正しい。

「これから書く記事のことで、いくつか質問があるんですがね」彼はそういったが、その声はボーダムに聞こえるほど大きくはなかった。記事のことも、なにもかも、大瀑布をながめたとたんに、忘れてしまったのだ。風向きが変わり、水しぶきはきれいに吹きはらわれて、大瀑布はふたたび空から落下するすさまじい大河になった。顔を横に向けると、ちょうど川の面を見わたすような気がした。

その大河の上流に、一隻の船が現われた。大きな船、大型客船だ。舷窓が何列も並んだ、それは、いまだかつてどんな船も出したことのないスピードで、大河の面を走っていた。その動きを追うためには、ぐいと頭を動かさなければならなかった。ほんの二、三百メートル先をその船が通過したとき、つかのま、彼はそれをはっきりと見ることができた。船の上にはひとびとがいて、手すりにつかまり、まるで恐怖の絶叫のように口をあけていた。つぎの瞬間、船は見えなくなり、あとには果てしなく突進をつづける水だけが残された。

「いまのを見ましたか?」カーターは後ろをふりむいてどなった。

「もうじきコーヒーができるからな」

「ほら、あそこですよ」カーターは、ボーダムの腕をつかんでさけんだ。「大瀑布のあそこ。船でした。まちがいなく。船が上から落ちてきたんです。ひとびとを乗せて。きっと、あの上には、われわれのまったく知らない別の世界があるんですよ」

ボーダムは棚の上のカップをとるために、力強い腕のひと振りでカーターの手をもぎはなした。

「わしの犬は大瀑布から落ちてきた。わしがそれを見つけて、剝製にしたんだ」

「もちろん、あなたの犬もそうです。それは否定しません。しかし、あの船にはひとびとが乗っていて、誓ってもいいが——わたしは正気ですよ——彼らの肌は、われわれとはちがう色でした」

「肌は肌さ。肌色をしとるだけだ」

「そうです。われわれはそうです。しかし、ほかの色をした肌だってあるはずじゃないですか。こっちがそれを知らないだけで」

「砂糖は？」

「おねがいします。二つ」

カーターはコーヒーをすすった。苦くて熱いコーヒーだった。知らず知らず、彼はまた窓ぎわにひきよせられた。彼は外をながめ、コーヒーをすすり——そして、ぎくりとした。なにか黒くて形のさだかでないものが、上から落ちてきたのだ。そして、ほかのものも。水しぶきがまた家のほうへ吹きつけられてきたので、それらがなんであるかはわからなかった。底にコーヒーのかすが残っているのを見て、彼は最後の一口を飲まずに、カップをていねいにわきへ置いた。

ふたたび、気流の変化で水しぶきの幕は一方に吹きよせられ、つぎの物が落ちてゆくのをちょうど見てとることができた。

「あれは家だ！　まるでこの家みたいにはっきり見えた。しかし、石じゃなく、木でできているらしい。それに、もっと小さい。おまけに、半分焦げたみたいに黒くなっていた。あなたもこっちへきて、見ませんか。まだ落ちてくるかもしれない」

ボーダムは、流しでゆすいでいたコーヒーポットをがちゃんと置いた。「あんたの新聞は、わしのどういうことを知りたいんだね？　ここで四十年以上も暮らしてきたからな、おもしろい話はどっさりあるよ」

「あの上には、なにがあるんですか？　大瀑布の上、あの断崖の上には？　あそこにも人が住んでいるんでしょうか？　あそこには、われわれがまったく知らない、別世界があるんでしょうか？」

ボーダムは口ごもり、眉をひそめて考えこんでから答えた。

「あの上には、きっと犬がいると思う」

「ええ」カーターは拳で窓の下枠をなぐりつけながら答えた。笑っていいのやら、泣いていいのやら、よくわからなかった。水は落下をつづけ、床と壁はその威力にびりびり震動した。

「ほら、あとからあとから落ちてくる」カーターは、静かにひとりごちた。「どういう物だか、見分けもつく。あれは――あれは木じゃないかな。それから、あれは柵の一部分。もっと小さいのは、死体か、動物か、丸太か、それともほかのなにかか。大瀑布の上には、別の世界があって、その世界ではなにか恐ろしいことが起こってるんだ。なのに、われわれはそのことをなにも知らない。あそこにどんな世界があるかも知らない……」彼は拳が痛くなるまで、石の上をなぐりつけた。

太陽が水の上に照りつけ、そこに変化が生まれた。最初はあっちこっちに、ちらちらと見えたものが……。

「おや――水の色が変わってきた。ピンク色だ。赤じゃない。どんどんそれがふえていく。あっ、いまなんかは一瞬真赤になった。血の色だ」

彼は薄暗い部屋に向きなおると、微笑をうかべようとしたが、唇がめくれて歯をむきだしただけだった。

「血？　そんなはずはない。全世界から寄せ集めたって、あんなにたくさんの血はない。あそこではなにが起こってるんだ？　なにが起こってるんだ？」

彼の絶叫にもボーダムは驚かず、うなずいて同意を示しただけだった。「いいものを見せよう」とボーダムはいった。「ただ、そのことは書かんと約束してくれ。みんなの笑いものになるかもしれんからな。わしはここで四十年以上も暮らしてきた。それは笑いごとじゃない」

「名誉にかけて誓いますよ。一言も書かない。ぜひ見せてください。ひょっとしたら、上で起こっていることと、なにかの関係が……」

ボーダムは大きな聖書をとりだし、テーブルの上、ランプのわきで、それをひろげた。中のページはくろぐろとした活字で印刷されていて、実にいかめしく、印象的だった。そのページをめくっていくうちに、やがてごくふつうの紙きれが出てきた。

「これも岸で見つけた。冬のあいだにな。その前の数カ月、だれもここに来ておらん。大瀑布から落ちてきたもんかもしれん。そうだといっとるんじゃない。そうかもしれんというだけだ。あんたも、その可能性はあると思うだろう」

「ええ、もちろんその可能性はあります。でなくて、どうしてここで見つかるというんです？」カーターは手をのばしてそれにさわった。「たしかに、ごくふつうの紙きれだ。破りとったみたいに、片方がちぎれている。くしゃくしゃなのは、濡れたのを乾かしたからですね」

彼は裏を返した。「おや、こっち側には、なにか文字が書いてある」

「うん。しかし、意味がわからん。わしの知らん言葉だ」

「わたしもです。これでも四カ国語が話せるんですがね。これになにかの意味があるんでしょうか？」

「あるはずがない。こんな言葉に」

「人間の言葉じゃない」カーターは唇を動かして、その文字を読みあげた。「エイチ……イー……エル……ピー」

「なんのことだ、ＨＥＬＰとは？」ボーダムはいっそう大声でどなった。「子供が書いたんだろう。意味などあるもんか」彼はその紙きれをわしづかみにすると、くしゃっと丸めて、火の中にほうりこんだ。

「わしの記事を書きたいんだったな」ボーダムは誇らしげにいった。「わしはここに四十年以上も暮らしてきた。もし、この世界でただ一人、大瀑布についての権威がいるとしたら、それはわしさ。

大瀑布のことなら、わしの知らんことはなにもないよ」

（浅倉久志訳）

旅の途中で

ブリット・シュヴァイツァー

ブリット・シュヴァイツァー　Britt Schweitzer (?-?)

資料によると、初出は〈ハバクク〉一九六〇年十二月号だそうだが、掲載誌についても作者についても詳細は不明。

三十五年前に訳出されたが、本書のために新訳を起こした。

ドサッと鈍い音がして、わたしの頭が地面にぶつかってから、八、九フィートころがって小さな草むらに飛びこんだ。この出来事が生じたさいに、わたしの目に映っためくるめく色彩と形から成るぼんやりした模様は筆舌につくしがたい。だが、わたしの経験した不快さは容易に想像がつくだろう。地面にぶつかった衝撃のあまりの激しさに、わたしはそのあとかなり長いあいだ、意識朦朧としていたのである。

じつをいうと、意識を完全にとりもどすまで、どれくらいかかったのかはわからない。最初のはっきりした感覚は、虫かなにかが顔の側面をもぞもぞと歩きまわっているというものだった――わずらわしくて仕方がなかったが、どうすることもできないように思われた。が、それも虫がわたしの口に近づきすぎるという過ちを犯すまでだった。そのとき、わたしはぞっとしながらも、虫を唾で吹き飛ばしたのだ。

この遭遇でわたしの意識はすっかり回復した。そして、頭の左側がズキズキと痛むのに気づいた――耳の右側やや上方である――おかげで、みずからの不運の記憶がまざまざとよみがえり、その結果として自分のはまりこんだ窮地が意識にのぼったのである。

目をこらして周囲を見まわしたが、大地と空しか見えなかった。しばらく一心に耳をすましたが、なにも聞こえなかった。ふたたび周囲に目をやると、かぎられた視界の端ぎりぎりに影が落ちているのに気づいた。地面に対する視角が極端にかたむいていたので、詳細を見分けることはできなかったが、それはなんらかの姿を形作っているように思われた——おそらくは人間の。

わたしはその姿が視野にはいる位置へ頭を移そうとした。何度か試してみて、顎を注意深く動かせば、頭を回転させられるとわかった。まもなく、歩きかけた姿勢で凍りついている男の姿が視界にはいってきた。わたしは安堵して声をかけたが、男は音も動きも返さなかった。その静止した姿にもっと目をこらすと、わたしは卒然と気づいた、それに頭がないことに。わたしは自分自身の体を見ていたのだ!

当初の驚きからさめたあと、わたしは尋常ではない角度から自分の体を眺めるという思いつきに魅了された。しばらく興味津々で目を皿のようにしていたが、やがてみずからのおちいった重大な苦境へと考えがもどった。たしかに、自分の全体像がこうしてはっきりしたのはいいが、ふたつの部分をつなぎ直すという問題が残っているのだ。

もういちど動かない体に声をかけたが、応えはなかった。体がひとりでに動きだすのではないかと思って何度も叫んだが、意思疎通の試みは徒労であることをまもなく悟った。いったん言葉を切り、あらためて体をじっくり見ると、こんな考えが浮かんできた。すなわち、これほど都合のいい角度で、しかも、他人の姿をじろじろと見るかのように、完璧に客観的な態度でみずからを眺めることができたのは今回がはじめてだ、と。

とはいえ、心は自分が直面している深刻な問題にいきなり引きもどされた。まったく動きがとれないので、元どおりになる望みは他人の助けを得ることにかかっているように思われた。わたしは助けを求めて声をかぎりに叫んだが、無駄骨折りに終わった。みずからの無力さを痛感したとたん、パニックに襲われた。視界にほかの生きものはいないから、かなりのあいだ、このまま動けずにいる運命にあるようだ。とはいえ、しまいにはだれかが通りかかり、状況を見てとって、救いの手をさしのべてくれるだろう——わたしは自分にそう請けあった。こうして持久戦がはじまった。

待つこと数日。そのあいだ、自分の胴部(トルソ)の研究に没頭して多くの時間を過ごした。太陽が日日天をめぐるにつれ、さまざまな光のパターンがその体に落ち、かくして影と肉体の驚くべきパノラマが現出するのだった。わたしは筋肉という筋肉、ゆがみというゆがみ、染みという染みの輪郭を知るようになった。正直いって、自分の体形がかなり平凡だと悟ってがっかりした——たしかに、平均より悪くはないが、ギリシア彫刻なみとはいいがたい。にもかかわらず、一瞬の動きのまま固まった筋肉ひとつひとつの律動的な運動を研究するには、格好の対象となっていた。

わたしは、だれかがこの場所を通りかかるという希望をとうとう失いはじめた。そして頭のない自分の体を見ながら永遠に黙想する運命にあるのかもしれない——そう思える瞬間もあった。これほど長いあいだ、ひとりとして通りかからないというのは、いささか奇妙に思われた。

そして、わたしを身動きできなくさせたのと同じ運命が、生きとし生けるものに降りかかったのかもしれないという考えが脳裏をよぎった。ひょっとしたら、世界はいま体と離ればなれになった無数の頭でいっぱいなのかもしれない。それぞれが体から切り離されて黙想しており——それぞれが、他者がたまたま通りかかるのをむなしく望んでいるのかもしれない。ひょっとしたら、宇宙はこうやって終わるのかもしれない。あまりにも疲れ知らずに、こせこせと発達した生きものは、いまやなすすべもなく不条理のパターンに放りこまれたのかもしれない。

助けを得るという望みをとうとうすっかり捨てて、わたしは自分の境遇を改善できそうな計画を練りはじめた。待っているうちに発見したのだが、わたしはまったく動けないわけではなかった。顎を適切に動かせば、蛇の流儀で多少は前進できるのだ。その動きはのろかった——わかるかわからないかぐらいだった——しかし、みずからの境遇を変える望みがいささかでもあるとしたら、この動きにあるように思われた。

このやり方で、わたしは頭と体を近づけにかかった。まもなくわかったのだが、その仕事は途方もなく困難だった。動きはのろく、頭を思いどおりに動かすのは容易とはいいかねた。それどころか、あてどなくジグザグに進むのを避けるのはきわめて困難であり、たしかに前進していると確信できたのは、何日もたってからだった。それにもまして、その努力は疲労困憊するものであり、じきに筋肉が耐えられないほど痛みはじめた。

時間の経過を計る試みはしなかったものの、その距離の半分を踏破するだけで何日もかかり、そのときには気息奄々(きそくえんえん)の状態だった。目に映る自分の体に猛然と腹が立ちはじめた。前と変わらず潑剌として見えるのに、みずからを保全する努力にはこれっぽっちも貢献していないのだ。じっさい、ある時点で、憤怒のあまり錯乱しかけたわたしは、思わず口汚くののしった――

「このまぬけ野郎！　すこしは手を貸したらどうだ！」

とうとう足もとに当たる位置へたどり着いたとき、これまでの苦労は水の泡ではなかろうかと疑問が湧きはじめた。これほど長く分かれていたあと、ようやく自分の肉体に触れて心慰められたものの、それをぴくりとも動かせないことに気づいたのだ。思い切り嚙みついたときでさえ、それは微動だにしなかった。しかも、押しても引いても、体を倒せなかったのである。

体力の回復を図って数日の休息をとり、同時にこの厄介な問題の解決法をひねり出そうとした。ある途方もない計画の詳細がしだいに固まりはじめた。これがうまくいけば、わたしはようやくまた一体となって旅をつづけられるかもしれない。計画はいたって単純だった。片脚にしっかりと食らいつき、顎を横へ動かすことで、徐々に登っていくのだ。この考えが最初に浮かんだとき、ばかばかしいほど実際的ではないとして却下したが、ほかに可能性がないのだから、試してみるほかないと最終的に判断した。地上を進んだ経験から、このような仕事には奮い起こせるかぎりのスタミナと体力がいるだろうし、成功の望みがあるとすれば、細心の注意を払って計画を立てることだとわかっていた。

肉体の凹凸を念入りに調べ、よさそうなルートを決定すると、おっかなびっくり登りはじめた。左足の踵から出発し、まもなく高度を稼ぐ実行可能なテクニックを開発した。その方法は、歯で肉をしっかりと嚙んで支点を確保し、下顎をほんのすこしだけ脚の上方へずらしてから、それと隣りあう位置へ上顎を動かすというものだった。頭の重さを絶えず支えておくために、いついかなるときもしっかり嚙みついていなければならないので、旅の経路にそって体に傷を負わせることは避けられなかった。嚙みしめる歯の下で皮膚が破れたり、ときには生温かい血のしずくを舌に感じるたびに、体のその部分との神経経路がさしあたり切断されていることが、むしろありがたく思えた。

ひとたび登攀をはじめると、休まずしゃにむに進むほかなかった。頭が動いていないときでさえ、その重さを支えるという行為だけで貴重なエネルギーを消費するからである。最初の進み具合は当初の予想を上まわっており、五時間ほどで膝関節裏のすぐ下に当たる位置へ到達してのけた。とはいえ、この時点で自信過剰となり、このあたりで肉の道が狭くなるのを的確に判断しそこねてしまった。ほんの一瞬、顎の力がゆるみ、わたしの頭はふたたび地上へ落下した。最初の試みは失敗に終わったのだった。

とはいえ、最初の試みである程度の自信がついた。一日休んだあと、わたしは二度めの登攀を開始した。今回はいかなる犠牲を払っても成功すると決心して。二度めの挑戦にさいしてルートの選択には時間をかけた。前回の経路は悪くなかったが、すでにズタズタになっている肉体のそのあたりに、さらなる損傷をあたえることはためらわれたのだ。最終的に、右脚からはじめることに決めた。二度めの登攀では、一日の旅の終わりには臀部へたどり着くことができた。そのころには顎が疲れ、痺れていたので、動きを制御できなくなるかもしれないと心配だった。しかし、体力がすこしでも残っているかぎり、登りつづけるほかに選択肢はなかった。

わたしは中間目標として、わずかにのばした左前腕のすぐ上に当たる位置へ到達するという計画を立てていた。肋の裏側を登りながら、腕と腋が形作る分岐に頭がおさまって、重さを支えてもらえる地点へたどり着こうと奮闘した。この避難所までようやく無事にあがったときには、気絶寸前の状態だった。二日ぶりに顎をゆるめたときの安堵感は、筆舌につくしがたい。腋の下に頭をしっかりと押しこんでぐっすりと眠りこみながら、そのとき自分が見せていたにちがいないばかげた光景を思って、クスクス笑いをもらさずにはいられなかった。

この絶好の機会を逃さず、わたしはその地点で数日間の休息をとった。痛む顎がようやく力をとりもどしはじめると、最後の旅程をじっくりと考えた。わたしが選んだのは、肩に近づくまで脇腹のそばを離れず、体の右側正面を登りつづけるという道だった。胸郭上方のあたりにはあまり肉がついていないので、しっかりと噛みついているのは前よりもかなりむずかしかった。目的地は目と鼻の先なのに、また落っこちるかもしれないという考えが何度も頭をかすめた。そういうことになったら、三度めをはじめる勇気を奮い起こせるかどうか疑問だった。

ようやく肩の高さに達し、すこしほっとしながら、首へ向かう旅をはじめた。鎖骨が噛みつきやすい張り出しになってくれたので、さして苦労もせずに喉へたどり着いた。そのとき計画全体で最大の難関と判明したものに直面した――途中で支点を失わずに、正しい位置で頭をつなぎ直すという作業である。

自分の喉にしっかりと食らいついたまま、顎と顔の筋肉をどう動かせばどうなるかを見定めにかかった。どうがんばっても、正しくつなぎ直すのに必要な角度の半分も頭を動かせないとわかって、最初はひどく落胆した。考えられるかぎりの方向へ頭をひねり、まわしたものの、すべての努力は無駄骨に思えた。これだけ苦労を重ねたのに、最後の最後で成功を拒まれるかと思いはじめたとき、絶望感がこみあげてきた。

とはいえ、首の側面へまわりこみ、歯で肉をきつく噛みしめれば、その上方の表皮がわずかにかたむくので、事態がかなり改善されるとわかった。この作戦を実行するのは迷いがあった。致命傷となる可能性があるからだ。それでも、重大なリスクがあるにもかかわらず、最終的な成功を望むなら、これしか方法がないように思われた。ありったけの筋肉を最大限に緊張させれば、切断面同士をじりじりと近づけることができた。

とうとう接触がなしとげられたとき、みずからに負わせるしかなかったひどい裂傷の痛みが、激しい衝撃となって全身を走りぬけた。とはいえ、自分が元どおりになったという感動に近い感覚にくらべれば、こんな苦しみはなんでもなかった。数週間ぶりに手足を動かしたとたん、頭がうしろ向きについているとわかって愕然とした。とはいえ、この事実はご愛敬だと判明した。いまや腕を自由自在に動かせるのだから、手をのばし、頭を正しい位置までひねってやるのは簡単なことだった。そのあと、わたしはひと息ついて、人生のひとコマとなった、この途方もない珍事が終わりを告げたいま、ほっと安堵のため息をもらした。それから、気力も新たに、中断していた旅を再開した――これからは、風の強い日には外出を控えよう、と固く心に決めて。

（中村融訳）

街角の書店

ネルスン・ボンド

ネルスン・ボンド　Nelson Bond (1908-2006)

アメリカの作家。わが国ではもっぱらSFの書き手として知られているが、本人の回想によれば、「自分をSF作家だと思ったことはいちどもなかった。自分は幻想小説作家だと思っていた」という。じっさい、一九三七年のデビューから五〇年ごろまで、軽妙洒脱な幻想小説で名をはせた作家であり、主な活動舞台は〈ウィアード・テールズ〉をはじめとする怪奇パルプ雑誌と、〈スクリブナーズ〉や〈ブルー・ブック〉といった一般雑誌だった。五二年以降は小説の筆を折ったも同然だが、その名は好ましい記憶とともに残っており、九八年にはアメリカSF&ファンタジー作家協会から名誉賞を贈られた。著作に短篇集 *Mr. Mergenthwirker's Lobblies* (1946)、長篇 *Exiles of Time* (1949) などがある。

邦訳単行本は、連作短篇集 *Lancelot Biggs : Spaceman* (1950) を子供向きに分冊で訳した『宇宙人ビッグスの冒険』（岩崎書店）と『幽霊衛星テミス』（同前）があるのみ。短篇のなかでは、フレドリック・ブラウン&マック・レナルズ編のアンソロジー『SFカーニバル』（一九五三／創元SF文庫）収録の「SF作家失格」（一九四一）が手に入れやすい。

ボンドの経歴を調べると、稀覯本のディーラーをやっていたという記述にぶつかる。よほどの本好きなのだろうが、そうした本好きならではの夢想を〈魔法の店〉というテーマに結晶させたのが本篇。〈ブルー・ブック〉一九四一年十月号に発表された。

夏の盛りのマンハッタンはうだるように蒸し暑い。この暑気にあてられては、書けるものも書けなくなる。マーストンのアパートメントは、さながら窯のなかだった。二時間前、彼はぐっしょり濡れたシャツを脱ぎすて、タイプライターの前に腰をすえた。いま、汗水たらしたにもかかわらず、人に見せられるものといったら、くしゃくしゃに丸められた上質紙が十二枚。それが紙くず箱に雑然と放りこまれているだけ。

「忌々しい小説め！」マーストンはつぶやいた。「おまけに忌々しい編集者と締め切り。おまけにこの忌々しい熱気！」

彼は白と黄色の紙をひとつかみ、目の前のトレイからすくいあげると、苦々しげにパラパラとやった。アイデアはいいんだ、この長篇のプロットは。書きあげた三章を読みなおす。いいできだ。これまで書いたうちでも最高の部類だ。じつになめらかに書けている。『落伍者』。負け犬の、そして負け犬に成りさがる者たちの心理を考察した物語。「だから、ブルータス、おれたちが人の風下に立つのは、運勢の星が悪いのではない——」（シェイクスピア作『ジュリアス・シーザー』第一幕第二場より）みごとなテーマ。そしてこれまでのところは、みごとなできばえ。だが——

この熱気！　このうっとうしく、気力を奪う熱気。自分は病気だ、とマーストンは癇癪を起こしながら悟った。じっさいに、肉体が病気にかかっているのだ。あきらめた。彼は絶望の眼差しでタイプライターのゴムローラーにはさまっているピカピカの白い紙に最後の一瞥をくれると、立ちあがった。驚いたことに消耗がひどく、立ちあがったとたんくらっときて、目の前で黒いものが躍った。一瞬の出来事だったが、背すじがぞくっとした。

ここにこもりっぱなしだったから、息がつまって、気分が悪くなっただけかもしれない。表へ出ても暑いだろうが、川ぞいの日陰になった通りには、そよ風の「そ」の字くらいは吹いていないともかぎらない。

マーストンはシャツと上着を身につけると、外へ出た。

その書店がこの道に面しているのを忘れていた――じっさい、その小さな店のことをすっかり忘れてしまっていた、つい目と鼻の先にいきなりあらわれるまでは。そのときになって、以前何度か見かけたことがあり、冷やかしてみる気になったのを思いだした。そのたびに、なにかと都合が悪くなったのだ。

お世辞にも繁盛しているようには見えなかった。古ぼけていてかび臭く、気をそそるものといったら、うらぶれた場所につきものの、かすかな神秘のオーラだけ。いつごろからこの界隈で店を開いているのか、マーストンには見当もつかなかった。細々とでも商売をつづけていられるのが不思議なくらいだ。というのも、何十人も通りかかるのに、わざわざ首をめぐらせて、そのほこりっぽい窓をのぞきこんだ者は、マーストンをのぞけば、ひとりもいなかったからだ。

はじめて見かけたのは一年ほど前――哀れなサッチャーといっしょにバスに乗り、ここを通りかかったあの午後だった。サッチャーは無名の詩人だった。とりたてて優れた詩人ではなかったが、熱意にあふれた詩人ではあった。彼は自分の最新の傑作――まもなく世に出る運びだという――の内容をマーストンに話して聞かせていた。

「もうすぐだ、マーストン。あとほんの二、三行で、出版社にわたせるんだ。こいつは……すばらしい作品だよ、マーストン。ああ、うぬぼれに聞こえるのはわかっている。でも、作者には自作の善し悪しがわかるものだ。こいつはいままでに書いたものとはちがう。この時代の詩なんだ。正真正銘の詩――」

その口調は哀れを誘うほど熱っぽかった。マーストンはつぶやいた。

「きっとそうなんだろうね、サッチャー」

「そうだとわかっているんだ。題して『新世紀の歌』。こいつはぼくをひとかどの詩人にしてくれる。いままで、ぼくはへっぽこ詩人にすぎなかった。この本はぼくに名声をもたらしてくれる。ぼくの言葉がまちがっているかどうか……まあ、見ていてくれよ!」

彼は不意に言葉をとぎれさせた。さっと顔をあげたマーストンは、サッチャーがひどく健康をそこねているという噂を思いだした。目の前の男は見るからに具合が悪そうだった。頰は血の気がなく、目は暗く沈みすぎていた。

「どうした？　だいじょうぶか？」

「なんだって？」サッチャーは落ち着きをとりもどし、かすかな笑みのようなものを浮かべてみせた。「まあ……まあ、そうとも、見ていてくれよ！」しかし、彼はだしぬけに——と、マーストンには思えた——バスを停車させるブザーを押し、立ちあがった。「だいじょうぶだ、気をつかってくれてありがとう。でも、たったいま野暮用を思いだしてね。人に会うことになっているんだ。あそこで」

そして指さしたのが、マーストンがいまその前に立っている書店だったのだ。

マーストンはいいつのった。

「ほんとうにだいじょうぶなのか？　なんならついていってやろうか——？」

「いやいや、心配はご無用。ぼくならだいじょうぶだ。古い友だちと会うんだよ」サッチャーはバスをおりた。肩ごしに声をはりあげ、「また近いうちに、マーストン。『歌』に期待していてくれよ——」

しかし、とマーストンは残念な気持ちで思った。彼はまちがっていた。ふたつの点でまちがっていた。ふたりは二度と会わなかった。サッチャーの新作も世に出ずじまいだった。哀れなサッチャーは、自分でいいはっていたほどには体調が良くなかったのだ。心臓が原因だった。翌日、マーストンは新聞の訃報欄でその名を読んだのである。

あれから丸一年が過ぎた。それ以来、マーストンはその小さな書店のことをたびたび思い浮かべてきた。彼にとって、その店は不気味な魅力のようなものをそなえていた。自分にも説明できない観念のつながり。その小さな店のなかにサッチャーは姿を消し、自分は二度と彼に会わなかった。おかげでその書店は——一種のシンボルになったのだ。

もちろん、ばかげている。しかし、この前の冬、流感で病床に臥せ、何時間もうわごとをいいながら寝返りを打っていたとき、それはマーストンにとって強迫観念に近いものになった。ある、やむにやまれぬ思いがとり憑いてはなれなくなった。病床から起きあがり、その書店を訪ねたいという常軌を逸した欲望にとらわれたのだ。奇妙な衝動だったが、あまりにも強烈だったので、とうとう回復すると、じっさいにその小さな店までわざわざ足を運んだのだ。

しかし、行ったときが悪かった。店は閉まっていた。ドアには錠がかけられ、閂(かんぬき)が支(か)われており、日よけはしっかりとおろされていた。

とはいえ、いま店は閉まっていない。日よけはあがっており、ドアは誘うように一インチほど開いている。店は小さいけれど、かび臭い奥のほうは涼しそうだ。陽射しがマーストンの頭に照りつけ、ずっしりと肩にのしかかってきた。頭がズキズキし、鈍(にぶ)い吐き気がこみあげてくる。

彼はドアをあけて、なかへはいった。

一瞬にして、ギラギラ輝く陽射しが影につつまれた暗がりに変わった。最初はなにも見えなかった。店の奥のどこかでチリンとベルが鳴った。往古の静けさが湧きあがり、その陽気でちっぽけな音を呑みこんでしまったように思えた。

マーストンは、よろよろと前進すると、テーブルにぶつかった。驚きのあまり小さな「あっ！」という声を唇にのせ、テーブルにつかまると、目が暗闇に慣れるのを待つ。前方の暗がりで、おだやかでいたわるような声がした。

「おけがはありませんでしたか？」

マーストンは不平をもらした。

「ここは真っ暗だ」

「真っ暗？」一瞬の沈黙。それから、「そう、真っ暗です。真っ暗なんでしょう。でも、平穏に満ちています」

いまではマーストンの目も慣れてきていた。彼の立っているのは、天井の低い小さな部屋の隅で、左右の壁は本棚に埋めつくされている。目の前のテーブルにも革綴じ本がうずたかく積みあげられている。古くて色あせたものもあれば、驚いたことに、真新しいものもある。テーブルのむこうにちっぽけなデスクがあり、そのデスクにもの静かな人物がすわって、目の前に広げた帳簿に古い鵞ペンを悠然と走らせていた。明かりが乏しく、マーストンには店主の顔がはっきりとは見えなかったが、丸まった肩と、薄闇のなかで後光のように輝いている白髪は見てとれた。老人の顔だちにはなんとなく見おぼえがあるような気がした――もどかしいことに思いだせそうで思いだせない……。

その記憶はつかまえようとするはしから、するりと逃げていった。と、店主が顔をあげた。

「なにか探しものでも？」

「ちょっと店内を見せてください」とマーストン。愛書家の例にもれず、彼は効率重視の書店経営を毛嫌いしていた。その店がどんな品ぞろえだとしても、自分なりのペースと自分なりの気まぐれで見てまわるほうが好きだった。

老人はうなずいた。

「ごゆっくり」そういうと、いつ果てるともない帳簿つけにもどった。鵞ペンがカサカサと音をたてたが、耳ざわりではなかった。マーストンは書棚に顔をむけた。

自分の見ている本に変わったところがある、とすぐに気がついたわけではなかった。そうと悟るまでには時間がかかった。したがって、驚きはゆっくりと大きくなったのであり、深く鋭いショックをともなっていたわけではなかった。おびただしい数の本があり、おびただしい数の著者がいる。その名前は無数だ。おぼえきれるものではない。ひょっとしたらマーストンの目は、ある列の端まで行っていたのかもしれない。そのときになって、ようやく奇妙でとまどわせるもの、どうにもしっくりこないものを目にしたという意識が心に芽生えたのだ。

本の列にそって視線をもどす。どうやら店主は、在庫を分野別に分ける努力をしていないようだ。詩、戯曲と小説、エッセイと小説、エッセイと引用句集がとなりあい、ごたまぜのまま並んでいる。題名はマーストンが知らないものばかり。新しい名前と古い名前……古い思考と新しい思考。

そのとき、一冊の古びて茶色くなった薄手の本が目にとまった。題名は『アガメムノン』……著者はシェイクスピア？　そんな題名におぼえはない。書物崇拝者の心のなかにずっと潜んでいた熱い火花が、いきなりぱっと燃えあがった。ふたつにひとつだ――今世紀最大の発見か、芸術の名において企てられた最高の贋作のどちらかに行きあたったのだ。興奮で動悸を速まらせながら、マーストンはその本に手をのばした。

と、のばしかけた手が止まった。というのも、いまの発見で感覚が鋭くなっていたのか、さらにべつの題名が目にはいったからだ。同じくらい世に知られておらず、同じくらい驚くべき本の数々。ジョン・ミルトン著『ブリテンのアーサー王』。マーク・トウェイン著『なまず船長』。ジョン・ゴールズワージーの『粘土の足』、そしてシャーロット・ブロンテ著『暮色深まりゆく荒野』。

視線をさっとべつの棚に落とす。目にはいったのは、どう考えても理解を絶するものだった。チャールズ・ディケンズ著『クリストファー・クランプ』、エドガー・アラン・ポオ著『ガーゴイルの眼』、サッカレーの『クーパースウェイト大佐』、そしてサー・アーサー・コナン・ドイル著『シャーロック・ホームズの秘めたる事件』。

足音は聞こえなかったが、ふと気がつくと、小さな書店の店主がかたわらに立っていた。老人の声にはおだやかな満足がにじんでいた。

「わたしの本がお気に召しましたか、お若いかた?」

マーストンは棚に手をふることしかできなかった。言葉はつかえがちで、混乱していた。

「でも……これは! どういうことなんです!」

「あなたはロバート・マーストンですね? 幻想小説がご専門だ。こちらも気にいってもらえそうです」

マーストンの視線は、なすすべもなく店主の指さす先にむかった。目に飛びこんできたのは、自分の名前と同じくらいよく知っている名前だったが、題名は夢に見たことさえないものだった。ジュール・ヴェルヌ著『穴居人』、チャールズ・フォートの『不可視の存在とは何か?』、イグナチウス・ドネリー著『最初の神ハヌマーン』、ワインボウムの『宇宙人』、そしてラヴクラフトの浩瀚な『悪魔学全史』。

そしてこれらの小傑作の下には、一冊の薄い真新しい本。カヴァーは変色していない。題名は……『新世紀の歌』。著者は……デイヴィッド・サッチャー。

そのときだった、不意にマーストンが理解したのは。なにもかもが腑に落ちたのだ。彼は店主にむかって奇妙なまでに疲れて聞こえる声でいった。

「そうすると、あれも――あれもここにはあるんでしょうね?」

するとと老人は重々しくうなずき、

「『落伍者』ですか? ありますとも。ここに」

一冊しかなかった。真新しくてピカピカ光っている。まるでたったいま出版社のオフィスから届いたかのように。カヴァーのデザインは大胆で美しい。この天地のひっくり返りそうな驚きのなかでさえ、マーストンの心は、この自分の本が誇らしくて、空高く舞いあがった。

彼はそれに手をのばし――そこでためらった。そして年老いた店主にたずねた。

「かまいませんか?」

「あなたの本です」と老人。

そしてマーストンはその本を手にとり……。

ああ、第一章にいくつか手が加わっている、と彼は気づいた。けれども、些細（ささい）な編集上の修正だ。だいたいにおいて、場面は自分の書いたまま。ふるえる手で、彼はしみひとつない白いページをめくった。その目が、いままで活字になって残ることを知らなかった言葉をむさぼり読み、これまで彼の心のなかにだけ存在していた思考を読みとった。

ざっと目を通しただけだったが、強烈でまぶしいほどの喜びがこみあげてきた。これが自分の最高傑作だといいきったのは、まちがいではなかったのだ。

この本に凡庸なところはない。ぎくしゃくしたところはなく、すんなりと呑みこめないような観念の混乱もない。それぞれの文章が完璧だ。どの単語も、どの思考も、どのいいまわしも、まばゆいばかりの純粋さで輝いている。これはマーストンが心の奥底のどこかで常に温めてきた本だった。彼の創作力の勝利を告げる偉業だった。書物に精通しているマーストンには、自分の本が偉大であり、ついに（アト・ジ・エンド）、そのなかで自分の技術が全面的に結実したのがわかった……。

終わりに（アト・ジ・エンド）！

本を閉じると、小さいが、どきっとするような音がかび臭い静寂にひびきわたった。彼は店主をじっと見つめた。いまではその顔と体つきに見おぼえがある理由がわかっていた。悪寒が襲ってきた。ついでいきなり恐怖が。彼は大声でいった。

「でも、だめだ！　いまはだめだ！　こいつを書きあげるまでは――」

老人がおだやかな声でいった。

「あちらでは書きあげられないのはわかっているはずです、マーストン。あちら側には完璧なものはありません。この書店のなかでだけ、小説と詩歌は、著者が夢見たとおりの高みに昇り、美しさと真実性をそなえるのです。

あちらでは『落伍者』は、ただのありふれた本になるでしょう――クロス装の、死産に終わった夢のいびつなシンボルに。星々に負けず劣らず高尚な思考は、それを担う言葉が貧弱すぎるためにそこなわれてしまいます。あちらで書きあげられた物語は、決して真に偉大にはなれません。著者が思い描いた翼を常に欠いているのです。

未完作品の書庫のなかでだけ、作品は作者が意図した高みに達することを許されます。ここなら――ホメロスが書くつもりだった叙事詩や、マーロウが想を練ったけれど言葉にはしなかった戯曲や、ゴールズワージーの最後にして最高のロマンスや、千人の夢想家たちが書かなかった一万の物語のとなりに――『落伍者』はここ、あり得たかもしれない作品をおさめる不滅の書庫のなかに、ふさわしい場所を占められるのです。

それは完璧に対する決定的な代償です。そしてささやかな代償です」

老人の声は、引き潮の最後のかすかなささやきのように、静けさの奥へと呑みこまれていった。マーストンには、新たな音が耳に届いたように思えた。まるでどこか遠くない場所から語りかけてくる声、同僚のよしみで挨拶し、こちらへきて仲間へ加わらないかと誘う声のようだった。彼には聞こえた——あるいは、聞こえると思った——サッチャーの笑い声が。

「なにをあれこれ迷ってるんだ？　おいおい、きみは単純な問題をわざわざ——」

と、老人がマーストンに片手をさしだした。

「準備はいいですか？」と彼はいった。

しかし——手のなかにはその本がある。と、いきなりマーストンの脳裏にある考えが飛びこんできた。あまりにも無謀に思われ、手足がおこりのようにふるえた。

まだ手遅れじゃない！　あの老いさらばえた手が自分の手に触れるまでなら間にあうのだ。表の通りに出られさえすれば——そしてこの本を持っていければ——『落伍者』を夢に見たとおりの完璧な形で世に出せるかもしれない！

とっさの決断に体がわなないた。不意に叫び声をあげて、彼は老人のさしだした手からあとずさりし、身をひるがえすと、よろよろと戸口へむかった。すりへったノブが掌のなかですべる。ドアはびくともしない。恐慌をきたし、彼は荒い息をつきながら死にもの狂いで障壁をひっぱった。背後で静かな合唱が湧きあがり、失望のむせび泣きにまで高まった。耳もとでため息まじりの声がささやいた。

「逃げ道はないんです。もう手遅れ——」

とそのとき、ドアが開いた。途方もなく巨大なこぶしのように重く暑い直射日光がかっと照りつけ、金色の光で目がくらんだ。貴重な書物を両手で握った彼は、勝利のおたけびをあげると、無我夢中で通りによろめき出た。

いっせいにあがった警告の声も、はっとするようなクラクションのひびきも、けたたましい急ブレーキのきしみも聞こえなかった。聞こえたのは、世界が燃えあがって忘却に沈むときの耳を聾する喧噪だけ……と、静謐がよみがえり、老人のたしなめる声がいった。「もう手遅れなんですよ。さあ、準備はいいですか？」

　そして冷たい手がマーストンの手に触れた……。

「あれじゃ避けようたって無理だ！」とトラックの運転手がいった。「神に誓って、あれじゃ避けられるもんじゃねえ！　この人が見てた——証人になってくれる。あいつは目の前に飛びだしてきたんだ、気がちがったみたいに叫びながら。止まろうとしたけど——」

「わかった」と制服姿の大男。「わかった。あんたのせいじゃない。ほかにだれか事故を見た者は？　とにかく、被害者はどこからきたんだろう？」

　唇を真っ青にした目撃者が、こわいもの見たさでアスファルトの上の人物にむけていた目をあげた。ふるえる指を突きだし、

「あそこですよ、お巡りさん。通りの反対側にあるあの空き地。ぶつぶついいながら、あそこをうろつきまわっているのを見かけました。あのふるまいからすると、日射病にやられてたにちがいありませんね。あそこは何年も空き地のままなんです。どうしてあんなとこへ行きたがったんでしょう？」

「名前を控えさせてもらうよ」と警官。「だれか被害者に心あたりは？　被害者が持っていた

本を見るとしよう。ひょっとしたら、名前が書いてあるかもしれん」

だれかが警官に本をわたした。

警官は本をちょっとぱらぱらやり、帽子をあみだにかぶりなおすと、額をかきむしった。

「おい、ちょっと！　こんなおかしな本は見たことがない！　ほら！　最初の三章だけが印刷されていて……残りは白紙のページばっかりだぞ！」


（中村融訳）

訳者付記
文中、シェイクスピア「ジュリアス・シーザー」の引用は、『シェイクスピア全集Ⅲ』（白水社）におさめられた小田島雄志氏の訳文をお借りした。記して感謝する。

編者あとがき

のっけから私事で恐縮だが、編者はアンソロジー好きが高じて、アンソロジーを編むようになった人間である。その経験を通して学んだことはいろいろあるが、ひとつだけあげるとすれば、こうなるだろう――「作品の選び方は大事だが、作品の並べ方はそれ以上に大事である」と。

たとえば、傑作ばかりを集めても、いいアンソロジーができるとはかぎらない。並べ方しだいでは、持ち味を殺しあってしまう場合があるのだ。逆に玉石混淆(ぎょくせきこんこう)でも、並べ方さえよければ、おたがいを引き立てるかもしれない。

そういうわけで、日夜アンソロジーの目次を考えているのだが、以前から温めてきた構想がある。収録作の傾向が、グラデーションのように変化していくアンソロジーだ。

どうしてそういうことを思いついたかといえば、偏愛する三篇の小説を復活させたかったからだ。具体的には、本書に収録した「肥満翼賛クラブ」と「お告げ」と「街角の書店」である。いずれも雑誌に訳載されたきりの作品であり、これらをふたたび世に出したいと思ったのだ。

そのためにはアンソロジーを編むのがいちばんいい。テーマは〈奇妙な味〉……と、ここまで考えたところではたと困った。お読みになられた方はおわかりのとおり、この三篇は傾向がバラバラ。とりわけ、超自然の要素のあるなしで色合いがくっきりと分かれる。これらを無理なく共存させるにはどうしたらいいのか。

さんざん知恵を絞った末にたどりついたのが、「グラデーションのような配列」というアイデアだった。これなら現実から非現実へすんなりと移行し、ついには超現実的（シユルレアリスティツク）な世界にまで達することができそうだ。それだったら、間にあれを入れよう、これを入れよう……。こうしてできあがったのが本書というわけだ。

そのもくろみが成功したかどうかは、読者のみなさんの判断にゆだねるほかないので、本書の編集方針について、もうすこし書いておこう。

先に触れたように、本書は〈奇妙な味〉と呼ばれるタイプの小説を中心にしたアンソロジーだ。〈奇妙な味〉というのは江戸川乱歩の造語で、本来は英米ミステリの一傾向をさす言葉だったが、拡大解釈が進み、いまでは「読後に論理では割り切れない余韻（よいん）を残す、ミステリともSFとも幻想怪奇小説ともつかない作品」くらいの意味で使われることが多い。下手に定義を試みるよりは、サキ、ギルバート・K・チェスタトン、ジョン・コリア、ロアルド・ダール、チャールズ・ボーモントといった代表的作家の名前をあげるほうが手っとり早い。たしかに、ジャンルの枠（わく）にはおさまりきらない作風だといえる。

もうひとつ、本書には〈ブラック・ユーモア〉と称される作品を採るように心がけた。これも本来の意味からはずれて、一時は小説のサブジャンル的にあつかわれるようになった言葉である。そのむかし〈ハヤカワ・ミステリマガジン〉が、両者を盛んにプロモートしていたのをご記憶の方も多いだろう。〈奇妙な味〉の復権が著しい昨今、こちらが忘れられがちなので、あえて強調したしだい。

こうして集めた十八篇。内訳は本邦初訳七篇、雑誌やアンソロジーにいちど載ったきりの作品が九篇、アンソロジーの定番的な作品だが、現在では入手しにくい作品が二篇である。無名作家の秀作から大家の怪作まで、ヴァラエティゆたかなのは保証しよう。肩肘張らずに読める作品を集めたつもりなので、気軽に楽しんでいただきたい。

最後に個人的なことを少々。

本書が生まれるきっかけは、〈ハヤカワ・ミステリマガジン〉二〇一一年三月号に「奇妙な味の隠し玉」というエッセイを書いたことだった。この号は「ベスト・オブ・ベスト・ショートストーリーズ」という大特集を組んでおり、「私の好きな短篇ベスト3」というお題で四十一名の執筆者がエッセイを寄せていた。編者もそのひとりに加えてもらい、先に記した三篇をあげて、「いつか編みたいアンソロジーの目玉になりそう」と書いたのだった。それまでも漠然と〈奇妙な味〉のアンソロジーを作りたいと思っていたが、このエッセイを書いたことで本格的に目次作りがはじまった。このとき門外漢の編者に声をかけてくださった早川書房編集部の永野渓子氏に深く感謝する。

末筆になったが、本書の産婆役を務めてくださった東京創元社編集部の古市怜子氏にも感謝したい。よくぞこんな変な本にGOサインを出してくれたものだ。さすがにシャーリイ・ジャクスンの話で盛りあがっただけのことはある。おたがい、まともな人生を送れそうにないですなあ。

二〇一五年四月

中村　融

収録作原題一覧（付・既訳作品書誌）

Gladys's Gregory ●「肥満翼賛クラブ」宮脇孝雄訳〈ハヤカワ・ミステリマガジン〉一九九二年五月号

The Man Who Liked Dickens ●「ディケンズを愛した男」長井裕美子訳『真夜中の黒ミサ』ソノラマ文庫―海外シリーズ（一九八五）

The Omen ●「お告げ」深町眞理子訳〈奇想天外〉一九七四年一月号

Alfred's Ark 初訳

The Toy ●「おもちゃ」荒俣宏訳〈奇想天外〉一九七六年四月号→荒俣宏編『魔法のお店』奇想天外社（一九七九）→同前『新編 魔法のお店』ちくま文庫（一九八九）→紀田順一郎編『謎の物語』ちくまプリマーブックス（一九九一）

A Red Heart and Blue Roses 初訳

Consanguinity 初訳

The Encounter 初訳

Nackles ●「ナックルズ」日夏響訳〈ＳＦマガジン〉一九七六年十二月号

Touchstone ●「試金石」安田均訳〈ＳＦマガジン〉一九七九年四月号

The Boy Next Door 初訳

The House ●「古屋敷」仁賀克雄訳〈ハヤカワ・ミステリマガジン〉一九七五年六月号

The Affair at 7 Rue de M-　●「M街七番地の事件」深町眞理子訳〈ハヤカワ・ミステリマガジン〉一九七七年八月号
The Borgia Hand　初訳
Mr. Adam's Garden of Evil　〈別題 Dr. Adams' Garden of Evil〉初訳
By the Falls　●「大瀑布」浅倉久志訳〈SFマガジン〉一九八五年三月号
En Passant　●「旅の途中で」森田暁訳〈別冊奇想天外〉10号（一九八〇）
The Bookshop　●「街角の書店」中村融訳〈幻想文学〉66号（二〇〇三）

編者紹介　1960年生まれ。中央大学法学部卒，英米文学翻訳家。編著に「影が行く」，「時の娘」，「時を生きる種族」，「黒い破壊者」，「20世紀ＳＦ１〜６」（共編），主な訳書にウェルズ「宇宙戦争」，ウィンダム「トリフィド時代」ほか多数。

検印
廃止

18の奇妙な物語
街角の書店

2015年5月29日　初版
2024年8月23日　4版

著　者　Ｆ・ブラウン
　　　　Ｓ・ジャクスン他

編　者　中（なか）村（むら）　融（とおる）

発行所　（株）東京創元社
代表者　渋谷健太郎

162-0814/東京都新宿区新小川町1-5
電　話　03・3268・8231-営業部
　　　　03・3268・8204-編集部
ＵＲＬ　http://www.tsogen.co.jp
ＤＴＰ　工友会印刷
印刷・製本　大日本印刷

乱丁・落丁本は，ご面倒ですが小社までご送付ください。送料小社負担にてお取替えいたします。

ISBN978-4-488-55504-7　C0197

巨匠・平井呈一の名訳が光る短編集

A HAUNTED ISLAND and Other Horror Stories

幽霊島

平井呈一怪談翻訳集成

A・ブラックウッド他
平井呈一 訳
創元推理文庫

『吸血鬼ドラキュラ』『怪奇小説傑作集』に代表される西洋怪奇小説の紹介と翻訳、洒脱な語り口のエッセーに至るまで、その多才を以て本邦における怪奇翻訳の礎を築いた巨匠・平井呈一。
名訳として知られるラヴクラフト「アウトサイダー」、ブラックウッド「幽霊島」、ポリドリ「吸血鬼」、ベリスフォード「のど斬り農場」、ワイルド「カンタヴィルの幽霊」等この分野のマスターピースたる13篇に、生田耕作とのゴシック小説対談やエッセー・書評を付して贈る、怪奇小説読者必携の一冊。